新潮文庫

西行

白洲正子著

新潮社版

5713

目次

数奇、煩悩、即菩提……福田和也

西行

空になる心

そらになる心は春の霞《かすみ》にて
世にあらじともおもひ立つかな

「山家集」の詞書《ことばがき》に、「世にあらじと思立ちけるころ、東山にて人々、寄霞述懐と云事をよめる」とあるから、西行が二十三歳で出家する直前の作だろう。いかにも若者らしいみずみずしさにあふれているとともに、出家のための強い決心を表しているが、誰もこのような上の句から、このような下の句が導きだされるとは、思ってもみなかったに違いない。それが少しも不自然ではなく、春霞《はるがすみ》のような心が、そのまま強固な覚悟に移って行くところに、西行の特徴が見出《みいだ》せると思う。その特徴とは、花を見ても、月を見ても、自分の生きかたと密接に結びついていることで、花鳥風月を詠《よ》むことは、彼にとっては必ずしもたのしいものではなかった。

世の中を思へばなべて散る花の
わが身をさてもいづちかもせん

嘆けとて月やは物をおもはする
かこち顔なるわがなみだかな

百人一首で名高いこの歌は、同じ百人一首の中の大江千里の、「月みれば千々に物こそ悲しけれ我身ひとつの秋にはあらねど」を受けているような感じがあり、それを今少し凝縮させたといえようか、――月は物を思わせるのか、いや、思わせはしない、それにも拘《かか》わらず、自分は月を見て悲しい思いに涙していると、反語を用いることによって引き締めている。のどかな王朝の歌が、外へ拡《ひろ》がって行くのに対して、どこまでも内省的に、自己のうちへ籠《こも》るのが若い頃の西行の歌風であった。

「嘆けとて」の歌は、千載集では「月前恋」という題詠になっているが、恋の歌と限る必要はない。そういう風に読むのなら、「そらになる心」の歌も、「世の中を思へばなべて散る花の」身悶《みもだ》えしているような調べも、切々とした恋の告白と見なすこともできなくはない。思うに西行の心の中では、色道も仏道も一如《いちにょ》のものであり、その求める心の烈《はげ》しさにおいて、少しも変るところはなかったであろう。

ここに一枚の肖像画の写真（口絵）がある。MOA美術館の所蔵であるが、筆者は不明で、誰の肖像とも断ってはいない。ただ、上部にはりつけてある色紙形によって、西行のものと解《わか》るのである。その色紙には、次の歌が記してある。

月の色に心をきよく染ましや
都を出《いで》ぬ我身なりとハ

宮河歌合では、「我身なりせば」となっており、もちろんその方が正しい。――自分が都を出ることがなかったならば、月の色にこれ程心が清く染ったであろうか、（染りはしない）と、ここでも反語を用いている。西行の歌にとかく反語が多いのは、内省的な性向によると思うが、いつもものの両面を見る眼を備えていたことを示している。

右手に歌書とおぼしき冊子をかかえ、左手で珠数《じゅず》をまさぐっている自然な姿は、身も心も月の色に染った晩年の西行の面影を彷彿《ほうふつ》させる。慈愛にみちた容貌《ようぼう》と、堅く結んだ唇から顎《あご》へかけての力強い描写は、優しさと強さを併せ持つ性格をよくとらえており、生き生きした西行の心に触れる思いがする。今もいったように、筆者は不明だが、鎌倉時代の似せ絵の伝統をひく絵師の筆になったことは紛れもない。

「宮河歌合」は、西行が没する前年（文治五年―一一八九）、定家に判詞を乞《こ》うた自歌《じか》合《あわせ》（自作の歌を左右に番《つがわ》せて歌合の形式にしたもの）で、ここにその中の歌が記してあるのをみると、歌合が完成した記念に画像を描かせたとも考えられる。もしそうとすれば、右手に持っている歌書は、宮河歌合の冊子であったかも知れない。だが、この種の肖像画は死後に造られるのがふつうであったから、西行が亡《な》くなってすぐの頃成ったと見るのが妥当であろう。

「国華」（昭和三十八年四月号）に、この絵の解説をした水尾比呂志氏は、「描線のやや固い形式化」に注目し、室町時代の写本ではないかといっている。私にはその辺のことはよく判《わか》らないが、鎌倉であろうと室町であろうと、はたまた現代の作品であろうとも、これほど真に迫っている肖像画なら、時代の考証なんかどうでもいい。比較的たしかなところでは、室町時代の土佐広周《ひろちか》作と伝える西行の画像が、神宮文庫に蔵されており、ほかにも二、三の寺でいくつか見た覚えがある。西行堂の中に、彫像を祀《まつ》っているところもあるが、いずれも西行のイメージとは程遠いもので、なまじ人気があるのが残念なことに思われる。その度ごとに私は、

花見にと群れつつ人の来るのみぞ
あたら桜の科《とが》には有ける

という歌を思い出して苦笑するのだが、時にはそんな諧謔《かいぎゃく》めいた歌を詠んだ西行は、まことにつかみにくい人物なのである。出家はしても一途《いちず》に仏道に打ちこむわけでもなく、歌を詠んでも俊成・定家のような専門歌人ではない。ともすれば「そらになる心」を扱いかねて、「わが身をさてもいづちかもせん」と苦悩する魂を、歌によって解放しようと試みる。解放しようとすればする程、自意識は深まるばかりで、西行が辿《たど》った道に終りはないのである。

伝土佐広周作　西行像　神宮文庫蔵

そういう人物を、絵画や彫刻に表現することは、たしかに困難なわざであったに違いない。いい作品が少いのは当然であるが、伝広周の肖像画にしても、MOA美術館のそれに比べると、生彩がないことおびただしい。広周について私は殆《ほとん》ど無知にひとしいが、室町時代にはかなり知られた画家だったようで、もしその絵が室町時代のものなら、MOA美術館の肖像画は、おそくとも鎌倉末期の作と信じていいと思う。

今度両者を比べてみてわかったのは、伝広周の作は、全体の形はいうに及ばず、眉《まゆ》や顔の皺《しわ》の線、衣と袈裟《けさ》のひだから、珠数の結びめのこまかい点に至るまで、まるで引き写したように似せてある。それにも拘わらず、全体の形は何とくずれていることか。安座した姿も宙に浮いていて、落着きのないこと甚だしい。それ以上に品が悪いのである。水尾氏がいわれるように、MOA美術館の絵がたとえ写本であるにせよ、似せ絵の画家の心の中に、西行のいぶきがまだ鮮明に残っていた頃のもので、そういう意味でも貴重な遺品ではないかと私は思っている。

明恵上人《みょうえしょうにん》の伝記の中に、次のような一節がある。少々わかりにくいが、現代語に訳すと光を失うので、先《ま》ず原文で読んで頂きたい。

西行法師常に来《きた》りて物語りして云《い》はく、我が歌を読むは、遥《はるか》に尋常に異なり、華《はな》・郭公《ほとゝぎす》・月・雪都《すべ》て万物の興に向ひても、凡そ所有相《あらゆるさう》皆是れ虚妄《こまう》なること眼に遮り耳に満てり。又読み出す所の言句は皆是れ真言《しんごん》にあらずや、華を読むとも実に華と思ふことなく、月を詠ずれども実に月とも思はず、只此《ただこ》の如《ごと》くして、縁に随《したが》ひ興に随ひ読み置く処《ところ》なり。紅虹《こうこう》たなびけば虚空《こくう》いろどれるに似たり。白日かゞやけば虚空明かなるに似たり。然《しか》れども虚空は本明かなるものにもあらず、又色どれるにもあらず。我又此の虚空の如くなる心の上において、種々の風情《ふぜい》をいろどると雖《いへど》も更に蹤跡《しょうせき》なし。此の歌即《すなは》ち是れ如来《にょらい》の真の形体なり。されば一首読み出でては一体の仏像を造る思ひをなし、一句を思ひ続けては秘密の真言を唱ふるに同じ、我れ此の歌によりて法を得ることあり。若《も》しこゝに至らずして、妄《みだ》りに此の道を学ばゝ邪路《じゃろ》に入るべしと云々《うんぬん》。さて読みける

山深くさこそ心のかよふとも
すまで哀《あはれ》はしらんものかは

喜海、其《そ》の座の末に在りて聞き及びしまゝ之《これ》を註《ちゅう》す。

喜海というのは明恵の弟子で（明恵は弟子といわず、同行《どうぎょう》もしくは同法《どうぼう》と呼んでい

た)、上人の伝記を克明に記した人物である。はじめの「西行法師常に来りて物語りして云はく」は、いつ頃のことかはっきりしないけれども、西行は建久元年(一一九〇)七十三歳で没しており、明恵はその時十八歳で、神護寺の文覚《もんがく》のもとで修行をしていた。喜海はまだ十二、三歳であったと聞くが、のちに明恵の伝記を書くに当り、師匠や同行から西行の話を聞いてのせたのかも知れない。

大体の意味は、——世の中のありとあらゆるものは、すべて仮の姿であるから、花を歌っても現実の花と思わず、月を詠じても実際には月と思うことなく、ただ縁にしたがい興に乗じて詠んでいるにすぎない。美しい虹《にじ》がたなびけば、虚空は一瞬にして彩《いろど》られ、太陽が輝やけば、虚空が明るくなるのと一般である。わたしもこの虚空のような心で、何物にもとらわれぬ自由な境地で、さまざまの風情《ふぜい》を彩っているといっても、あとには何の痕跡《こんせき》も残さない。それがほんとうの如来の姿というものだ。それ故《ゆえ》わたしは一首詠む度に、一体の仏を造る思いをし、一句案じては秘密の真言を唱える心地がしている。わたしは歌によって法を発見することが多い。もしそういう境地に至らずに、みだりに歌を勉強する時は、邪道におちいるであろう、云々とあって、終りに一首の歌をあげている。

「山深く」の詠は、新古今集雑《ぞう》の部に入っており、山深くわけ入って、どんなに想像をたくましうしようとも、実際に住んでみなくては、その哀れを知ることはできないと、歌の道の奥深さにたとえるとともに、同じような生活をしている明恵に共感をよせたのであろう。新古今では「さこそ心は」と「すまであはれを」に変っており、その方が私は正しいと思う。

だが、明恵上人の伝記のこの部分は、史家の研究によると、あとから挿入されたものだという。そこに述べられている思想も、法華経などからとられたものが多いと聞く。そういわれてみると、明恵の伝記の中に、唐突として西行が割りこんで来るのもおかしいし、正面切って歌論を披瀝《ひれき》することなど西行らしくない。何につけ疑ってみるのはいいことだが、たとえば法華経に出典があるらしいというだけで安心してしまうのも発展性のない話である。

かりに誰かが伝記の中に書き加えたとしても、その誰かはよほど西行を理解していた人物で、芸術と宗教の相似というか、それらの共通点について熟知していたに違いない。その上すぐれた文章家でもあった。「華を読むとも実に華と思ふことなく……」から、「一首読み出でては一体の仏像を造る思ひをなし、云々」と、息もつかせず押えて行くあたり、まことにさもあらんと頷《うなず》けることばかりである。もともと西行は伝説の多い人物で、虚実の間をすりぬけて行くところに彼の魅力がある。魅力があるから、伝説が生れたといえようが、凡《およ》そ世の中のあらゆるものを「虚妄」と観じ、虚空の如き心をもって俯瞰《ふかん》するならば、そこには虚も実も存在しない。西行に近づくには、そういう方法しかないように思われる。

たとえこの歌論が偽書であるにせよ、西行と明恵の間には大変よく似た資質があった。偽作者（といっては当らぬかも知れないが）は、そのことに気づき、どうしても右の一文を加えたい誘惑にかられた、というより、義務のようなものを感じたのではあるまいか。明恵の遺訓の中に、このような言葉がある。

心の数奇《すき》たる人の中に、目出度き仏法者は、昔も今も出来《いでく》るなり。詩頌《しじゅ》を作り、歌・連歌にたづさはることは、あながち仏法にてはなけれども、かやうのことにも心数奇たる人が、軈《やが》て仏法にもすきて、智恵もあり、やさしき心使ひもけだかきなり。

まるで西行を意識して語ったような言葉であるが、自然を愛し、自然の中に没入し切った明恵も、「数奇者」であることにおいては人後に落ちなかった。二人とも武家の出で、同じような境遇にいたことも、親密感を深めたであろう。年老いた西行には、この若い修行者が、自分の後継ぎのような気がしたかも知れない。必ずしも歌に限るわけではない、己れに忠実に生きるその人生の後継者としてだ。明恵はまたこういうこともいっている。

我れ先師の命に依《よ》りて、十八歳まで詩賦《しふ》を稽古《けいこ》して風月に嘯《うそぶ》きしに、其の興味深くして他事を忘るる程なりき。

ここにいう「先師」とは、神護寺にいた叔父の上覚《じょうがく》か、文覚を指したのかも知れないが、また西行でなかったという証拠もない。この「十八歳」という年齢に注意して頂きたい。それはあたかも西行が亡くなった年に当り、その時以来、明恵はふっつり歌を捨てて、仏道ひと筋に専心するのである。

それればかりではない。その翌年から、「夢の記」を書きはじめるのだが、今それについて説明しているひまはない。ひと口にいえば、現実世界では得られないものを、夢の中に求めたといえようか。そこには仏教の観法とも通じるものがあるが、西行の死によって、忽然《こつぜん》と目覚めた彼の数奇心が、歌から夢へ向わせたといっても、間違っているとは思われない。

一番似ているのは、二人とも非常に女に持てたことである。こんなに女性に人気のあった坊さんたちを私は知らない。西行に恋歌が多いことは前述のとおりだが、それに反して明恵は、一生不犯《ふぼん》の清僧で、たとえチャンスがあっても絶対に女を近づけることはなかった。にも拘《かか》わらず、高山寺を再興した後は、その徳を慕って集まる女性は多かった。特に承久《じょうきゅう》の乱で、夫を失った未亡人たちは、我も我もと高山寺を頼って来たので、困りはてた明恵は、別に「善妙寺」という尼寺を建てて収容したほどである。

愛《いと》ほしやさらに心の幼《をさ》なびて
魂切《たまぎ》れらるる恋もするかな

と歌った西行と、不犯の明恵は、こと女性に関しては、いわば両極端にいた人々であるが、少年のような切ない恋に魂を失うのと、修行がはかどらないといって、自分の耳を切ってまで仏道に熱中した人との間に、どれ程の違いがあるのだろう。西行は生臭坊主で、明恵は優等生ときめつけるのは易しいが、「虚空の如くなる心」に照してみるならば、両者の間には寸分の相違もない。ただ「数奇心」の深さと烈しさに驚嘆するのみである。
私は理窟《りくつ》をこねているわけではない。今も昔も女というものは、動物的なカンが発達しているから、世俗的な外観にとらわれず、ひと目でそういうものを見抜く。まったく立場を異にする西行と明恵が、女性に愛され、頼りにされたのは、「智恵もあり、やさしき心使ひもけだかき」数奇の精神によるといっても過言ではないと思う。
そのような数奇心の持主を、文覚は嫌っていた。「井蛙抄《せいあしょう》」に有名な逸話がのっている。

文学（覚）上人は西行をにくまれけり。その故は遁世《とんせい》の身とならば、一すぢに仏道修行のほか他事なかるべきに、数奇をたてて、ここかしこにうそぶきありく条、にくき法師也《なり》。いづくにても見合ひたらば、かしらを打わるべきよし、つねのあらましにて有けり。

文覚の弟子たちは、西行は天下の名人である、もしそのような事件が起れば一大事だと心配していたが、ある時高雄の神護寺で法華会《ほっけえ》があった時、西行が現れて、花の蔭《かげ》で歌を詠んでいるのに気がついた。弟子たちは、文覚には絶対に知らすまいと注意して、法華会が終ったので坊へ帰っていると、庭先に案内を乞《こ》う人がいる。上人が、誰かと問うと、西行と申すものでございます、法華会の結縁《けちえん》のために参りました、もう日も暮れましたので、この御庵室に一晩泊めて頂きたいという。

　文覚は手ぐすねひいて、日頃の念願が叶《かな》ったとばかり、障子を開け放って待ち構えていたが、そこへ姿を現した西行をしばらく見守ってから、これへと招じ入れて対面し、日頃からお噂《うわさ》を聞いてお目にかかりたいと思っていたなどと、ねんごろにもてなした後、翌朝の食事まで饗応《きょうおう》して帰したので、弟子たちは不思議でならなかった。いつも頭をぶち割ってくれんとはり切っていられたのに、これはどうしたことかと訊《たず》ねると、その時の文覚の言葉がまことにいい。

　　あらいふかひなの法師どもや、あれは文覚にうたれんずる物のつらやう（面様）か。文覚をこそうたんずる者なれ。

と、弟子たちをたしなめたというのである。

周知のとおり文覚は、遠藤盛遠《もりとお》といった武士で、横恋慕をした友人の妻を誤って殺害し、出家をとげた後も、頼朝《よりとも》の挙兵その他、さまざまの事件に関与した荒法師である。この逸話もおそらく晩年のことで、西行の肖像画は、何物にも動じない面魂《つらだましい》を如《にょ》実《じつ》にとらえている。

またこのような話もある。西行は出家した後、みちのくの旅に出たが、その途中、天竜川の渡しで、船が満員になった。そこへ一人の武士があらわれ、無理に船に乗ろうとして、「あの法師、おりよ、おりよ」と鞭《むち》をふり上げ、西行のかしらをさんざんに打った。割られた頭からおびただしく血が流れたので、お供の坊さんが、ひどく泣き悲しむと、西行はこのようにいってさとした。

心弱くも泣くものかな。さればこそ（供に）連れじとはいひしか。修行をせんにはこれにまさること多くあらんずれよな。

といい、少しも腹立つ気色もなく、顔にかかった血をおもむろにぬぐい、次のような歌をくちずさんだという。

うつ人もうたるる我ももろともに
ただひとときの夢のたはぶれ

この歌は「西行物語」（文明本）にしか出ていないので、作者の創作によるのであろう。お供の坊さんは、それでもまだ納得せず、世に在りし時の颯爽《さっそう》とした武者ぶりを讃《たた》え、それにひきかえ今の腑甲斐《ふがい》なさを嘆いたので、西行はついに彼を放逐してしまった。さもありそうな話であるが、まったくのフィクションかも知れない。そんなことを詮索《せんさく》するより、武士の乱暴は我慢できても、弟子の無智蒙昧《もうまい》を容赦せぬ西行の強さに注目すべきであろう。伝説には伝説の読みかたがある。弟子を放逐した後、「はなち給ひけるこそあはれに侍《はべ》れ」とあるそのあはれとは、弟子がかわいそうなのではなく、西行のあはれ（天晴れ）な所業を賞讃《しょうさん》したものに他ならない。

「そらになる心」から、「虚空の如くなる心」に到達するまでには、どれほどの歳月がかかったことだろう。この二つの「心」には雲泥の差があるが、まったく似ていないとも言い切れない。

「そらになる心」については、学者によって解釈の違いがあり、欣求浄土《ごんぐじょうど》への願いを、「春の霞」にたとえるのと（新潮日本古典集成）、うわの空になって落着きのない心は、春の霞さながらであるというのと（岩波古典文学大系）、二説あるが、私は後者の方と解したい。若い頃の西行は、まったく心が定まらず、定まらぬ故《ゆえ》に出家を切に願ったのだと思う。出家をとげても一向に定まらなかったことは、次のような歌が物語っている。

世中を捨てて捨てえぬ心地して
都離れぬ我身なりけり

捨てたれど隠れて住まぬ人になれば
猶《なほ》世にあるに似たる成けり

あはれあはれこの世はよしやさもあらばあれ
来む世もかくや苦しかるべき

だが、西行の肖像画には、そのような苦悩の影はみとめられない。「そらになる心」が、「虚空の如くなる心」に開眼する、その間隙《かんげき》を埋めようとして、私は書いているのだが、西行の謎《なぞ》は深まるばかりである。わからないままで、終ってしまうかも知れない。それでも本望だと私は思っている。わからないことがわかっただけでも、人生は生きてみるに足ると信じているからだ。

重代の勇士

藤原頼長《よりなが》の「台記《たいき》」に、次のような一文がある。西行の伝記には必ず引合いに出されるので、御存じの方は多いと思うが、念のため記しておく。

それは康治元年（一一四二）三月十五日のことであった。頼長が侍どもを集めて弓を射させているところへ、西行が現れていうには、今、法華経の勧進を行なっているが、鳥羽・崇徳《すとく》両院をはじめとする貴人は、みな引き受けて下さった。料紙のよしあしは問わないが、自筆で書いて頂くのが条件である、そのことをお願いに参上したと。

そこで頼長は、法華経二十八品のうちの「不軽品《ふきょうぼん》」を書写することを承諾したが、ふと気がついたので、西行の年齢を問うと、

答へて曰《いは》く、二十五、去々年出家二十三そもそも西行は、もと兵衛尉義清也《ひやうゑのじようのりきよなり》。重代の勇士たるを以《もつ》て、法皇（鳥羽院）に仕ふ。俗時より心を仏道に入る。家富み、年若

く、心に愁《うれひ》なきに、遂《つひ》に以て遁世《とんせい》す。人これを歎美《たんび》する也。

頼長（一一二〇―一一五六）はその時二十三歳で、新進気鋭の内大臣であった。「もと兵衛尉義清」とは、比較にならぬほどの上流貴族であるが、既に出家をとげていた西行は、身分の差にこだわらず推参することができたのであろう。ほぼ同年輩の修行者に、頼長が興味をもったのは自然なことで、台記のこの部分は、単なる資料という以上に、若者らしい好奇心に満ちており、文章にも生き生きしたはずみが感じられる。

ここにいう法華経の勧進とは、同じ年の二月に落飾された鳥羽院の中宮、待賢門院《たいけんもんいん》璋子《たまこ》のために、ゆかりの人々によって一品経《いっぽんぎょう》の供養《くよう》が行われ、もっぱら西行が奔走したようにいわれている。待賢門院は、西行の主筋に当るだけでなく、院の女房たちとも親交があり、深いえにしの糸で結ばれていたからだ。頼長が二つ返事で承諾したことはうなずけるが、年が若い上、金持で、心に何の愁《うれ》いもない「重代の勇士」が、自分と同じ年に出家を遂げたいさぎよさに、驚異と賞讃《しょうさん》の眼を見張ったに違いない。「人これを歎美する也」の人とは、頼長自身のことで、世間に吹聴《ふいちょう》したい気持がよく表れている。西行の心に愁いがなかったとはいえないが、得意の絶頂にある青年貴族には、そこまで見通すことはできなかったであろう。

台記にもあるとおり、西行は俗名を佐藤義清《のりきよ》といった。ついでのことにいっておくと、僧名は円位で、西行は号である。元永元年（一一一八）佐藤康清の嫡男《ちゃくなん》に生れ、母は源清経の女であったが、幼名はわからない。十八歳で左兵衛尉《さひょうえのじょう》となり、鳥羽院の北面の武士として仕えるようになる。北面というのは、二代前の白河法皇の時、院の警固のために設けられた制度で、弓馬の道はもとより、眉目《びもく》秀麗で、詩歌管絃《かんげん》に堪能《たんのう》であることを条件とした。男色華やかなりし時代には、院のおめがねに叶《かな》った若武者が、枕席《ちんせき》に侍《はべ》ることもあったそうで、位は低くても華やかな役目であったらしい。

そのころ詠《よ》んだのであろうか、

伏見過ぎぬ岡の屋になほ止《とど》まらじ
日野まで行きて駒《こま》試みん

という歌が山家集にあり、元気一杯の若武者が、心行くまで乗馬を愉《たの》しんでいる様が目に浮ぶ。おそらく彼は気に入った駿馬《しゅんめ》を手に入れて、うれしさのあまり京都から伏見へ出、岡屋を経て、宇治街道を突っ走ったのであろう。馬のたてがみが風に靡《なび》き、ひづめの音が聞えて来るような調べには、人馬一体となった喜悦にあふれており、歌のよしあしなどに構っているひまはない。和歌のいのちはそういうところにあるので、上手下手より先に、言葉が生きていなければ問題にならないと私は思っている。およそ西行らしからぬこのような歌から、義清が出発したのは興味あることで、「重代の勇士」の面目躍如といった感じがする。

ここに掲げた乗馬図は、あまたある西行物語絵巻のうち、宗達の筆になるもので、颯爽《さっそう》とした義清の武者ぶりを描いており、まわりを大勢の従者がとりかこんでいる。馬は今にも走りだそうとする気配を見せているが、これはそんな楽しい場面ではなく、佐藤範康という親友の急死を知り、驚いて駆けつけるところである。

「西行物語」では、この友人の死がきっかけとなって、義清は世の無常を悟り、突然出家することになるのだが、そのことについてはまた別に述べる。ここで注意したいのは、そんな急な場合にも、多くの従者を召しつれていることで、若い北面の武士たちが皆そうしたとは思えない。何といっても義清は、頼長の耳にも達するほど富祐な暮しをしていたので、みごとな葦《あし》毛《げ》の駒といい、清らかな装束のいでたちといい、何一つ不自由のない身であることを語っている。

西行の家系は、むかで退治で有名な俵藤太秀郷《たわらとうたひでさと》にさかのぼる。秀郷は左大臣藤原魚《うお》名《な》の流で、平将門《まさかど》の乱を平定した勇者である。勇者といっても、その頃の武士たちは名うての乱暴者で、ことに秀郷などは、生れのよさに乗じて気儘《きまま》な振舞をする無頼の徒であった。

若き西行の乗馬姿
俵屋宗達画「西行法師行状絵詞」（渡辺昭氏蔵）

　その秀郷の子に、千晴・千常の兄弟がおり、前者の家系は、奥州平泉の藤原三代となって栄華を誇り、後者は鎮守府将軍に任ぜられて、東国一円に勢力をのばした。西行は千常から八代目の孫に当るが、曾祖父《そうそふ》の頃より左衛門尉として朝廷に出仕するようになり、目崎徳衛《めざきとくえ》氏の説では、藤原氏の左衛門尉である所から「左(佐)藤」と名乗るようになったという。源平合戦で名をあげた斎藤別当実盛《さねもり》、佐藤継信《つぐのぶ》・忠信《ただのぶ》兄弟、頼朝に仕えた安達盛長《もりなが》や、秋田城之介なども同族で、武勇のほまれ高い家柄であった。

目崎氏の『西行の思想史的研究』（吉川弘文館）によると、佐藤氏の領地は紀ノ川の右岸、粉河《こかわ》寺と根来《ねごろ》寺の中間の「田仲の庄」にあった。現在は和歌山県那賀郡打田町といい、私もこの辺は度々通ったことがあるが、葛城《かつらぎ》・金剛の連山もここまで来るとなだらかな丘陵となり、平野も広く明るくなって、見るからに肥沃《ひよく》な地帯であることがわかる。佐藤氏の荘園はここだけではなかったかも知れないが、その収入は莫大《ばくだい》なものであったに違いない。それについてはさまざまのいきさつがあるが、今は触れずにおく。それより私の興味をひいたのは、西行の母方の祖父、源清経なる人物で、やはり目崎氏の著書『西行』（吉川弘文館「人物叢書《そうしょ》」）によって教えられた。

後白河法皇の編纂《へんさん》による「梁塵秘抄《りょうじんひしょう》」は、今様の集大成として知られているが、別に法皇が自から記された「口伝集」があり、平安末期の数奇者たちの今様への熱中ぶりがくわしく記されている。その中に監物《けんもつ》源清経が登場する。清経は今様の名手であったが、尾張の国へおもむく途中、美濃の青墓《おうはか》の宿で、目井《めい》という遊び女《め》と、その養女の乙前《おとまえ》を招いて、今様を聞いた。その声の美しさに清経は惚《ほ》れこみ、二人を京へ招《よ》びよせて、目井と同棲《どうせい》するようになった。年月が経《た》つ間に、目井は老いさらばえて、傍《そば》にいるのも汚《けが》らわしくなったが、「歌のいみじさ」に魅《ひ》かれて、捨てることができず、青墓に行きたいといえば連れて行き、都へ帰りたいといえば迎えに行くなどして、死ぬまで面倒を見つづけたという。後白河法皇は、乙前の弟子であったから、今様に関する美談として書き残しておかれたのだろう。

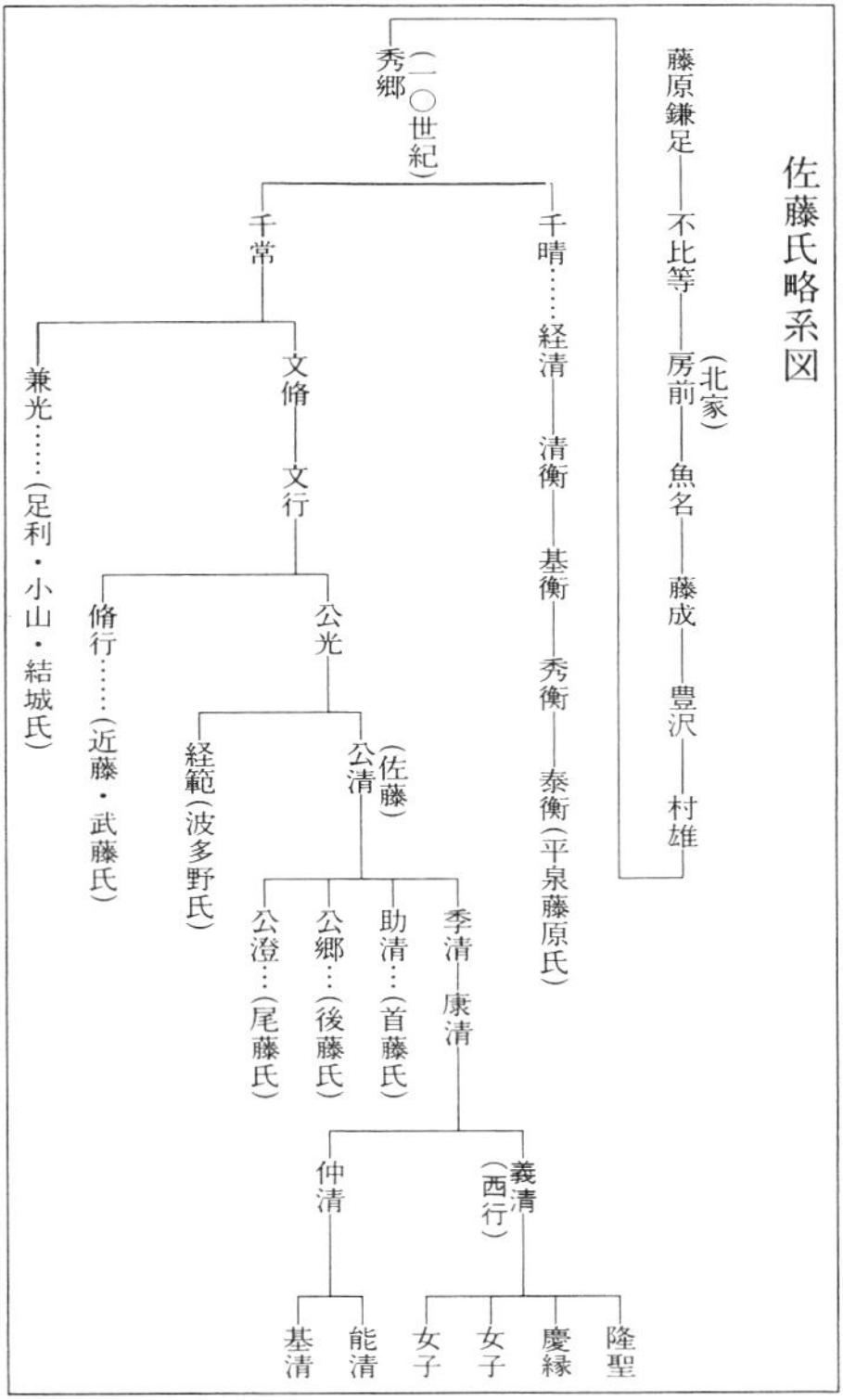

参考・目崎徳衛『西行』(吉川弘文館「人物叢書」)

清経は今様の達人であっただけでなく、蹴鞠《けまり》にも長じていた。私は読んだことがないけれども、鎌倉時代の「蹴鞠口伝集《しゅうきくくでんしゅう》」には、清経とともに、西行の説も数ヵ所に引かれているそうで、先の乗馬の例をみても、スポーツは得意であったに相違ない。スポーツと音楽の間には、切っても切れぬ縁があり、ことに才人ぞろいの北面の武士ならば、祖父清経の薫陶《くんとう》よろしきを得て、遊び女たちとも交流があり、今様の一つや二つは口ずさんだであろう。

遊びをせんとや生れけむ
戯《たはぶ》れせんとや生まれけむ
遊ぶ子供の声聞けば
我が身さへこそゆるがるれ

口当りのよい今様のリズムの底を流れる哀感には、西行の歌の調べと似たところがあり、晩年に詠んだ「たはぶれ歌」の連作を思い出させる。いずれも遊びに夢中になった幼年時代をなつかしみつつ詠んでいるのだが、身がゆらぐほどの感動をおぼえるのは、私だけではないと思う。

嵯峨に住みけるに、たはぶれ歌とて人々よみけるを
うなゐ児がすさみにならす麦笛の
声におどろく夏の昼臥し

昔かな炒粉《いりこ》かけとかせしことよ
袙《あこめ》の袖に玉だすきして

竹馬を杖《つゑ》にもけふは頼むかな
わらは遊びを思ひいでつつ

昔せしかくれ遊びになりなばや
片隅もとに寄り伏せりつつ

篠《しの》ためて雀弓張る男《を》のわらは

額烏帽子のほしげなるかな

我もさぞ庭の砂《いさご》の土遊び
さて生ひたてる身にこそありけれ

いたきかな菖蒲《しやうぶ》かぶりの粽《ちまき》馬は
うなゐわらはのしわざと覚えて

恋しきをたはぶれられしそのかみの
いはけなかりし折の心は

石投《いしな》ごの玉の落ちくるほどなさに
過ぐる月日は変りやはする

わかりにくいところは私が漢字に直したが、幼い子等が無心に鳴らす麦笛に、無明の夢はさめたであろうし、いゝ、いりこはたぶん黄粉《きなこ》のことで、着物の袖《そで》をたくし上げて、ままごと遊びに熱中した「昔」をなつかしく思い浮べたに違いない。その頃作った竹馬は、今は老いの身を支える杖となり、かくれん坊に興じた頃のように、人目から身をかくしたいと思っても、それもままならない。篠竹の小弓で、雀を狙《ねら》う男の子は、もういっぱしの侍気取りで、自分にもあのような日があったのだなあ、と思うかたわら、庭の砂遊びで、砂上に楼閣を築いたことも、考えてみれば、今行なっていることと大した違いはない。菖蒲《しょうぶ》で作った茅巻《ちまき》馬も、幼い恋をからかわれた辛《つら》さも、みな切ない思い出となって還《かえ》って来る。それらはすべて石投げの石が落ちて来る間の、瞬時の出来事にすぎず、夢のうちに過ぎ去って行くことは、昔も今も変りはないのである。

西行は「たはぶれ歌」と呼んでいるが、無邪気な童心を無邪気に歌いながら、心は少しもたわむれてはいない。昔の我をいとおしみつつ、今の我に反映させて、苦い思いに耐えている。それにも拘《かか》わらず、いささかの渋滞もなく、流れるように詠み下しているのが美しい。

祖父の清経は、稀代《きたい》の数奇者であるという以外に、何の業績も残さず、経歴もはっきりしないが、西行の父は夭折《ようせつ》したらしいから、孫の面倒を見たとしても不思議ではない。もともと教育者には不向きな人間で、ろくなことは教えなかったと思うが、ただひとつ「数奇」の心だけは、たとえ教えなくてもその暮しぶりを見るだけで、白紙の子供心に強烈な印象を残したであろう。

幼年期の西行の生活は、わずかにいくつかの歌によって、——それも晩年の思い出を通して知るのみだが、身心ともに健康で、元気のいい少年であったことは想像にかたくはない。乗馬や蹴鞠に熱中したのは、少し後のことだろうが、何事につけ思う存分やりぬくところに、「重代の勇士」の誇りと強さがみとめられる。桜が好きになれば、どこまでも桜を追い求めて付合い、付合うことによってさかりの花の美しさに陶酔し、散る花の哀《あわ》れに心を動かす。身心ともに耽溺《たんでき》しなければ、散る花を惜しむ気持も、来年の春を待つ楽しみも、これほど烈《はげ》しくはなかったであろう。

身をわけて見ぬ梢《こずゑ》なくつくさばや
よろづの山の花のさかりを

春風の花を散らすと見る夢は
さめても胸のさわぐなりけり

青葉さへ見れば心のとまるかな
散りにし花の名残と思へば

眺むとて花にもいたく馴《な》れぬれば
散る別《わかれ》こそかなしかりけれ

吉野山去年《こぞ》の枝折《しをり》の道かへて
まだ見ぬかたの花をたづねん

西行の桜の歌は無数にあり、とてもここには書きつくせないが、西行の「桜狂い」と、出家を求める心は、二律背反するものではない。これらの歌は、みな遁世《とんせい》して、自由な身となった後の作であろうが、出家以前の歌は少く、制作年代のわからないものが多い。そのうちの二首をあげておく。

いざさらば盛りおもふもほどもあらじ
藐姑射《はこや》が峯《みね》の花にむつれて

山ふかく心はかねて送りてき
身こそ浮世をいでやらねども

藐姑射が峯は、仙洞御所のことで、華やかな北面の生活に、終りを告げる日が近いことを暗示しており、次の一首もほぼ同様の意味で、心の中で遁世を思っていたことを歌っている。そして、思ったら直ちに実行に移すのが「重代の勇士」の習性で、その性格は生涯変ることがなかった。

「古今著聞集」にこのような逸話がのっている。少し長いけれども、西行の荒々しい一面を示しているので述べておきたい。

――西行は出家する以前に、北面に出仕するかたわら、徳大寺家の家人《けにん》もつとめていた。先に記した待賢門院の生家である。

さて、出家した後は長年諸国を遍歴していたが、ある日都へ帰って来た西行は、日頃目をかけられた主君がなつかしくて、後徳大寺左大臣（実定《さねさだ》）の邸《やしき》へ参上した。しばらく門の外から内をうかがっていると、寝殿の上に縄が張りつめてあるので、妙なことをすると思って、かたわらの人に尋ねると、あれは鳶《とび》が来るので張ってあるのだという。鳶がいるのが何故《なぜ》悪いのだろうと、西行は急にいや気がさし、踵《きびす》をめぐらして帰ってしまった。

ちなみにこの話は、「徒然草《つれづれぐさ》」にものっており、兼好法師は、ほかの邸でも同じことをしているのを見て、人に訊《き》いてみると、烏《からす》が池の蛙をとるのが悲しくて縄を張ってあるのだという。「徳大寺にも如何《いか》なる故《ゆゑ》か侍《はべ》りけむ」と、暗に西行の軽率さをなじっているような口ぶりである。

その次に、西行は実定の弟の大納言《だいなごん》実家の邸へ行き、北の方に会ってみると、想像していたような人柄ではなくて、欲張りみたいな感じがしたので不愉快になり、大納言にも会わずに帰った。三男の中納言実守は、早く亡《な》くなったが、その子の公衡《きんひら》の中将は、仁和寺《にんなじ》の菩提院《ぼだいいん》にいたので、そこへ行ってみると、縹《はなだ》に白を重ねた狩衣《かりぎぬ》に、織物の指貫《さしぬき》（袴《はかま》）をはき、勾欄《こうらん》にもたれて桜の花を眺めている風情《ふぜい》が、まことに優雅で美しく見えた。徳大寺家の伝統は、この中将が受けついで下さるに違いないと思い、その後もしばしば訪れて、親しく語り合うようになっていた。

ある時、蔵人頭《くろうどのとう》が選ばれると聞き、当然この中将がなるものと期待していたが、後白河法皇や九条兼実《かねざね》は、別な人々を推薦していたので、もし他人に先を越されるようなことになったなら、出家に踏み切ることを、西行はすすめもし、本人もその気になっていた。はたして中将は選に洩《も》れたので、西行が使いをやって、様子をうかがってみると、言を左右にして、出家をする気は毛頭ないようである。この人も、やはり駄目な人間であったのかと、その後は徳大寺家を訪問することも断念してしまった。

（西行は）世をのがれ身を捨てたれども、心はなほむかしにかはらず、たてだてしかりけるなり。

と、古今著聞集は記している。この「たてだてし」という古語には、気が強い、かどかどしい、という注釈がついているが、実際にはそれよりずっと悪い言葉で、荒くれ者とか、手におえぬ乱暴者という意味が含まれていたらしい。長年親しんだ主家の人々とも、容赦なく縁を切ってしまう「たてだてしさ」を、兼好法師は気に入らなかったので、鳥の一件にかこつけて、婉曲《えんきょく》に非難したのかも知れない。

少くとも若年の頃の西行は、相当の癇癪《かんしゃく》持ちで、好き嫌いがひどく、俵藤太以来の荒い気性に、自分で気がつきながらどうすることもできなかったのではないか。西行はけっして私たちが考えるように、はじめから風雅な歌人に生れついてはいなかったのである。

心から心にものを思はせて
身を苦しむる我身なりけり

ましてまして悟る思ひはほかならじ
わが嘆きをばわれ知るなれば

思へ心人のあらばや世にも恥ぢむ
さりとてやはといさむばかりぞ

「わが嘆きをばわれ知るなれば」の嘆きとは、「重代の勇士」の体内にひそむ暗黒の部分、――恐るべき野獣にも似た荒い血潮を鎮《しず》めるために、仏道に救いを求めたのではなかったか。彼は世をはかなんだのでも、世間から逃れようとしたのでもない。ひたすら荒い魂を鎮めるために出家したのであって、西行に一図な信仰心がみとめられないのはそのためである。荒馬を御すことはお手の物だったが、相手が自分自身では、そう簡単にあやつれる筈《はず》もない。それに比べると、天性の歌人の資質は、彼の心を和らげるとともに、大和言葉の美しさによって、「たてだてし」い野性は矯正され、次第に飼い馴らされて行ったであろう。明恵上人の伝記の中にある西行の、「我れ此《こ》の歌によりて法を得ることあり」という詞《ことば》は、そういうことを物語っているのだと思う。

あこぎの浦

前章にも記したように、西行の出家の原因は、親友の佐藤範康の急死にあると、「西行物語」は伝えているが、この世を厭《いと》う気持は、それよりずっと以前から、心の奥にかもされていたようである。

いつなげきいつおもふべきことなれば
後の世しらで人のすぐらん

いつの世にながきねぶりの夢さめて
おどろく事のあらんとすらん

なにごとにとまる心のありければ

さらにしもまた世のいとはしき

その頃の詠として、西行物語は右の三首をあげているが、物語の作者は、西行の歌を適当にアレンジしてのせているので、出家以前に詠《よ》んだものかどうか定かではない。特に最後の歌などは、「さらにしもまた世のいとはしき」といっているから、出家をしてもまだ悟ることができず、いったいこの世の何に執着しているのであろうかと、自問自答しているようなところがある。

ともあれ妻子のある前途有望の武士が、出家遁世《とんせい》するということは、よほどの覚悟を要した筈《はず》で、長年かかって積み重なった思いが、親友の死によって爆発したとみるのが自然であろう。

西行物語によると、その前日に鳥羽法皇の命により、西行こと佐藤義清《のりきよ》は、御所の障子に、十首の歌を一日のうちに詠んで奉《たてまつ》ったので、褒美に「あさひまろ」という太刀を賜わった。また、待賢門院《たいけんもんいん》の方へも召されて、美しい御衣《みぞ》の数々を頂戴《ちょうだい》したため、衆人は驚き羨《うらや》んだだけでなく、家族の人々も大いに面目をほどこしたという。

さて、その夜は同じ北面の武士の佐藤範康とともに退出し、明日はことにきらびやかないでたちで出仕しようと約束して、七条大宮で別れたが、翌朝範康の家へ行くと、門前で多くの人々が立ち騒いでいる。何事が起ったのか問い質《ただ》すと、殿は今宵亡《こよいな》くなられましたと、十九になる若妻と、八十を越えた老母が、身も世もあらず嘆き悲しんでいる。義清は夢に夢みる心地がして、人の命のはかなさを痛切に思い知らされるのであった。

越えぬれば又もこの世に帰りこぬ
死出の山こそ悲しかりけれ

世の中を夢と見る見るはかなくも
猶《なほ》おどろかぬ我がこころかな

年月をいかで我身におくりけん
昨日の人も今日は亡き世に

いずれも山家集にのっているが、三首目の「年月を」の歌は、新古今にも入っており、正にこの時の実感であったに相違ない。範康は、義清より二歳年上であったというから、とても他人事《ひとごと》とは思えなかったであろう。

それを機に義清は出家に踏み切るのであるが、「源平盛衰記」は、ぜんぜん別の物語を伝えている。

さても西行発心《ほっしん》のおこりを尋ぬれば、源は恋故《ゆゑ》とぞ承る。申すも恐ある上﨟《じやうらふ》女房を思懸《おもひか》け進《まゐ》らせたりけるを、あこぎの浦ぞと云ふ仰《おほせ》を蒙《かうむ》りて、思ひ切り、官位《つかさくらゐ》は春の夜見はてぬ夢と思ひなし、楽み栄えは秋の夜の月西へと准《なぞら》へて、有為《うゐ》の世の契《ちぎり》を逃れつつ、無為《むゐ》の道にぞ入りにける。（崇徳院《すとくゐん》の事）

西行の発心のおこりは、実は恋のためで、口にするのも畏《おそ》れ多い高貴の女性に思いをかけていたのを、「あこぎの浦ぞ」といわれて思い切り、出家を決心したというのである。

「あこぎの浦ぞ」というのは、

伊勢の海あこぎが浦に引く網も

たびかさなれば人もこそ知れ

という古歌によっており、逢《あ》うことが重なれば、やがて人の噂《うわさ》にものぼるであろうと、注意されたのである。

あこぎの浦は、伊勢大神宮へささげる神饌《しんせん》の漁場で、現在の三重県津市阿漕町の海岸一帯を、「阿漕が浦」「阿漕が島」ともいい、殺生《せっしょう》禁断の地になっていた。そこで夜な夜なひそかに網を引いていた漁師が、発覚して海へ沈められたという哀話が元にあって、この恋歌は生れたのだと思う。或いは恋歌が先で、話は後からできたという説もあるが、それではあまりにも不自然で、やはり実話が語り伝えられている間に歌が詠まれ、歌枕《うたまくら》となって定着したのであろう。

世阿弥《ぜあみ》が作曲した「阿漕」の能も、漁夫の亡霊のざんげ物語に脚色してあるが、前シテのクセの部分はこのような歌詞になっている。

恥かしやいにしへを、語るもあまりげに、阿漕が浮名もらす身の、亡き世語《がたり》のいろいろに、錦木《にしきぎ》の数積り千束の契り忍ぶ身の、阿漕がたとへうき名立つ、義清と聞えしその歌人《うたびと》の忍び妻、阿漕々々といひけんも、責一人《せめいちにん》に度重なるぞ悲しき。

漁夫のざんげ物語が、いつしか西行の悲恋の告白に変って行き、「阿漕々々といひけんも、責一人に度重なるぞ悲しき」と、前シテの老人が泣き伏すところなど、まるで西行がのりうつって、恨みを述べているかのように見える。

室町時代になると、「あこぎ」という詞《ことば》と、西行は、切り離せないものになっていたことを示しているが、もともとあこぎには、厚かましいとか、しつこいという意味があり、今私たちが使っているような、ひどいことをする、残酷である、という言葉とは違う。時代を経るにしたがって、ものの見かたの立場が変って来たのである。だから「あこぎの浦ぞ」といわれることは、最大の恥辱であったのだが、では、そんな冷酷な言葉を誰が投げつけたかといえば、ただ「申すも恐ある上臈女房」とあるのみで、相手は誰ともわかってはいない。朝廷に仕える女房たちとなら、西行は自由に交際していたし、源平盛衰記も、「申すも恐ある」とはいわなかったであろう。このように高飛車な言が吐けるのは、よほど身分の高い「上臈」に違いないのである。

なお源平盛衰記は、そのあとにつづけて一つの歌をあげている。

思ひきや富士の高根にひと夜ねて

雲の上なる月を見んとは
　此歌の心を思ふには、ひと夜の御契は有りけるにやと

私の知る範囲では、右の歌はどの歌集にも見えないから、盛衰記の作者の創作かも知れない。が、やんごとない女性とはかない契りを結んだことは、たとえばこのような歌から推察することはできるのである。

知らざりき雲ゐのよそに見し月の
かげを袂《たもと》に宿すべしとは

月のみやうはの空なる形見にて
思ひも出でば心通はん

断っておくが、私は西行の出家の原因がつきとめたいわけではない。前章で述べたように、それは自分の魂を鎮《しず》めるためで、原因ということをいうなら、ほかにいくらでも見出《みいだ》せると思う。私が知りたいのは、在俗時代に体験したさまざまの思いが、西

行の歌の上にどのような影響を与えたか、ことに失恋の痛手は、誇り高い若武者を傷つけ、生涯忘れがたい憶《おも》い出として、作歌の原動力となったような気がしてならない。先日、角田文衛氏の『待賢門院璋子《たまこ》の生涯』（朝日選書）を読んで、「申すも恐ある上臈」とは、鳥羽天皇の中宮、待賢門院にほかならないことを私は知った。角田氏は極めて慎重で、そんなことは一つも書いてはいられない。が、実にくわしくしらべていられるので、読者はいやでもそう思わざるを得ない。著者にとっては大成功といえようが、巧妙な語り口にのせられた読者の方も、悪い気持はしない。それというのも、待賢門院が、非常に魅力のある人物だからで、たとえ盛衰記の逸話がフィクションであるにせよ、西行が「永遠の女性」として熱愛し、崇拝したことに、疑いをはさむ余地はないのである。

それのみならず女院《にょういん》は、院政時代を象徴する代表的な存在で、数奇な運命をたどった女性である。しばらく角田先生の著書を参考にしながら、この人物について考えてみたい。

待賢門院璋子は、康和三年（一一〇一）、正二位権大納言《ごんだいなごん》藤原公実《きんざね》の末子に生れた。公実の子の実能《さねよし》、――璋子の兄に当る人が嵯峨《さが》に徳大寺を建立《こんりゅう》したので、その後は「徳大寺殿」と呼ばれるようになるが、西行がその家人《けにん》だったことは前に記した。

璋子は生れてすぐの頃から、白河法皇の寵妃《ちょうひ》、祇《ぎ》園《おん》女御の養女となり、以来、院の御所で生活するようになる。父の公実は美男であったというから、幼時からすぐれて美しい子供であったらしい。白河法皇が、孫のように可《か》愛《わい》がられた逸話が「今鏡」にある。

をさなくては、白河院の御ふところに御足さしいれて、ひるも御殿ごもりたれば、殿（関白忠実）などまゐらせ給《たま》ひたるにも、「ここにずちなき事の侍りて、え自づから申さず」などいらへてぞおはしましける。（宇治の川瀬）

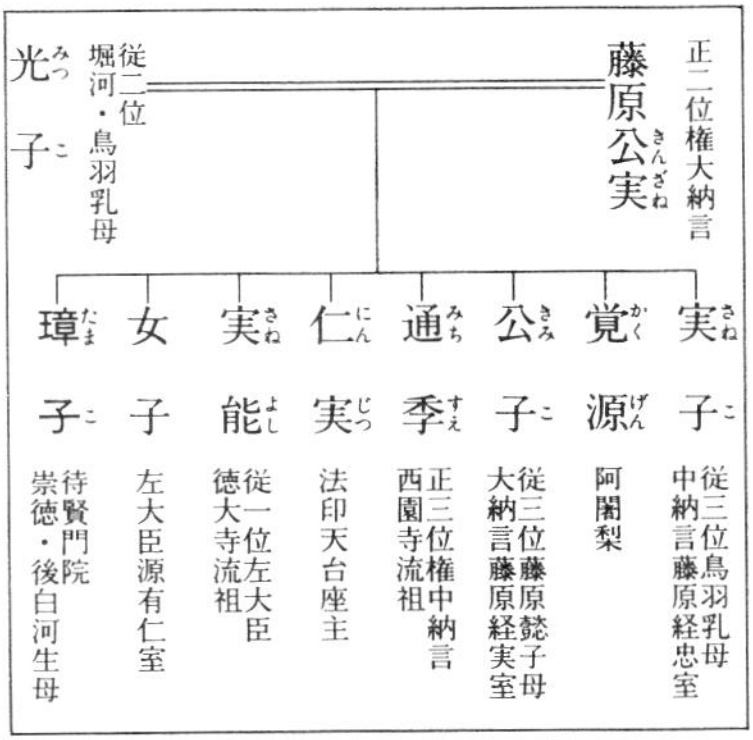

参考・角田文衛『待賢門院璋子の生涯』（朝日新聞社）

法皇のふところに足をさし入れて、昼も添寝をしていられたとは、何とも不思議な情景である。「ずちなき事」は術なきこと、仕様がないという意味で、関白が参内しても、今、手の離せない事情があって、答えるわけに行かないと、法皇がいわれたのもおかしなことである。いくら相手が幼い子供でも、妙に色っぽい話で、法皇がふくみ笑いをしながら、関白を追払っていられる様子が目に見えるようである。

そのようにして、天下第一の専制君主と、その寵妃に甘やかされて育った姫君の将来に、どんなことが起ったか。先《ま》ずはっきりしているのは、法皇が璋子を寵愛するあまり、ついに手をつけられたことで、その関係は、彼女が鳥羽天皇の中宮となった後もつづいて行く。光源氏と紫上の情事を思わせるが、いかに男女の仲が自由であった時代でも、これは異例のことで、しまいには璋子を自分の孫（鳥羽天皇）の中宮に据えてしまうのだから、言語道断というほかはない。

法皇と璋子の情交が、いつ頃はじまったかわからないが、角田氏によると、璋子が初潮を見たのは十三歳の頃というから、その前後のことだろう。法皇は既に六十歳に達しておられ、璋子を才色兼備な「女」に仕立てるべく全力をつくされたに違いない。璋子の方でも、充分それに応《こた》えるだけの素質に恵まれていたが、十五、六歳の頃には、いっぱしの不良少女《アンファン・テリーブル》に育っていたこともまた想像に難くないのである。

法皇はただ彼女を弄《もてあそ》んだわけではなく、心から愛しておられたから、一方では適当な婿《むこ》を探すことに熱心であった。白羽の矢を立てられたのは、関白忠実の息、忠通《ただみち》であったが、忠実は言を左右にして応じない。ついに法皇はその計画をあきらめて、鳥羽天皇のもとへ入内《じゅだい》させることに決定された。それは永久五年（一一一七）十二月のことで、天皇は十五歳、璋子は十七歳になっていた。いよいよ入内がきまった時、忠実ははじめて日記「殿暦《でんれき》」に、このようなことを暴露した。

――件《くだん》の院の姫君は、備後守季通《びんごのかみすえみち》と通じており、世間の人々は皆このことを知っている。「不可思議也《なり》」。その他いろいろの噂が耳に入り、とても真実とは思えないが、世間周知の事実であるのだ、と。

更に数日を経て、忠実はまた書く。――院の姫君は、季通だけでなく、「宮の律師」増賢の童子とも密通している。「実ニ奇恠《きっかい》不可思議ノ人也。末代の沙汰書き尽すべからざる也」と記し、また何日か後にも、――このような「乱行ノ人」の入内は、将来とり返しのつかぬことになろう。「日本第一ノ奇恠ノ事歟」と、三度にわたって悲憤慷慨《こうがい》しているのだ。原文は平仮名まじりの漢文で、わかりにくいので省略して書いたが、忠実が、なぜ息子の縁談を執拗《しつよう》に断ったか、この日記によって知ることができる。

なお季通については、「今鏡」に左のような記事がある。

宗通《むねみち》の大納言の三郎にて、季通前《さき》ノ備後守とておはしき。文のかたも知り給ひき。箏《さう》の琴、琵琶など、ならびなくすぐれておはしけるを、兵衛ノ佐《すけ》より四位し給ひて、この御中（兄弟の中）に上達部《かんだちめ》にもなり給はざりしこそくちをしく、さやうの道のすぐれ給へるにつけても、色めきすぐし給へりけるにや。（弓の音）

だが、角田氏は、季通がそんなに好色であったとは考えられないという。ただ、音楽に堪能《たんのう》であり、法皇の寵臣宗通の子息であったため、童のころから内裏へ出入し、長じて後は璋子の音楽の師となって、肉体関係を結んだのではないかといわれている。それにしても、法皇の御所の中で、大勢の女房たちの目をぬすんで密通するというのは、殆《ほと》んど不可能なことではあるまいか。私が思うに、わがまま一杯に育った璋子にとっては、女房も乳母も眼中にはなく、そなた達は下っておれ、といわんばかりに、大っぴらに季通を几帳《きちょう》の中へ引入れたのではなかったか。

増賢の童子の場合も同様で、加持祈禱《かじきとう》に参上した僧侶《そうりょ》の中に、美しい童がいるのに目をつけ、彼をひきとめて、たっぷり可愛がったのに違いない。幼い時から白河法皇の行状を見馴《みな》れていれば、奔放な性格になったのは無理もないことで、彼女だけの罪とは言い切れないものがある。もともと不自然な育ちかたをしているのだから、「奇恠不可思議」な行動に出たのも、法皇への当てつけの意味もあったであろうし、また、どこまで許されるか、試してみたい気もなかったとはいえまい。甘やかされた女の子にはよくあることで、罪はむしろ法皇の側にあったと思わざるを得ない。

やがて、季通と童子はうやむやのうちに葬《ほうむ》られてしまうが、世間に知られていたのはこの二人だけでも、ほかにかくれた愛人がいなかったとは思えない。ことに西行の場合は、徳大寺家の家人であり、主家の姫君とは昵懇《じっこん》の間柄だったから、間違いが起ったとしても不思議はないのである。璋子にしてみれば、どの相手も単なる遊びにすぎず、「あこぎの浦ぞ」と戒めたのは、未《ま》だしも情ある仕打であったかも知れない。

弓張《ゆみはり》の月にはづれて見し影の
優しかりしはいつか忘れん

面影の忘らるまじき別かな
名残を人の月にとどめて

数ならぬ心の咎《とが》になし果てじ
知らせてこそは身をも恨みめ

怪《あや》めつつ人知るとてもいかがせん
忍びはつべき袂ならねば

切々としたこれらの歌に接する時、西行の恋がどんなに辛《つら》く烈《はげ》しいものであったか、相手を手のとどかぬところにいる「月」にたとえ、みずからを「数ならぬ心」と卑下したのも、身分の差を意識して涙を呑《の》んだのであろう。「そのかみのいはけなかりし折の心」も、「魂切れらるる恋」の憶い出も、少年の頃から心の中に秘めていた唯一《ゆいいつ》無二の思いではなかったであろうか。その思いが束《つか》の間《ま》の契《ちぎ》りで終ったために、恋心はますますつのったであろうし、ついには作歌の源流となって、多くの美しい恋歌を遺《のこ》す起因となった。恋歌ばかりでなく、前述の桜の歌の中にも、待賢門院の面影が揺《よう》曳《えい》しているように見えてならない。

花に染む心のいかで残りけむ

捨てはてきと思ふ我身に
青葉さへ見れば心のとまるかな
散りにし花の名残と思へば

待賢門院は、康治元年（一一四二）二月、四十二歳で出家された。その御影《みえい》が、嵯峨の法金剛院に蔵されている。保存がいいので、彩色はよく残っているが、全体の調子は優しすぎて、鎌倉時代の作とは信じにくい。たぶん原画があって、いつの時代にか模写されたのであろう。が、美しい肖像画であることに変りはなく、緋《ひ》の袴《はかま》の上に薄墨色の衣をまとい、白い花帽子の蔭《かげ》から、削髪《そぎがみ》がのぞいている風情《ふぜい》も、「散りにし花の名残」をとどめている。その寂しげな表情には、かつての奔放な明るさはなく、女院もまた人生の苦しみを味合われたことを物語っている。

先にもいったように、白河法皇との情事は、入内した後もつづいたが、第一皇子の顕仁《あきひと》親王（後の崇徳《すとく》天皇）が、法皇の胤子《いんし》であることは、天下にかくれもない事実であった。ために鳥羽天皇は、この皇子のことを「叔父子《おじご》」と呼んでおられた。鳥羽天皇には、祖父に当る白河法皇の御子だから、「叔父」であると同時に、名目上は「子」

でもあるからだ。

待賢門院のことを私が、院政時代を象徴する女性といったのは、そのような意味もあり、やがて勃発《ぼっぱつ》する保元の乱の因《もと》を作った。その頃には、西行はとうの昔に出家しており、女院も久安元年（一一四五―四十五歳）に崩御になったから、骨肉相食《あいは》む戦を見ずに済んだのは、せめてもの倖《しあわ》せといえよう。後に西行は、讃岐《さぬき》にある崇徳院の御陵に詣《もう》で、深い悲しみのうちに鎮魂の歌をささげた。その心の奥には、在りし日の待賢門院の面影と、彼女が犯した罪の恐しさと哀れさが交錯して、名状しがたい思いに打たれたのではなかろうか。

法金剛院にて

山家集をひもといている時、ふとこんな歌にめぐり合った。

なにとなく芹《せり》と聞くこそあはれなれ
摘みけん人の心知られて

何となく芹というのは哀《あわ》れなものである、それを摘んだ人の心が思いやられて、というだけのことであるが、却《かえ》ってこのような軽い調べの奥に、西行の本心がうかがえるように思う。

芹については一つの哀れな物語がある。昔、後宮で庭の掃除をしていた男が、にわかに風が吹きあげた御簾《みす》のうちで、后《きさき》が芹を召し上っているのを垣間見《かいまみ》て、ひそかに思いを寄せるようになった。何とかして今一度お顔が見たいと思うが、卑賤《ひせん》の身ではどうすることもできない、もしや気がつかれる折もあろうかと、毎日芹を摘んで御簾のかたわらに置いていた。長年そのようにして日数をかさねたが、更にしるしがないので、男は恋患《わずら》いになって死んでしまった。

いまはの際《きわ》に娘を呼んでいうには、「自分は病のために命を落すのではない。これしかじかのわけがあって、物思いがつのって死ぬのである。それを不憫《ふびん》に思ってくれるならば、功徳《くどく》のために芹を摘んでほしい」と、苦しい息の下からそう言い残して亡《な》くなった。娘は父親の遺言を守って、芹を摘んで仏に供え、僧侶たちにも食べて貰《もら》うことにしていた。

その娘は、後に后の宮の下働きの女官となり、後宮に仕える身となったが、亡父の話をしているのを后が聞かれて、「そういえば昔そんなことがあったようだ」と、大そう気の毒に思われ、娘を常に傍《そば》に召されて、目をかけられるようになった。その后は、嵯峨天皇の皇后であったというから、美貌《びぼう》で聞えた檀林《だんりん》皇后の逸話であったかも知れない。

この物語は、源俊頼《としより》の歌論集「俊頼髄脳」にのっており、卑《いや》しい身分の男が、后に思いをかけたという話は、謡曲の「恋重荷《こいのおもに》」や「綾鼓《あやのつづみ》」とも共通するところがあるから、或いはそれらの曲の典拠になったとも考えられる。

芹つみし昔の人もわがごとや
心に物はかなはざりけむ

という古歌もあり、「芹を摘む」という詞《ことば》は、年月を経る間に、元の意味はなおざりにされ、物事が叶《かな》わぬことを表わすようになって行った。

西行の歌の場合は、明らかに、芹を「摘みけん人の心」を自分の心として、哀れに感じたことは疑うべくもない。ことに相手が「后」であってみれば、他人事《ひとごと》とは思えなかった筈《はず》で、我にもあらず待賢門院への思慕を告白したようなものである。却って何げない歌の中に、本心が見出《みいだ》されるといったのはそういう意味で、女院を慕う心が、西行の歌の源泉となったことは確かである。

なお西行の「聞書集《ききがきしゅう》」には、

ななくさに芹ありけりと見るからに
ぬれけむ袖《そで》のつまれぬるかな

という歌もあり、山家集にも、

逢ふことのなき病にて恋死なば
さすがに人やあはれと思はん

と、芹を摘みつつ焦《こが》れ死んだ男に思いを致していることもつけ加えておきたい。

「西行物語絵巻」（徳川本）によれば、西行は出家した後、嵯峨に庵《いおり》を結んだ。実際には、洛中《らくちゅう》洛外を放浪していたらしいが、嵯峨にはその後も度々住んでいるから、庵室があったのは事実であろう。

嵯峨にすみけるに、道をへだてて坊の侍《はべ》りけるより、
梅の風にちりけるを
ぬしいかに風わたるとて厭《いと》ふらん
よそにうれしき梅のにほひを

西行の庵室風景「西行物語絵巻」(鎌倉時代　萬野美術館蔵)

嵯峨にすみけるころ、とな
りの坊に申すべきことあり
てまかりけるに、道もなく
葎《むぐら》のしげりければ

立ちよりてとなりとふべき垣にそひて
ひまなく這《は》へる八重葎かな

小倉山ふもとに秋の色はあれや
梢《こずゑ》の錦《にしき》かぜにたたれて

わがものと秋の梢を思ふかな
小倉の里にいへ居せしより

ここにあげた絵は、西行の草庵の風景である。詞書を欠いているので、嵯峨とはっきり断定することはできないが、庭の竹藪《たけやぶ》といい、小《こ》柴垣《しばがき》をめぐらした板屋のたたずまいといい、嵯峨のあたりの侘《わ》びた閑居を想わせる。脇息《きょうそく》にもたれて、ぼんやり外を眺めている西行の視線のかなたには、打毬《だきゅう》に興じている子供たちがおり、気の強そうな男の子や、おてんばな女の子が、それぞれ動きのある面白い姿に描かれている。西行が子供心に還《かえ》って、嵯峨で「たはぶれ歌」を詠《よ》んだのは晩年のことであるが、画家の心の中にはそれらの美しい歌の数々が、ふとよぎったのではなかろうか。

嵯峨に西行をひきつけたのは、ただ景色が美しく静かだというだけではあるまい。そこには待賢門院が晩年を送られた法金剛院があるからだと私は思っている。

この寺は、白河法皇が崩御になった大治四年（一一二九）、女院の御願によって建立《こんりゅう》され、鳥羽上皇とともにしばしば御幸になり、多くの堂塔が造られていった。上皇が美福門院《びふくもんいん》を寵愛《ちょうあい》されるようになった後は、ようやく女院の周辺にも暗雲がたちこめ、法金剛院に住まわれることが多くなる。西行が二十三歳で出家に踏み切ったのはその頃で、翌々年の康治元年（一一四二）には、女院も法金剛院において落飾された。一《いっ》品経《ぼんぎょう》の勧進のために、西行が諸家を廻ったのはその年のことだが、出家の身の気易《きやす》さから、陰になり日向《ひなた》になりして、衰運の女院の心を慰めたのであろう。

先日、私は京都へ行ったついでに、法金剛院をおとずれた。法金剛院は、嵯峨の双《ならび》ヶ丘《おか》の麓《ふもと》、花園にある。住職のお話によると、嵯峨の中でもこのあたりは野草が多かったので、「花園」と呼ばれたというが、平安初期には、右大臣清原夏野《きよはらのなつの》が山荘を建て、夏野の没後は寺となり、双丘寺と号した。その後、文徳《もんとく》天皇の御願により、天安寺と改名したが、次第に荒廃して行き、平安末期には、草茫々《ぼうぼう》たる廃寺と化していた。由緒《ゆいしょ》が古く、敷地も広大で、女院の御所としては理想的な環境をえらばれたのである。

現在はここも開発の波におそわれ、当時の壮観を偲《しの》ぶべくもないが、清らかな生垣にかこまれた境内には、女院の御所らしい品のよさと、優雅な雰囲気が感じられる。折からの暖い日ざしをあびて、早咲きの紅しだれがほころびそめているのも、ひとしお風情《ふぜい》をそえていた。

今は律宗の寺に変っており、住職は大和の唐招提寺から来られたと聞くが、こういう寺院にふさわしい柔和な人物で、口絵に掲載した待賢門院の肖像画なども、勿体《もったい》ぶらずに快く見せて下さる。境内のどこでも自由に歩いて下さいと、勝手にさせて頂けるのもうれしかった。

そういう住職の丹精のたまものであろう、庭は思いの外に手入れが行きとどき、真中に大きな池が残っていて、のびのびした平安朝の回遊式庭園の名残をとどめている。「花園」の名にたがわず、四季折々の草木が植えてあるのも趣きがあり、ちょっと想像力を働かせれば、かつての盛観を甦《よみがえ》らすことも、さして至難なわざではない。

本堂の中には、待賢門院の御願による丈六《じょうろく》の阿弥陀如来《あみだにょらい》が鎮座しているが、お堂がせまいため、びっくりするほど大きく、立派に見える。ものは考えようで、建築などをあまりきらびやかに復元して、空々しく見えるより、小さなお堂の中に、古い仏が祀《まつ》ってある方が、私などには好ましい。ことに傷心の女院が、西方浄土を夢みて、日夜朝暮に礼拝されたであろうことを思うと、女院の魂は、この阿弥陀さまの体内に、未《いま》だに生きつづけているような感慨に打たれる。

本堂の東北の奥まったところには、「青女《あおめ》の滝」がある。青女とは何を意味するのか私は知らないが、女院がもっとも関心を示されたものの一つで、背後の五位山から流れて池に入る。その石組が雄大で見事なことは、目を見張るばかりである。それも一時は荒廃していたらしく、森蘊《おさむ》氏の研究によって復元されたと聞くが、今となっては創建当時の唯一《ゆいいつ》の遺構のように思われる。角田文衞氏の著書によると、ある時、待賢門院はこの滝を見に行かれ、造園の名手であった静意を召して、もう五、六尺高くするよう命ぜられたという。その一事をもってしても、法金剛院の造営にどんなに心を砕いていられたか、わかるというものだ。それは単なる御願寺ではなく、私的な御所として、極楽浄土を象徴する美の世界であったことを物語っている。

そこから小暗い山道を登って行くと、墓場になり、少し開けたところに、仁和寺《にんなじ》御室《おむろ》の法親王方のお墓が、十数基も林立している。いずれも徳川時代のものであるが、しめっぽい感じはなく、見あげるような宝篋印塔《ほうきょういんとう》が、ひしめき合っている景色は壮観である。昔はこのあたりまで仁和寺領で、背後の五位山が、一に「内山」と呼ばれるのも、仁和寺の「大内山」に対しての名称であろう。山とはいえないほどの低い丘であるが、山頂は古墳になっており、仁明《にんみょう》天皇はそこからの眺望を愛《め》でて、五位の位を授けられたと伝えている。

そこからまた爪先《つまさき》のぼりに、切通しのような参道を辿《たど》って行くと、突然景色が開けて、待賢門院の御陵の前へ出る。正しくは「花園西陵」といい、五位山の中腹に東面して建っている。つつじの植込みにかこまれた明るい環境で、一町ばかりへだてたところに、皇女の上西門院《じょうさいもんいん》の「花園東陵」もある。

法金剛院庭園の「青女の滝」

久安元年（一一四五）八月二十二日、女院は四十五歳で崩御になった。それは法金剛院ではなく、三条高倉第においてであった。待賢門院は七人も御子を生まれただけでなく、熊野詣《もうで》に十三回も行かれたほど健康な女性であったが、二年前に疱瘡《ほうそう》を患ってからめっきり衰弱し、その養生のためもあって、都に御座を移されたのであろう。鳥羽法皇も度々お見舞に行かれたが、さまざまの祈禱《きとう》のかいもなく、その多情多感な一生を終えられたのであった。

遺言により、遺骸《いがい》は火葬に付さず、法金剛院の裏山に埋めるよう言いおかれたので、翌二十三日には法金剛院の三昧《さんまい》堂に移され、五位山の石窟《せっくつ》のうちに埋葬された。

待賢門院、かくれさせおはしましにける御あとに、人々またの年の御はてまで候《さぶら》はれけるに、南面《みなみおもて》の花散りける頃、堀河の局《つぼね》の許《もと》へ申おくりける

尋ぬとも風の伝《つて》にも聞かじかし
花と散りにし君が行《ゆく》へを

返し

吹く風の行へしらするものならば
花と散るにもおくれざらまし　　堀河

これは待賢門院が亡くなられた後、三条高倉の御所で、喪に服していた人々のところへ、西行が訪れた時、南殿の桜が散っているのを見て、堀河の局のもとへおくった哀傷歌である。

——花のように散って行った女院の行方をいくら尋ねても、風の便りにも聞くことはできない、と嘆いたのに対して、堀河の局は、吹く風が教えてくれるものならば、花と散った君の御跡を慕って行くものを、と応《こた》えたのである。西行二十九歳の時の詠で、度々いうように、待賢門院のかたへは常に出入りをしていたので、院の女房たちとは極めて親しかった。

中でも堀河の局は、その姉妹とともに、長年女院の側近に仕え、女院が出家された時は、後を追って尼になった程だから、西行の心は知りつくしていたに違いない。百人一首には、「長からむ心も知らず黒髪の乱れて今朝はものをこそ思へ」の名歌がとられており、平安末期を代表する歌人の一人であった。

堀河の局、仁和寺に住みけるに、まゐるべき由申《よしまうし》たりけれども、まぎるることありて程経にけり。月の比《ころ》前を過ぎけるをききて言ひおくりける

西へ行《ゆく》しるべとたのむ月影の
そらだのめこそかひなかりけれ

かへし

さしいらで雲路を過《よ》ぎし月影は
またぬ心ぞ空にみえける　　西行

この贈答歌は、新古今集にも入っていて、「西行法師を呼び侍《はべ》りけるに、まかるべきよしは申しながら、まうで来で、月の明《あか》かりけるに、門《かど》の前を通ると聞きて、遣はしける——待賢門院ノ堀河」となっており、この詞書の方がわかりやすい。前の哀傷歌より数年のちのことだろう、西行は、仁和寺に住んでいた堀河の局のもとを訪れると、かねてから約束していたが、用事にかまけて果さなかった。ある月の美しい夜、仁和寺の門前を西行が通りすぎて行ったと聞き、堀河はここぞとばかりからかったの

である。

「西へ行」には、西行の名がかけてあり、――極楽浄土へ案内して下さると頼みにしていたのに、通りすぎるとは何事か、となじったのに応えて、西行は、門の中へ入らなかったのは、あなたが少しも待っていない気配が、月明りの「空」に見えたからですよと、逆手にとって応酬したのである。

新古今集では、「釈教」の部に入っているが、これは一種の諧謔《かいぎゃく》の歌で、真面目《まじめ》をよそおいながら、互いに余裕をもって笑談を言い合っているのが面白い。彼らは一筋縄では行かぬ数奇者であったのだ。このような女房たちが群れている女院の御所で、西行が持てはやされたのは当然のことで、それをいいことにしじゅう通ったに違いない。西行にはそういうしたたかなところがあった。女院を失うことは最大の痛恨事であったが、生前には秘めに秘めていた恋慕の情を、公然と女房たちと語り合えることに、いささかの慰めを見出したのではあるまいか。


十月なかのころ、宝金剛院の紅葉見けるに、上西門院おはしますと由ききて、待賢門院の御時思ひ出《い》でられて、兵衛殿の局にさしおかせける

紅葉みて君がたもとや時雨《しぐ》るらん
むかしの秋の色をしたひて

かへし

色ふかき梢をみても時雨れつつ
旧《ふ》りにし事を懸けぬ日ぞなき　兵衛

上西門院に院号が与えられたのは、平治元年のことだから、待賢門院の崩御から十数年経た頃のことであろう。西行は、ある日法金剛院へ紅葉を見に行き、皇女の上西門院がおられると聞いて、女房の兵衛《ひょうえ》の局を通して歌をさしあげた。わかりやすいので、別に説明はいるまいが、ここにいう「紅葉」とは、紅涙を意味しており、西行は女院の面影を慕って、血の涙を流したのである。このことは、同じく法金剛院で詠んだ「いにしへを恋ふる涙の色に似て袂《たもと》に散るは紅葉なりけり」の歌によって、なおいっそうはっきりする。

兵衛の局の「かへし」も西行の気持を察して、――私たちも昔のことを思って泣いているのですから、あなたもさぞかし女院のことを思い出さぬ日はないでしょうと、互いに同情しているような感じがする。理想的な贈答歌とはそういうものかも知れない。兵衛は堀河の妹で、はじめ待賢門院に仕えたが、のち上西門院の女房となり、やはり多くの秀歌を遺《のこ》した。山家集には、ほかにこのような贈答歌もある。

上西門院の女房、法勝寺《ほつしようじ》の花見侍《はべり》けるに、雨のふりてくれにければかへられにけり。又の日、兵衛のつぼねのもとへ、花のみゆき思出させ給らんとおぼえて、かくなん申さまほしかりしとてつかはしける

見る人に花も昔を思ひいでて
恋ひしかるべし雨にしをるる

返し　　　　　　　　　　兵衛

古《いにしへ》をしのぶる雨と誰か見ん
花もその代の友しなければ

わかき人々ばかりなん。老いにける身は、かぜのわづらはしさにいとはるる事にてとありける、やさしく聞

えけり

「花のみゆき」とは、保安五年（一一二四）二月十二日、待賢門院が二十四歳の時、白河法皇、鳥羽上皇とともに、車をつらねて法勝寺へ花見に行かれた折のことで、「今鏡」（「白河の花の宴」）は、「世にたぐひなき華やかさ」であったと、口を極めて讃《さん》美《び》している。それは文字どおりの「花のみゆき」であり、花の盛りの女院にとっても、得意の絶頂にある一時期であった。その時兵衛の局は、

よろづ代のためしと見ゆる花の色を
うつしとどめよ白河の水

と詠じ、喝采を博したので、とりわけ思い出すことは多かったに違いない。その法勝寺へ、上西門院の女房たちが花見に行き、雨が降ったので帰って来た。後に西行は、兵衛のもとへ、昔の「花のみゆき」を思い出したであろうと、そのことが言いたくて歌を贈った、というのである。

例によって、花を擬人化して歌っているが、西行の心も雨にぬれていたことを暗示

している。兵衛の返歌もそれを受けて、昔のことを知る人がいなかったならば、誰が今日の雨を、古えを偲《しの》ぶ花の涙と思ったでありましょうかと、西行のこまやかな心遣いを感謝したのである。

この返歌にはあとがきがあって、花見には若い人たちだけ行ったので、年老いた兵衛は、かぜのわずらわしさに、遠慮したとある、そのことを西行は「やさしく聞えけり」と評した。かぜは、風か、風邪か、どちらともわからないが、優しく聞えたというのは、たぶん花を散らす「風」のことだろう。待賢門院の女房たちと取交した歌は、このほかにいくらでもあり、何十年経《た》っても女院の面影が忘れられなかったことを語っている。

嵯峨のあたり

法金剛院から北へ向うと、すぐ仁和寺《にんなじ》である。ここの山門から眺める景色は美しい。巨大な仁王門が額縁となって、その中に緑したたる大内山がすっぽりとはまりこみ、自然と人工のみごとな調和を形づくっている。大内山には、仁和寺を完成した宇多《うだ》天皇の御陵があり、譲位の後はここを御所とされたので、「御室《おむろ》」と呼ばれるに至った。その後、天皇の御子たちが相継いで入室され、平安末期には、待賢門院《たいけんもんいん》所生の覚性《かくしょう》法親王が門跡となっていた。

仁和寺の御室にて、山家閑居見雪と云事《いふこと》をよませ給《たまひ》けるに

ふり埋む雪を友にて春きては
日をおくるべき深山辺《みやまべ》の里

これは西行が覚性法親王の歌会で詠《よ》んだもので、雪が降りつもっている間は、雪を友とし、春が来ればのどかな日々をすごすのにふさわしい山里の閑居である、という意味だが、「春までは」となっている本もあり、その方が通りがいい。通りはいいが、やや冗漫になるので、やはり「春きては」が正しいと思う。覚性法親王は、御室で密教の修行をされるかたわら、風流の士を集めて歌会を催されたが、歌会や歌合《うたあわせ》にほとんど参加しなかった西行も、ここはしばしば訪れたようである。

待賢門院堀河の局《つぼね》が尼になって、仁和寺に住んでいたのも、法親王の縁故によるのであろうが、当時の仁和寺は、東は紙屋川《かみやがわ》から、西は広沢の池に至る広大な寺域を占めていたというから、今となってはその庵室の跡を知るすべもない。

有名な「御室の桜」は、四月末に咲くので、法金剛院からの帰りに行った時はまだ蕾《つぼみ》が固かった。この桜は、地盤が岩であるためのびることができず、二、三メートルの背丈しかないが、根元から枝がいくつにもわかれて、みっしり花をつけている姿は見事である。このような桜の林ができたのはたぶん近世のことで、西行は見ることができなかったであろう。それが残念に思われる。

桜といえば、清和院《せいかいん》で詠んだ西行の歌が私は好きである。

春風の花を散らすと見る夢は
さめても胸のさわぐなりけり

この歌には、「夢中落花と云事を、清和院の斎院にて人々よみけるに」という詞書《ことばがき》があり、岩波古典文学大系によると、清和院の斎院とは、待賢門院の皇女、上西門院《じょうさいもんいん》のことである。一応題詠（題のもとに歌を詠むこと）になっているが、これは西行が実際に見た夢に違いない。いつ頃詠んだか定かではないが、そんなに後のことではなく、洛中《らくちゅう》洛外を放浪していた間のことだろう。

上西門院は、鳥羽上皇の第二皇女で、統子《むねこ》内親王といい、覚性法親王の姉宮に当る。幼い頃は賀茂の斎院であったが、「端正にして美麗なること、眼の及ぶ所に非《あら》ず」と公家の日記に絶讃《ぜっさん》されたほどの美人で、西行にとっては待賢門院の再来のように思われたに違いない。

春は花を友と云事を、せか院の斎院にて人々よみけるに

おのづから花なき年の春もあらば
何につけてか日を暮すべき

前の歌と同じ時か、別の時かわからないけれども、たぶん別の時に詠んだのではないかと思われる。西行はそのようにして、待賢門院ゆかりの人々を訪れることが多かった。これらの歌も制作年代は不明であるが、花の散る夢を見て胸騒ぎがしたり、花の咲かぬ年は気落ちして、なすすべもないといったような虚脱感は、もしかすると待賢門院の死の前後のことであったかもわからない。

ある所の女房、世をのがれて西山に住むときききて、訪ねければ、住み荒したる様して、人の影もせざりけり。あたりの人に斯《か》くと申おきたりけるをききて、言ひおくれりける

潮なれし苫屋《とまや》も荒れてうき浪に
寄る方もなき蜑《あま》と知らずや

かへし
苫の屋に浪たち寄らぬ気色《けしき》にて
あまり住み憂《う》き程は見えにき　　　西行

詞書の「ある所の女房」は、西行法師家集では、「待賢門院堀河の局」となっており、堀河が仁和寺へ移る以前のことだったかも知れない。ある日、西行が訪ねて行くと、いかにも住み荒したという風で、人影も見当らなかったので、近所の人に、西行が訪れたことを言い置いて帰ったところ、このような歌を送って来た。

――住みなれた苫屋《とまや》（庵室）も荒れてしまい、よるべもなく漂う海女《あま》（尼）のように、寂しい日々を送っていることを、あなたは御存じないのですか。そういって来たので、西行は直ちに返歌をした。

――海女の苫屋には、誰も立寄らぬように見えましたので、ほんとうに寂しい暮しをなさっている様子がよくわかりました、と。

山家集ではこれらの歌の前後に、「ある人」とか、「親しき人々」と交した歌がいくつも並んでおり、いずれも待賢門院の女房たちではないかと想像される。そのうちの一つ。

待賢門院中納言《ちゆうなごん》の局、世を背きて、小倉山の麓《ふもと》に住まれける頃、まかりたりけるに、事柄まことに幽に哀《あはれ》なりけり。風のけしきさへことに悲しかりければ、書きつけける

山おろす嵐の音のはげしさを
何時《いつ》ならひける君がすみかぞ

中納言の局は、美貌《びぼう》で聞えた才女であり、堀河の局や、その妹の兵衛の局とともに、西行とは特別親しい仲であった。その人が尼になって、小倉山の麓《ふもと》に住んでいた時、西行は訪ねて行ったが、やはり留守だったので、柱か障子に一首の歌を書きつけて帰って来た。

——「嵐の音」には、「嵐山」がかけてあるのだろう、その音のはげしさに、あなたのような手弱女《たおやめ》が、いつ頃から馴れて住みつかれたのでしょうかと、「幽に哀」な住居に共感しつつ同情もしている。

「かへし」ではないが、この歌には後日譚《ごじつたん》ともいうべきものがあって、西行と女房た

ちの間には、常に往き来《き》があったことを物語っている。

（中納言の局の）あはれなる住所訪《すみかと》ひにまかりたりけるに、この歌を見て書きつけける　同じ院の兵衛の局

憂世《うきよ》をば嵐の風に誘はれて
　家を出でにしすみかとぞ見る

兵衛の局はたぶん西行から「あはれなる住所」のことを聞いたのではなかろうか。ある日、そこを訪ねて、柱に書いてある西行の歌を見て、その横に返歌のかわりにしたためたと思われる。

西行の歌をうけて、すらりと詠んでいるのでわかりやすいが、このように書いてみると、待賢門院関係の人々と、どんなに親しく付合っていたか、改めて思い知らされる。が、もちろん女房たちとだけ交際していたわけではなく、たとえば「大原三寂」と呼ばれた寂念・寂超・寂然のほかにも、有名無名の遁世者《とんせいしゃ》らと交流があった。

忍西入道吉野山の麓に住みける、秋の花如何《いか》におもし

ろかるらんと床しう、と申遣《まうしつか》はしたりける返事に、いろ〳〵の花を折り集めて

鹿の音や心ならねばとまるらん
さらでは野辺をみな見する哉《かな》

かへし

鹿の立つ野辺の錦《にしき》の切り端《はし》は
残り多かる心地こそすれ　西行

詞書の「吉野山」が、「西山」となっている本もあるが、これは後者の方が正しいと思う。吉野山では遠すぎて、都の近くにいる西行のもとへ花を届けることはできなかったであろう。

——鹿の音は思うままにならぬから、そちらへ送ることはできないが、もし送ることができたなら、そこではじめて秋の野べの風情《ふぜい》を、くまなくお見せすることができたでしょう、せめて花でもごらん下さい、そういう意味のことを忍西からいって来た。そこで西行は、花を「野辺の錦の切り端」にたとえ、美しい風景が全部見られないの

は残念だ、と応《こた》えたのである。
この贈答歌は見かけほど優雅ではなく、忍西は自分の住んでいる山里の風景を自慢して、鹿の音を聞かなくては話にならないと、暗にからかっているのだし、西行は西行で、折角送ってくれた花を、秋の野の「切り端」にたとえて、自慢の鼻をへし折っているのである。まともに感謝なんかしないところが、実に洒脱《しゃだつ》で、面白い。それでいて言外にあふれるような友情を感じさせるのが美しく、当時の数奇者たちの爽《さわ》やかな付合いぶりを想像することができる。

出家した後の西行は、そのようにして、あちらこちら見物したり、友人を訪問したりして、自由な生活をたのしんでいた。仁和寺へ行ったついでに、私は西行の足跡を辿《たど》って、嵯峨野の周辺を歩いてみた。正確にいえば、嵯峨野は太秦《うずまさ》から、西は小倉山の麓までの広い地域を称し、古くは大堰《おおい》川《がわ》の氾濫《はんらん》による沼沢地《しょうたくち》であったが、秦《はた》氏が開拓して肥沃《ひよく》な平野となったところである。平安初期には天皇方の狩猟場があり、また若菜や薬草を採集する禁野《しめの》となっていたが、平安末期には荒れはてていたようである。ある日、西行はその「御狩《みかり》の跡」を友人とともに訪ねて、懐旧の情にふけった。

嵯峨野の見し世にも変りてあらぬやうになりて、人住《い》
なんとしたりけるを見て
この里や嵯峨の御狩の跡ならん
野山も果ては褪《あ》せ変りけり

嵯峨野が昔とすっかり変ってしまったので、いっしょに行った友人が帰ろうとしたのを見て、詠んだとある。

——この里が、かつての御狩の跡であろうか、野も山も荒れてしまって昔の面影はない、と嘆いている。この歌にははじめて嵯峨野を見たような驚きがあるから、出家してすぐのころ詠んだものに違いない。「御狩」を桜狩や紅葉狩と解する説もあるが、私ははるか昔の嵯峨天皇の狩場の跡と見なしたい。「嵯峨の御狩の跡ならん」の嵯峨には、地名と天皇の両方がかけてあるように思われるし、この歌のすぐ次に、大覚寺の風景が出て来るからである。

御室《おむろ》から宇多野《うだの》を経て行くと、両側には植木屋が多くなり、美しい樹木や庭石がたくさん並んでいる。その木立の中をすぎると景色がひらけて、「広沢の池」が見えて来る。正面には遍照寺山《へんじょうじざん》が、なだらかな影を水に映し、はじめて嵯峨野へ来たという

気分を味あわせてくれる。

宿しもつ月の光のをゝしさは
いかにいへども広沢の池

ここで西行は右のように歌ったが、月の光が雄々しいというのは、奇妙なとらえ方である。或いは「をかしさ」の誤写かともいわれるが、をかしさでは、下の句の「いかにいへども広沢の池」（何が何でも広沢の池にまさるものはない）という強い表現にふさわない。やはりここは山と水との雄大な眺めの中に、静かに身をおく円満具相の月影を、「をゝし」と見たのではあるまいか。遍照寺山は、広沢の池の北側にそびえているが、宇多天皇の孫の寛朝《かんちょう》僧正が、池のほとりに山荘を建て、のち寺に改めて「遍照寺」と号した。昔は池の西北にあって、釣殿《つりどの》や月見堂など、多くの建物が建っていたが、早くに荒廃し、現在は池の反対側（南）に、わずかにその名を止どめているにすぎない。右の西行の歌は、その遍照寺の、あまねく照すという意を帯して、雄々しいと表現したのではなかろうか。

もう日は暮れかかっていたが、ついでのことに私は大覚寺まで足をのばした。お寺は既にしまっていたが、白壁の塀《へい》にそって右手へ廻ると、「大沢の池」のほとりへ出る。久しぶりに見る大沢の池は、夕靄《ゆうもや》の中にしっとりと静まって、北嵯峨の山々が夢のように浮び、平安朝の雰囲気を満喫させてくれる。

大覚寺は、平安初期に、嵯峨天皇の離宮があったところで、その後多くの天皇方が隠棲《いんせい》されたため「嵯峨御所」とも呼ばれた。当時よりスケールは小さくなったとはいえ、中国の洞庭湖《どうていこ》を模したという大沢の池は、わが国最古の庭園といわれ、広々とした景観には、いかにも天皇の御所らしい気品の高さと、大陸的な空気がみなぎっている。

広沢の池より遍照寺山を望む

大覚寺の金岡が立てたる石
を見て

庭の岩に目立つる人もなからまし
廉《かど》ある様に立《たて》しおかずば

滝の辺《わたり》の木立あらぬことになりて、松ばかり並《な》み立ち
たりけるを見て
流れ見し岸の木立も褪《あ》せ果てて
松のみこそは昔なるらめ

詞書にある「金岡」とは、巨勢金岡《こせのかなおか》のことで、大覚寺の庭は、彼が作ったと伝えられていた。――庭石をひと癖ありげに立てておかなかったならば、誰も注目する人はなかったであろう、という歌で、目立つことと、岩を立てることの両方にかけてある。特にいい歌というわけではないが、西行が何にでも興味をもち、何でも自分の眼で見なければ承知しなかったところが面白い。

次の詞書の「滝」は、嵯峨天皇の離宮にあった「滝殿」のことで、そこには有名な「名こその滝」が落ちていた。そのあたりの木立がひどい有様になっているのを見て、――昔、滝の流れを見ていた岸の木立も今は荒れはてて、松の並木だけが、元の姿のままで残っていると、往時を偲《しの》んで歌ったのである。

「名こその滝」は、大沢の池の東北の隅にあり、滝とは名ばかりの石組がわずかに遺《のこ》っている。今から三十年ほど前、池の北側を歩いていて、その立札に出会った時は、

これが百人一首で名高い藤原公任《きんとう》の、「滝の音は絶えて久しくなりぬれど名こそ流れてなほ聞えけれ」のあの滝かと、胸おどらせたものである。

いうまでもなく、「名こその滝」の名は、その歌から出ているが、公任の頃でさえ「絶えて久しく」なっていたのだから、千年も経た今日では見る影もなくなっていた。私は滝に感動したのではなく、歌に感動していたのだ。歌というより、歴史といった方が正しいかも知れない。まさしくそれは「名こそ流れてなほ聞えけれ」で、今では「名古曾」という勿体《もったい》ぶった字が当てられている。大沢の池の正面（東側）に、その石標がこれ見よがしに立っているが、大方の観光客は、それだけ見て、滝を見たつもりになって、帰って行くらしい。だが、西行は、滝の石組がなくなった後までも、自分の眼でしかと見届けなくては気が済まなかった。

大覚寺の滝殿の石ども、閑院に移されて跡もなくなりたりときて、見に罷《まか》りたりけるに、赤染が、「今だにかかり」と詠《よ》みけん思出《おもひいで》られて、あはれに覚えければ

今だにもかかりといひし滝つ瀬の

その折までは昔なりけん

大覚寺の滝の石組が、閑院（二条の南、西洞院の西）に移されて、跡かたもなくなったと聞き、西行はわざわざ見に行ったが、その昔、赤染衛門が、「あせにけるいまだにかかる滝つ瀬の早くぞ人は見るべかりける」（公任が詠じた滝つ瀬は、荒れたとはいうものの、未《いま》だにかかっている。早く見に行った方がいい）と歌ったのが思い出されて哀れを催した、というのである。

――（赤染衛門が）いまだにかかっているといった滝つ瀬は、その時まではまだ「昔」であった。が、今はその昔の面影すら止どめてはいないと、無常迅速の世の移り変りを西行は「あはれに覚え」たのである。

赤染衛門の生没年は未詳だが、公任（九六六―一〇四一）とほぼ同時代の歌人で、公任が若い頃歌った「名こその滝」を、かなり年数が経《た》った後に見て詠んだのであろう。新古今時代にはやったいわゆる「本歌取」ではなく、滝をめぐって、一つの歌から歌が次々と生れて行く様がよくわかる。そのようにして、「歌枕《うたまくら》」はでき上って行くのだが、西行はそんなことを意識してはいない。純粋に古く美しいものが消えて行くのを惜しんで、そこで赤染衛門の歌を思い出したというわけだ。

世中を捨てて捨てえぬ心地して
都離れぬ我身なりけり

捨てたれど隠れて住まぬ人になれば
猶《なほ》世にあるに似たる成けり

数ならぬ身をも心のもち顔に
浮かれてはまた帰り来にけり

以上の歌は前にも紹介したが、気の向くままに物を見たり、人を訪ねたりしていたその頃（二十代）の、偽りのない感慨であったに相違ない。そういう生活態度を、西行は肯定しつつ、反省もしているが、けっして改めようとはしなかった。見ようによっては、「世中を捨てて捨てえぬ」暮しぶりに大変な自信をもっていたような印象をうける。そして、いわば中途半端な生きかたのままで、大きく豊かに成長をとげて行ったところに、西行の真価は見出《みいだ》されると思う。

花の寺

京都の向日市《むこう》の西、長岡京の北側につづく丘陵地帯を、大原野《おはらの》と呼ぶ。背後に小塩《おしお》の高峯をひかえ、古い社やひなびた村が点在するこのあたりの風景は、今なお閑雅な古京の面影をとどめている。

小塩山の麓《ふもと》には、大原野神社がある。平安遷都《せんと》に当り、藤原氏が奈良の春日神社を勧請《かんじょう》したもので、歴代の朝廷の崇敬を集めたが、今はその役目を終え、大原野の産土《うぶすな》神として、村の片隅に静かに憩《いこ》っている感じがする。その感じが何ともいえず清楚《せいそ》で美しい。境内には桜ともみじが多いが、おとずれる人は稀《まれ》で、王朝の昔を憶《おも》うのにふさわしい環境である。

大原や小塩の山も今日こそは
神代のことも思ひいづらめ

これは二条の后《きさき》（藤原高子《たかいこ》）が、まだ東宮の御息所《みやすんどころ》であった頃、大原野神社へ参詣《さんけい》された時、在原業平《ありわらのなりひら》がささげた歌である。下の句の「神代のこと云々《うんぬん》」は、神社を護《まも》っている小塩の山も、この盛大な行啓を見て、藤氏の祖先神（アメノコヤネノミコト）が、天孫降臨に供奉《ぐぶ》した時の光景を思い浮べたであろう、という歌だが、その裏には、かつて熱烈な恋をした業平と高子の憶い出を、「神代のこと」にかけており、業平は少しも忘れていないことを訴えたかったに違いない。大方の学者は、厳粛な行啓の際に、そんな不謹慎な歌を詠《よ》む筈《はず》がないといわれるが、あえて禁忌を犯すところが一代の数奇《すき》者たる所以《ゆえん》であろう。この恋愛のために、業平は藤原氏にうとまれ、東《あずま》下《くだ》りの旅に出るはめになったのだが、大原野神社を訪れる度に、私はこの歌を思い出さずにはいられない。

その境内から、左手の草叢《くさむら》をわけて行くと、登り坂になり、やがて「花の寺」へ達する。正しくは大原院勝持寺といい、大原野神社の供僧寺であったという。全山桜の木でおおわれ、「太平記」には、佐々木道誉《どうよ》が、ここで前代未聞の花見の宴を催したことで知られている。仁王門は山を降《くだ》った東南のはしにあるが、大原野神社から登った方が楽だし、趣きもある。

西行は出家した後、しばらくこの寺にいたと伝えられている。西行の遺跡は京都の至るところにあるので、最初はどこに住んだかわからないが、花の寺は名だたる桜の名所であり、隠棲《いんせい》するにはふさわしい土地だから、杖《つえ》を止めたことは事実であろう。西行庵は、今は方丈の庭内に移され、おきまりの西行の彫像が祀《まつ》ってあるが、もとの庵室は二百メートルほど登った山上にあり、礎石だけが辛うじて残っているにすぎない。

そのほか、西行桜とか、西行姿見の池とか、西行の鏡石とか、西行の名に因《ちな》んだものは多いが、いずれも西行が有名になった後に名づけられたものに相違ない。

　しづかならんと思ける頃、花見に人々まうできたりければ

花見にと群れつつ人の来るのみぞ
あたら桜の科《とが》には有ける

この歌も花の寺で詠んだといわれている。ひとり静かに暮そうとしているところへ、

花見の客が大勢来てうるさいのを、桜のせいにしており、いかにも若い時の作らしく、苛立《いらだ》たしい気持が表れている。

「西行桜」の能は、この歌をテーマに、老木の桜の精が現れて、「あたら桜の科《とが》」とは心ない仰《おお》せである、無心に咲いている花に罪はないものを、と恨みを述べる。シテは桜の精、ワキが西行で、花見の人々（ワキヅレ）が庵室をおとずれ、迷惑に思った西行が右の歌を口ずさむ場面にはじまる。やがて夜になって、一同が寝静まった後、作物《つくりもの》の山の中から、老木の桜の精が現れ、しきりに恨みごとをいうが、最後には西行の知遇を得たことを感謝して、暁の光とともに消えて行く。同じく西行の歌をテーマにした「遊行柳《ゆぎょうやなぎ》」と一対をなす曲で、「老木に花の咲く」風《ふ》情《ぜい》を表現しているのが美しい。

能「西行桜」

　西行を扱った能は多いが、主人公にした例が一つもないのは、西行という人間が不可解で、とらえにくいからだと私は思っている。それについては、また触れる折もあろうが、「西行桜」の場合も、春の夜の夢の中に、桜の精と西行が一つにとけあって、花の讃歌《さんか》を奏《かな》でているように見える。作者の狙《ねら》いもおそらくそこにあったので、桜の花を愛し、桜の中に没入し切った人間の、無我の境地を描きたかったのではあるまいか。

前章で私は、「春風の花を散らすと見る夢はさめても胸のさわぐなりけり」の歌が好きだといった。その時私は、在原業平も、西行におとらず桜を愛したことを、心の中で思っていたのである。

世の中に絶えて桜のなかりせば
春の心はのどけからまし

これは古今集にある業平の歌で、桜の花を謳歌《おうか》した王朝時代に、もしこの世の中に桜というものがなかったならば、春の心はどんなにかのどかであっただろうに、と嘆息したのである。むろん桜を愛するあまりの逆説であるが、西行がこの歌を知らなかった筈はなく、同じようにはらはらする気持を、「夢中落花」の歌で表現したのではなかったか。そこには長調と短調の違いがあるだけで、根本的な発想には大変よく似たものがあると思う。

右の業平の歌には、「渚《なぎさ》の院にて桜をみてよめる」という詞書があり、渚の院は、文徳《もんとく》天皇の第一皇子、惟喬《これたか》親王の別業であった。親王は母が紀氏であったため皇太子になれず、後に出家するに至るが、業平は不遇の皇子に同情して、常にそば近く仕えて慰めていた。したがってこの歌にも、桜に託して親王に対する友情が詠みこまれているのである。立場こそ異なれ、悲運の待賢門院《たいけんもんいん》や崇《す》徳院《とくいん》に、西行が世間の眼をはばかることなく、同情を惜しまなかったのと共通するものであり、業平のことはいつも心に止めていたようである。

「西行上人談抄」には、西行の詞《ことば》として、「歌はうるはしく可詠也。古今集の風体を本としてよむべし」といった後で、手本とすべき歌をあげた中に、業平も入っている。それは極く常識的な説にすぎないが、都の内外を放浪していた頃、わざわざ惟喬親王の邸《やしき》跡を訪ねたことは注目に値いする。

その頃、西行は修学院に籠《こも》っていたが、昔、惟喬親王が出家して、洛北《らくほく》大原の小野殿に隠棲していたところを見に行った。半ば崩れかかった釣殿《つりどの》や、池に橋が渡してあるのを、「絵にかきたるやうに」興味深く眺《なが》めたが、滝が土に埋もれて、そのまわりの木が大きく育ち、松の音のみ聞えるのが身にしみた、と詞書に記している。

滝落ちし水の流も跡絶えて
昔語るは松の風のみ

この里は人すだきけん昔もや
さびたることは変らざりけん

「人すだきけん」は、人が群がっていたという意味で、その頃でも寂しい住居であることに変りはなかったであろう、と詠嘆したのである。

だが、西行はただ惟喬親王の遺跡を見物に行ったのではなかった。西行が物見に行く時は、必ずそこに人間の歴史があり、名歌が遺《のこ》されているからで、このことは、大覚寺や広沢の池の場合をみてもわかることである。それは歌枕《うたまくら》とは関係がなく、まったく個人的な興味に出たものであった。

小野殿の跡は、大原を見下ろす高台にあり、今は畑になっているが、背後の森の蔭《かげ》には、惟喬親王の墓と称する五輪塔（おそらくは供養塔《くよう》）が、ただ一基建っているだけである。業平は、大雪の日にここを訪れ、忘れることのできない絶唱を遺した。

忘れては夢かとぞ思ふおもひきや
雪踏みわけて君を見んとは

これには長い詞書がついており、惟喬親王が剃髪《ていはつ》して、ひとり寂しく暮していられるのを見て、都へ帰った後、贈った由《よし》が記してある。

一首の意味は、親王が出家なさったことをふと忘れて、深い雪を踏みわけてお目にかかってみると、夢のような気がいたします。——大体そういう意味のことであるが、「夢かとぞ思ふおもひきや」と、二句目を字あまりとし、同じ詞を重ねて切羽つまった気持を表しており、そこからはしんしんと降りつもる雪の音と、悲痛な叫び声が聞えて来るようである。

紀貫之は、「古今序」の中で、「在原業平は、その心余りて、詞たらず」と評した。「忘れては」の歌は比較的わかりやすいが、中には説明不可能なものも少くない。何といったらいいのか、感情があふれて、詞の流に身をまかせてしまうようなところがあり、そういう歌ほど美しいのだから矛盾している。紀貫之のような専門歌人からみれば、三十一字の形式の中で完結しないような歌は、認めたくなかったのだろうが、業平の歌はそれなりに完結しており、よけいな解説を受けつけないものがある。したがって、どのようにも解釈できるし、読む人の心次第でどこまでも拡《ひろ》がって行く。ほんとうの詩人とはそうしたものだろう。だが、詞が足らないことも事実なのであって、そこで長い詞書を必要としたのである。

詞書が多いことでは、西行も人後に落ちない。現に小野殿をおとずれた時の二首も、長い詞書をともなっており、今まであげた歌のほとんどに、それを詠んだ時の状況や理由を補足する文がついている。西行もまた、「その心余りて」、詞が追いつけなかったのだ。時にはあまり多くのことをつめこんで、歌の姿を壊すことなきにしも非《あら》ずであった。その大部分は若い時の作だが、字余りの句が多いことも、西行の特徴の一つである。それについてはあまり深入りしたくはないが、字余りの句を研究していた本居宣長は、西行の歌はルールからはずれるので、聞き苦しいといってとらなかったという。

そういう次第で、業平も、西行も、詞書の助けを必要としたのであるが、詞書自体が美しいことも忘れてはなるまい。その長い詞書から、前者には「伊勢物語」が生れ、後者には「西行物語」が作られて行った。

在原業平（八二五―八八〇）は、平城《へいぜい》天皇の第一皇子、阿保《あぼ》親王と、桓武《かんむ》天皇の皇女、伊登《いと》内親王との間に生れた。かかる高貴な生れにも拘《かか》わらず、低い地位に甘んじたのは、藤原氏にうとまれただけでなく、業平自身の中に隠者めいた素質があったためである。

「伊勢物語」（九段）に、「身を用なきものに思ひなして、云々」とあるのがそれで、都を捨てて東下《あずまくだ》りの旅におもむく。そして、行く先々で女と会うのだが、三河の国で杜若《かきつばた》を詠じても、信濃の国で浅間の煙を眺めても、宇津の山でも、隅田川でも、思い出すのは都に残した妻のことであった。その妻は誰とはっきり断ってはいないが、二条の后《きさき》であったことは疑いようもない。多くの女人と関わったのも、二条の后の面影を求めて止《や》まなかったからである。

だからといって、業平を単なる数奇者の優男と思ったら間違うであろう。「三代実録」に、「体貌閑麗。放縦ニ拘ハラズ。ヤヤ才学無シ。善ク倭歌《やまとうた》ヲ作ル」と記された彼は、のびのびした風貌《ふうぼう》と、些事《さじ》にこだわらぬ放胆な性格の持主であった。「才学」は中国の学問のことで、政治も文化も中国一辺倒の平安初期に、ひたすら倭歌に打ちこんでいたのは、それだけでも勇気を要する行為であり、出世の妨げとなったことはいうまでもない。

思ふこと言はでぞただにやみぬべき
われとひとしき人しなければ

同じく「伊勢物語」（百二十四段）の歌であるが、「新勅撰集」にも「業平朝臣《あそん》」としてある。――思うことは無限にあるけれども、言わずに我慢しておこう、自分と同じ考えを持つ人はいないのだからと、これは極めて男性的な宣言である。山家集の中にあっても、不思議ではないくらい新鮮で、孤独な調べであるが、そういう人物に、西行が共感しなかった筈《はず》はないと思う。

花の寺から左手の山道を辿《たど》って行くと、小塩山の頂上に至るが、麓《ふもと》から山へかけては古い寺がいくつも建っている。そのうちの一つ、善峰《よしみね》寺に私が詣《もう》でたのは、今から三十年ほど前、西国三十三ヵ所の観音巡礼を取材した時であった。

取材といっても私の場合は、道草ばかりしているので、一日がかりでその辺をさまよい、業平の遺跡が多いことに気がついた。今、かすかな記憶をたよりに思い出しているのだが、善峰からの帰り途《みち》に十輪寺へよってみた。ここには花山院が西国巡礼に持参された禅衣《おいづる》観音が祀《まつ》ってあると聞いたからである。

その観音さまのことは覚えていないが、本堂の裏手に、業平の墓を見つけたので、お参りした。小さな宝篋印塔《ほうきょういんとう》で、これも供養塔のたぐいに違いないが、そこで聞いた話によると、業平はここに隠棲《いんせい》し、難波の海から潮を汲《く》んで焼かせたという塩竈《しおがま》の跡や、潮汲池が残っていた。

「花の寺」勝持寺

融大臣《とおるのおとど》が、みちのくの千賀の塩竈にあこがれて、六条河原院にその景色を移した話は有名だが、当時の貴族たちの間では、そんな贅沢《ぜいたく》な遊びがはやったのであろうか。業平も河原院をおとずれて、歌を詠《よ》んでいるから、あながち好事家《こうずか》の作り事とは考えられない。「数奇」もそこまで徹底すれば天晴れなもので、お金があってもできることでないのは、現代の金持の生活ぶりをみてもわかるのである。

十輪寺の周辺には、古墳が点在し、灰方《はいかた》、出灰《いずりは》、灰谷《はいだに》、石作《いしづくり》などの地名が多いのは、いずれも古墳の築造と関係のある工人が住んでいたのであろう。庭の掃除をしていた寺男に、ほかにも業平の遺跡があると聞き、私は上羽《あげは》の集落へ向った。十輪寺から東北の方角に当り、散歩するには絶好の静かな山里であった。

上羽の里には、入野《いりの》神社がある。万葉集に、「さを鹿の入野の薄《すすき》初尾花」と歌われたところで、やさしい姿の薄が秋風になびいていたが、今はどうなっているか。神社も小ぢんまりした優雅なたたずまいで、大原野神社のお旅所《たびしょ》であったと聞く。

そこの農家のおばさんに、私は業平の墓所を尋ねた。このあたりには一種の業平信仰ともいうべきものが残っていて、誰でも「業平はん」のことを知っている。墓所は、神社から百メートルほど行った民家の竹藪《たけやぶ》の中にあり、三基の五輪塔が並んでいた。中央は伊登内親王、右に阿保親王、左が業平の墓ということだが、周囲の雰囲気から見て、このあたりに邸があったことは、ほぼ信じていいと思った。古今集に、業平と母親の伊登内親王が取交した歌があるが、その詞書に、「業平朝臣の母の皇女《みこ》、長岡に住み侍る時」とあるのはここのことであろう。

物見高い西行のことだから、花の寺に住んでいた時は、業平の遺跡をくまなく跋渉《ばっしょう》したに違いない。むしろそのために小塩の麓にしばしの宿りを求めたのではなかろうか。そんなことはひとつもいっていないが、業平の自由な生きかた、――特に歌の姿と、流離の心、といったようなものには魅《ひ》かれたと思う。

現代人は、とかく目的がないと生きて行けないといい、目的を持つことが美徳のように思われているが、目的を持たぬことこそ隠者の精神というものだ。視点が定まらないから、いつもふらふらしてとりとめがない。ふらふらしながら、柳の枝が風になびくように、心は少しも動じてはいない。業平も、西行も、そういう孤独な道を歩んだ。そういうことを想《おも》わせる歌は山家集の中にいくらでもある。

行くへなく月に心のすみすみて
果《はて》はいかにかならんとすらん

ともすれば月すむ空にあくがるる
心のはてを知るよしもがな

籬《ませ》に咲く花にむつれて飛ぶ蝶の
羨《うらやま》しくもはかなかりけり

ひとかたに乱るともなきわが恋や
風さだまらぬ野べの苅萱《かるかや》

吉野山へ

「西行物語」によると、出家してしばらくの間は、都を離れがたかった西行も、ようやく「山林流浪《るらう》の行をせんとおもひて」出《い》で立つ決心をした。

昔はいささかの旅行にも、多くの家来をしたがえ、牛車や乗馬の用意万端怠りなく、きらびやかな装束を日毎《ひごと》に変えて行ったものだが、今は墨染めの衣に、柿しぶの紙子を着、すすけた檜笠《ひのきがさ》をたずさえたみすぼらしい姿で、長年思い描いていたことであったから、先《ま》ず吉野山へと向った。それは「花に心をかけて詠ぜんがため」とあるから、西行の「山林流浪の行」とは、ほかならぬ桜を尋ねて歌を詠むためであったことが判《わか》る。

だが、そんな酔興な旅に、同行する人はなかったので、西行は失望して、このように詠じた。

誰かまた花をたづねて吉野山
こけふみわくる岩つたふらん

鎌倉時代の「西行物語絵巻」（萬野家本）は、寂寞《じゃくまく》とした木立の中を、苔《こけ》ふみわけて行く孤独な姿を描いている。都はもう花の盛りであったが、さすがに山の春は遅く、桜の枝に淡雪が降りかかっているのを、花かと思って胸おどらせて見たが、そうではなかったので、寂しさは増すばかりであった。

吉野山さくらが枝に雪ちりて
花をそげなる年にもあるかな

京都から吉野へは北側から入るので、それで花が遅いのであろうと気がつき、道を変えて行くことにする。

吉野山こぞの枝折《しをり》の道かへて
まだ見ぬかたの花を尋《たづね》ん

残雪の吉野山を行く「西行物語絵巻」

はたして南の斜面には、満開の桜が咲き乱れており、その眺めの面白さに、ここで命を終りたいと西行は思う。だが、この歌に「こその枝折」（去年の道しるべ）とあるのは不自然で、最初に吉野入りした時の歌ではあるまい。西行は出家する前にも、吉野をおとずれた形跡があり、ここに庵《いおり》を結ぼうと決心したのは、吉野の美しさを充分知った上でのことだったに違いない。以来、西行は毎年のように吉野へ入り、吉野山の桜を詠んだ歌は六十首に余る。今度気がついたことだが、西行以前に、吉野の桜を実際に見て、詠じた人はほとんどなく、それは西行の発見によるといっても過言ではないと思う。

吉野山の歴史は古い。そう書いて私は忽《たちま》ち戸惑ってしまうのだが、道が大和からも伊勢からも紀州からも通じているように、その歴史も複雑をきわめている。はるか昔の神武東征の伝説から、記紀万葉に謳《うた》われた吉野離宮、役行者《えんのぎょうじゃ》によって開かれた山岳信仰、義経追討の哀話、「歌書よりも軍書に悲し吉野山」の南朝の悲劇に至るまで、ちょっと頭に浮ぶだけでも、走馬灯のように目まぐるしく映っては消える。今まで私は、数え切れないくらい吉野を訪れているが、その度毎に違う表情を見せるので、どれがほんとうの吉野山か、漠然とした印象しか持ってはいない。つまり、点としてはよく知っているのだが、総体的には何もつかんではいないということだ。こういう機会に、せめて西行の周辺だけでも、おぼろげながら知っておきたいと思う。

今もいったように、葛城《かずらき》山で修行した役行者が、吉野山を開いたのは奈良時代のことである。葛城から吉野へ岩橋をかけたという伝説は、おそらく山岳信仰の橋渡しをしたことの比喩《ひゆ》であろうが、行者は本尊を求めて山中をさまよい、さまざまの苦行のあげく、蔵王権現《ざおうごんげん》を感得する。これこそ日本にはじめて生れた山の神の具象化で、神仏混淆《こんこう》の思想は、山岳信仰に起ったといっても間違ってはいないと思う。

役行者は、自分の発見による本尊を桜の木で刻んだ。今、金峯山寺《きんぷせんじ》の蔵王堂に祀ってある三体の彫像はそれを踏襲したもので、吉野山と桜が結びついたのはその時にはじまる。以来、桜は吉野山の神木として里人に大切にされ、伐《き》ることはおろか、枯枝や枯葉も焚《た》きものにはしなかったという。今もその伝統はつづいており、定期的に行われる下草刈や施肥《せひ》にも事を欠かない。徳川時代には、大名や豪商が桜の木を寄進するかたわら、吉野詣《もうで》の人々の献木も年毎にふえて行き、現在の盛況を見るに至った。

吉野の花の美しさは、馬の背のような尾根から谷へかけて、下の千本、中の千本、上の千本、奥の千本と、順々に咲きつづけることで、これは西行の時代にもほぼ同じ景観であったに違いない。

にも拘《かか》わらず、西行以前に桜を詠んだ歌が少いのは、平安時代までの吉野山は、山岳信仰の霊地として、めったに人を近づけなかったためで、行者道や杣道《そまみち》が細々と通っているだけの険阻な秘境であった。稀《まれ》に桜を詠んだ歌はあっても、いずれも遠望するか、話に聞くだけの名所であって、西行のように花の懐《ふところ》深く推参し、花に埋もれて陶酔した人間はいないのである。

なにとなく春になりぬと聞く日より
心にかかるみ吉野の山

吉野山梢《こずゑ》の花を見し日より
心は身にもそはずなりにき

吉野山花の散りにし木のもとに
とめし心はわれを待つらん

花にうつつをぬかした心が、身を離れて浮游《ふゆう》するといったような発想は、「むしろ恋歌にふさわしいもので、西行の花への憧《あこが》れは人を恋する情熱にも似ている」と、目崎徳衛氏はいっていられるが、それほどまでに愛した桜の花とは、西行にとっていったい何だったのか。吉野での足跡を辿りながら、いささか私の思うところを述べてみたい。

吉野へ多くの道が通じていることは既に記したが、吉野川の六田《むつだ》の淀から柳の渡《わたし》を経て、一の坂を登り、下の千本へ至るのがふつうの道順であろう。行者道もここを通っているから、少くとも最初の頃は、西行もこの尾根道を辿ったと思う。ついでのことにいっておくと、奈良時代に離宮のあった宮滝は、吉野川のずっと上流の方で、花の吉野山からは、東の方角に当る。

　山へかかると、すぐ右手に、吉野神宮の鳥居が見えて来る。このあたりにも桜の木は多く、境内は広い台地になっており、西に葛城・金剛の峯々が遠望され、北には竜門・高取の山々が手にとるように見える。神社には、後醍醐《ごだいご》天皇が祀《まつ》ってあるが、西行が行った頃は、ここに蔵王堂があった筈で、やっと吉野山へ辿りついたという安心と期待に胸をはずませたことだろう。

　そこから爪先《つまさき》上りに尾根を伝って行くと、下の千本である。このような名称ができたのは、むろん後世のことで、なだらかな傾斜へかけて、桜の花が雲のように渦巻いている景色は美しい。今はお花見の客が多くて、花もゆっくり眺められないような始末だが、西行が訪れた時は、桜の木の間に鶯《うぐいす》の声のみ聞えるような趣きのある眺めであったと想像される。

　道はやがて急坂となるが、その登り口に黒木の門が見えて来る。ふつう「黒門」と呼ばれるが、これが金峯山寺への入口で、昔は蔵王堂の塔中《たっちゅう》が百数十軒もひしめいていたという。いわゆる吉野造り（懸崖《けんがい》造りともいう）の家が見られるのもこの一廓《いっかく》で、下の谷から尾根へかけて危うげな形で建っている。が、意外に古い建物が残っているのは、自然に即して工夫された建築様式だからであろう。

門前町から急坂を登りつめたところに、巨大な銅の鳥居がある。「発心門《ほっしんもん》」とも呼ばれるのは、御嶽精進《みたけそうじ》の行者たちが、菩提心《ぼだいしん》に目覚める門を意味するからで、高さ七・六メートル、下界を見下して、威圧するような姿勢で建っている。創立年代は不明だが、聖武《しょうむ》天皇が大仏を建立《こんりゅう》された時の余りの銅で造ったと伝え、西行もこの鳥居をくぐって、蔵王堂や金峯山にお参りしたに違いない。そう思うと、一種の感慨が湧くが、西行の眼はもっぱら桜に集中されており、信仰めいたことに一つもふれていないのは、面白くもあり、不思議でもある。

鳥居から少し登ったところに、大きな仁王門があり、その先に蔵王堂が空高くそびえている。これが金峯山寺の本堂で、いかにも吉野山の中心に立つ修験《しゅげん》の根本道場の観がある。大きな桜を染めぬいた幕の奥に、三体の蔵王権現が恐しい形相であたりを睥睨《へいげい》しているが、中央が釈迦《しゃか》、右が観音、左が弥勒《みろく》を現しているのは、本地垂迹説《ほんじすいじゃくせつ》が普及した後の産物であろう。

が、そうとのみいえないのは、役行者が蔵王権現を感得した時、最初に慈悲円満の相をした釈迦があらわれ、次に観音と弥勒が示現したが、いずれも山岳修行の本尊にふさわしくないと思い、なおも一心に祈っていると、忽ち大地が鳴動して、岩の中から蔵王権現が、凄《すさま》じい忿怒《ふんぬ》の形相で湧出《ゆうしゅつ》した。右手に三鈷《さんこ》を持ち、左手を腰に当て、右足を高くあげて、今にも躍り出そうとしているのは、その時の勢を表現したものである。それらの忿怒像が、釈迦、観音、弥勒を象徴しているのは、蔵王の前身ともいうべき三尊を体内に蔵していることを語っており、「蔵王」という名称もそこから出ているのかも知れない。

蔵王の信仰は、後に修験道となって全国に普及して行くが、それは仏教の学問や経文に通じるより、山岳を踏破することに重きがおかれていた。西行の「山林流浪の行」も、どちらかといえば修験道に近く、経文を唱えるかわりに、歌を詠《よ》んで神仏にささげ、自からの信仰の証《あか》しとしたのであろう。

仏には桜の花をたてまつれ
わが後の世を人とぶらはば

例によって、いつ頃、どこで詠んだかわからないが、桜と付合っている間に、桜はわが身を救う神聖な花と化したように思われる。西行はたしかに王朝文化の影響をうけて育ったが、心は遠い昔の自然信仰の中に生きていたのである。

蔵王堂の先が中の千本で、そのあたりからいよいよ吉野山らしくなる。東の谷へかけて、義経がかくれていた吉水院《よしみず》があり、東南院、桜本坊、竹林院などの宿坊がつづく。竹林院はホテルみたいになって、昔の面影を失ったが、私はいつもここか、桜本坊に泊めて頂くことにしていた。そこで、明方の五時頃、蔵王堂のあたりの景色を見た時のことは忘れられない。東の空から次第に明けそめる曙光《しょこう》に、桜の花が紅いに染り、西の山々はまだ薄墨色の夢のうちにあった。

今よりは花みん人に伝へおかん
世をのがれつつ山に住まへと

ふと、このような歌を憶《おも》い出すのは、そういう時である。上の千本から仰ぎ見た水分《みくまり》神社の花も忘れがたい。

空にいでて何処《いづく》ともなく尋ぬれば
雲とは花の見ゆるなりけり

「空にいでて」は、あてどもなくさまよい出る意味で、どこということもなく桜を尋ねていると、今まで雲と見えていたのは花であったと、発見した瞬間の喜びを歌っている。西行を身近に感じるのはそういう時であるが、満開の花はやがて散る。散る悲しみを歌うことも忘れてはいない。

うきよには留《とど》めおかじと春風の
散らすは花を惜むなりけり

諸共《もろとも》にわれをも具して散りね花
浮世をいとふ心ある身ぞ

桜への讃歌《さんか》は、ついに散る花に最高の美を見出し、死ぬことに生の極限を見ようとする。とりわけ「諸共に」の歌は、花と心中したいとまでいっており、桜を愛する心が、そのまま厭離穢土《おんりえど》・欣求浄土《ごんぐじょうど》の祈りへと昇華されて行く。
西行が吉野へ籠《こも》ったのは、待賢門院への思慕から解放されるためであったと、私はひそかに思っているのだが、女院《にょういん》の面影を桜にたとえたのは今はじまったことではなく、ここに掲げた二首なども、女院の死を、散る花の美しさにたとえたとしか思われない。

花に染む心のいかで残りけむ
捨てはててきと思ふ我身に

時にはそんな告白もしているが、心ゆくまで花に没入し、花に我を忘れている間に、いつしか待賢門院の姿は桜に同化され、花の雲となって昇天するかのように見える。ここにおいて、西行は恋の苦しみからとき放たれ、愛の幸福を歌うようになる。

ねがはくは花のしたにて春死なむ
そのきさらぎの望月の頃

散る花を惜しむ心やとどまりて
また来ん春のたねになるべき

春ふかみ枝もゆるがで散る花は
風のとがにはあらぬなるべし

山桜枝きる風のなごりなく
花をさながらわがものにする

水分神社から一キロほど登って行くと、金峯《きんぷ》神社に達する。正しくは「金《かね》の御嶽《みたけ》」といい、金の鉱脈があるので古くから崇敬され、中でも藤原道長が経塚を建てて、多くの経巻や宝物を埋蔵したことで知られている。賑《にぎ》やかな蔵王堂とは違って、この辺まで来ると山気が迫り、吉野山の地主神らしい厳粛な気配が感じられる。

金峯神社のあたりを奥の千本というが、神社の境内から、雑木の繁みの中を下って行くと、西行庵《あん》に行き着く。桜の木にかこまれた茅葺《かやぶき》屋根の庵室で、西行はここだけではなく、あちらの谷間、こちらの山のはざまに、似たような庵を結んだのであろう。したがって、いつもここにいたとは限らないが、芭蕉がおとずれて、有名な句を残したので、決定的なものとなった。その「とくとくの清水」も、庵室へ行く左手の岩の間に、今もわずかに名残をとどめている。

とくとくと落つる岩間の苔《こけ》清水
汲《く》みほすほどもなき住居かな

これが芭蕉の句の本歌で、「野ざらし紀行」には、左のように記されている。

西上人の草の庵《いほり》の跡は、奥の院より右の方二町計《ばかり》わけ入るほど、柴人《しばびと》のかよふ道のみわづかに有て、さかしき谷をへだてたる、いとたふとし。かのとくとくの清水は昔にかはらずとみえて、今もとくとくと雫《しづく》落ける。露とくとく心みに浮世すすがばや。

だが、件《くだ》んの歌は、西行全集にはのっていない。だから、西行の作ではないのかも知れないが、芭蕉がそう信じて、名句を得たとすれば、何もいうことはないのである。そんな詮索《せんさく》をするより、このような静寂の地で、西行は何を思い、何を感じたか。

とふ人も思ひ絶えたる山里の
さびしさなくはすみ憂《う》からまし

さびしさに堪へたる人のまたもあれな
庵ならべん冬の山里

吉野山の西行庵

はるかなる岩のはざまにひとりゐて
人目つつまで物思はばや

桜の花を友としたのと同じ心で、西行は、ひとり居の寂しさを愛した。吉野山へ入った後の歌は、一段と風格を高めたようであるが、それは自分自身を深く見つめる暇と余裕を持ったからであろう。人間は孤独に徹した時、はじめて物が見えて来る、人を愛することができる、誰がいったか忘れてしまったが、それはほんとうのことだと思う。

大峯修行

西行が毎年のように吉野山をおとずれたことは、多くの歌から知ることができるが、それは晩年までつづいたようである。

春ごとの花に心をなぐさめて
六十路《むそぢ》あまりの年を経にける

わきて見ん老木《おいき》は花もあはれなり
今いくたびか春にあふべき

これらの歌はそのことを物語っているが、若い頃の物狂わしい情熱は失《う》せ、六十年以上も自分を慰めてくれた桜の花に感謝しつつ、桜とともに老いて行く己が姿をいとしんでいるような感じがする。

二番目の歌には、「ふる木の桜の、ところどころ咲きたるを見て」の詞書《ことばがき》があり、「わきて見ん」は、とりわけ心して眺めたい、という意味である。必ずしも老年の作ときめなくてもいいが、やはりわが身の老いと重ね合せて歌ったとみる方が趣きがある。

そのようにして西行は、一生のうちの大部分を桜と付合ってすごしたが、中でも前章にあげた「吉野山こぞの枝折《しをり》の道かへてまだ見ぬかたの花を尋《たづね》ん」は、名作の一つだと私は思っている。それは歌の姿が美しいだけでなく、未知のものを尋ねて止《や》まぬ積極性が、西行の生きかたを示しているからだ。西行はけっして苦吟するような歌人ではなかった。おそらくこの歌なども、「まだ見ぬかたの花を」求めてさまよっている間に、ふと口をついて出た詞で、寂しい山道をひたひたと行く足音を聞くおもいがする。西行の歌が、今も私たちの心をとらえるのは、その前向きの姿勢と、泉のように湧きでる詞の魅力によるのであろう。

毎年のように吉野山へ通っていれば、西行の性格として、大峯山《おおみねさん》の修験道《しゅげんどう》に心を惹《ひ》かれなかった筈《はず》はない。

「西行法師大みねをとをらんとおもふ心ざし深かりけれども、入道の身にてはつねならぬ事なれば、おもひわづらひて過侍《すぎはべ》りけるに」と、「古今著聞集」は語っている（西行法師大峯入峯難行苦行事）。平安時代には、まだ修験道は完成していず、どこにも属さない一介の遁世者《とんせいしゃ》を忌《い》む傾向があったのであろう。それにも拘《かか》わらず、大峯修行を熱望したところに、西行の宗教に対する考えかたを知ることができる。要するに、大自然の懐《ふところ》に抱かれていれば、対象は神でも仏でもよかったということで、そういう意味では、いかなる宗教にも束縛されぬ真の自由人であった。

西行が悩んでいることを、宗南坊僧都行宗という修験道の先達《せんだつ》が聞き、何も心配することはない、修行のためには僧侶《そうりょ》でも一向さしつかえないことだといったので、西行は悦《よろこ》んで参加することにしたが、山伏の作法はきびしくて、とても自分のような世捨人には叶《かな》うまい、何とぞお手柔らかに、と頼んだ。宗南坊は胸を叩《たた》いて、すべて自分が心得ている、けっして困るようなことはしないと、頼もしげに引受けたが、いざ入峯《にゅうぶ》してみると、ことごとに西行をいじめつけ、他人よりひどく当ったので、西行は涙を流していった。

わたしは元より立身出世を好むものではない。ただ仏道の結縁《けちえん》のために修行を志しただけなのに、このような憍慢《きょうまん》の徒の辱《はずか》しめを受けるとは、と悔しがった。いかにも乱暴者の山伏がしそうなことで、桜を見て歌など詠《よ》んでいる数奇《すき》者を、この際こっぴどくやっつけてやろうと思ったに違いない。西行はいい鴨《かも》になったわけだが、宗南坊から、それらの苦行はすべて罪業を滅するために行うのだと、勿体《もったい》ぶった説教をされると、西行の体内にはむらむらとかつての「勇者」の血がたぎった。「其《その》後はことにをきてすくよかにかひがひしくぞ振舞ける。もとより身はしたたかなれば、人よりもことにぞつかへける」と、古今著聞集は伝えており、いざという時は負けず嫌いな本性を現してしまうのが面白い。

終りに、「大峯二度の行者也《なり》」と記してあり、西行は二度大峯で修行したらしい。著聞集のこの説話は、おおむね信用していいと思うが、「西行物語」の方はこれとは違い、大峯で詠んだ歌を中心に、どちらかと云えば風流な旅をたのしんだように作ってある。

吉野から熊野へ至る間の大峯山は、

役行者《えんのぎょうじゃ》によって開かれたことになっているが、平安時代には多くの密教僧が入山し、ことに醍醐寺《だいごじ》の聖宝《しょうぼう》、園城寺《おんじょうじ》の行尊《ぎょうそん》などは有名である。山伏という特種な集団が発生したのはその頃のことで、民間信仰と結びついて盛んになって行った。明治時代に修験道は廃止されたにも拘わらず、今でも一部の庶民の間に隠然たる勢力を保っているのは、山岳にまつわる神秘的な魅力が日本人の魂をとらえて離さないからだろう。

もともと密教と深く関わっていたために、修験道は発展したのであってみれば、西行が「入道」の身を案じたのはおかしなことである。私には当時の事情はよくわからないが、西行のようにどこの寺にも属さない風来坊的な存在では、簡単に参加することは許されなかったのかも知れない。

大峯山の修行では、熊野から吉野へ入ることを順峯、吉野から熊野へ向うことを逆峯と呼んでいるが、西行の場合は、それまでの経歴からみて、吉野から出発したと考えるのが自然であろう。

みたけより笙《しやう》の窟《いはや》へまゐりけるに、「もらぬ窟も」と
ありけんをり思ひ出《い》でられて

露もらぬ窟も袖《そで》は濡《ぬ》れけりと

聞かずばいかが怪しからまし

「みたけ」は金《かね》の御嶽《みたけ》のことで、金峯《きんぷ》神社から笙の窟へ詣《もう》でた時、昔、大僧正行尊が、

「草の庵を何露けしと思ひけむもらぬ窟も袖はぬれけり」と歌ったことを思い出して詠んだ、とある。

——庵室の生活をじめじめしていると思ったのは物の数ではなく、露も洩らない窟の中でも、辛《つら》く悲しい思いに袖はぬれたと行尊がいった、それを受けて、「露もらぬ窟も袖は濡れけり」という詞を知らなかったならば（そういう経験をしなかったならば）、怪訝《けげん》に思ったであろうと、西行は共感したのである。その時西行は、修行の辛さと苦しさに困じはてていたにちがいない。だから行尊が同じ経験をしたということは、大きな救いにもなったし、勇気も与えてくれたであろう。

行尊については、笙の窟の近くの「小笹《おざさ》

大峯山

の宿」でも、このような歌を遺《のこ》している。

平等院の名かかれたる卒都婆《そとば》に、紅葉の散りかかりけるを見て、「花よりほかノ」とありける人ぞかしと、あはれにおぼえて詠める

あはれとて花見し峯に名を留めて
紅葉ぞ今日は共にふりける

「平等院」は、行尊が平等院の大僧正とも呼ばれていたからで、修験道では、参詣したしるしに卒都婆を立てる風習があった。その卒都婆に、紅葉が散りかかっているのを見て、西行はゆくりなくも行尊の歌を思い出す。百人一首で有名な「諸共《もろとも》に哀《あはれ》と思へ山桜花より外《ほか》に知人《しるひと》もなし」で、深く心を動かされた西行はこのように詠じた。——行尊が「諸共に哀と思へ」といって花を眺めた峯に、今日は紅葉が降っており、降るを旧るに掛けて、ここでも往時を偲《しの》んで感涙にむせんだのである。

行尊（一〇五七—一一三五）は三条天皇の曾孫《そうそん》で、多くの寺の長吏をつとめるかたわら、修験道の行者となって、諸国の山岳を遍歴し、白河、鳥羽、崇徳《すとく》三天皇の護持僧

として功績があった。その作歌態度には西行と共通するものがあり、西行が大峯修行を志したのも、一つには行尊という人間に惹かれたのではないかと想像される。芭蕉は「柴門《さいもん》の辞」の中で、「古人のあとを求めず、古人の求めたるところを求めよと南山大師（弘法大師）の筆の道にも見えたり」といっているが、これらの歌をみても、西行は単に詞を真似たのではなく、古人の心の原点に立ち還《かえ》って詠じていることがよく判《わか》るのである。

大峯山には、古くは百二十宿の霊地があったと聞くが、現在は七十五靡《なびき》と呼ばれており、山伏は一々そこに立寄って礼拝して行く。小笹の宿も、笙の窟も、そういう靡《ざ》の行場であるが、「深仙《しんせん》」というところは、行尊が五十七日間にわたって、岩上に坐して修行したと伝え、ここで西行は月の歌を三首詠んでいる。そのうちの一つ、

　深き山に澄みける月を見ざりせば
　思出もなき我身ならまし

深仙にちなんで「深き山」といったのだが、そういうところで眺めた月は、今まで

親しんだ月とはおのずから変って見えたに違いない。また、

をばすての峯と中所《まうすところ》の見渡されて、思《おもひ》なしにや、月異に見えければ

をばすては信濃ならねど何処《いづく》にも

月澄む峯の名にこそありけれ

この「をばすて」は、吉野川上流の川上村にある「伯母ヶ峰」のことで、そのほか「小池と中宿《まうすすく》」でも、「倍伊地《へいち》と中宿」でも、「東屋と中所」でも、「古屋と中宿」でも、澄みわたる月光に、身も心も染ったような歌を遺している。

「蟻《あり》の門《と》渡《わた》り」という難所では、

笹《ささ》深み霧越す岫《くき》を朝立ちて

靡きわづらふありのとわたり

と歌った。「岫」というのは洞穴のある峰の意で、「靡き」は霧の縁語だというが、はじめは「宿《すく》」と呼ばれた秘所や難所が、「靡」と呼ばれるようになったのは、案外

深仙

こうした所から出た名称であったかも知れない。大峯山で修行する人々は、大自然の前で、みな蟻のようにか弱く、霧に巻かれて「靡きわづらふ」のであった。

三重《みかさね》の滝を拝みけるに、殊《こと》にたふとくおぼえて、三業《さんごふ》の罪も洒《すす》がるる心地しければ

身に積る言葉の罪も洗はれて
心澄みぬるみかさねのたき

「三業の罪」とは、密教にいう身・口・意の業のことで、心に思い、口にいい、行為でもって罪を犯すことを、「三重の滝」で象徴したのであろう。ここで西行は、永年たずさわって来た歌の道で、「言葉の罪」というもの

を強く意識していたことを物語っている。今でも物を書く人々は（もし良心があるならば）、多かれ少かれみな感じていることだが、たとえ一時的にも滝に打たれることによって、西行は救われた心地がしたに違いない。そういう爽《さわ》やかな気分が、滝の流となってひびいて来るような歌である。

大峯山で詠んだ歌はまだほかにもあるが、今は省く。先にもいったように、西行物語や絵巻物は、その性格上風流な面に重きがおかれているが、西行の歌だけにしぼって考えてみると、大峯山での修行が、西行に与えた影響が大きかったことに気がつく。月はもはや昔見た月ではなかったし、山林流浪《るろう》の旅も、深く入れば入るほど、昔あこがれたものとは違っていた。西行は地獄を見たのである。ほんとうの数奇者とはそうしたもので、何につけそこまで堕《お》ちてみなければ救われることもない。といって、宗教心が深まったわけでもない。時には仏教的な言葉も用いないわけではないが、当時としては常識的なことばかりで、今の「三重の滝」の歌でも、私たちが感じようとすれば感じられる体験なのである。西行は神仏を尊んだが、仏教の思想にも、神道の教理にも、わずらわされることはなかった。明恵上人《みょうえ》に語ったという歌論を思い出して頂きたい。歌論というより人生観と呼んだ方がふさわしいのであるが、……「一首読み出《い》でては一体の仏像を造る思ひをなし、一句を思ひ続けては秘密の真言を唱ふるに同じ」と言い切った西行は、究極のところ、自分の歌しか信じてはいなかった。仏教では、自力・他力ということをいうが、彼ほど自力に徹した人間はいなかったと思う。そういう意味では、極めて独創的な人物で、自分の歌だけひっさげて、徒手空拳で世間に立ち向ったのである。西行が出家したほんとうの原因はそこにある。当時としては出家する以外に、世間の束縛を逃れることはできなかったからで、変な言いかただが、既成の仏道からも出家する必要をいつも感じていた。大峯修行はその一つの現れであるが、地獄の底から眺めた月、——そのあまねく照す月光の美しさを詞にする時、正に「一体の仏像を造る思ひ」がしたに違いない。西行は、自分の心の中にある仏を歌によって発見し、歌によって形を与えたといえるであろう。

熊野詣

熊野へ参らむと思へども
徒歩《かち》より参れば道遠し
すぐれて山峻《きび》し
馬にて参れば苦行ならず
空より参らむ
羽賜《た》べ若王子《にやくわうじ》

これは「梁塵秘抄《りょうじんひしょう》」にある今様で、熊野詣《くまのもうで》の困難なことを歌っている。私も何度か行っているが、空を飛べるようになった今日でも、熊野三山へ詣でるのはよほどの決心を要する。三山というのは、熊野川の上流にある本宮と、河口の新宮と、那智の滝の三社であるが、「若王子」は熊野の神の御子《みこ》の意で、九十九《つくも》王子とも呼ばれている。

この今様ではある特定の王子（たとえば若一王子《にゃくいち》）を指すという説もあるが、そんなに窮屈に考える必要はなく、数多くある熊野の御子神に、「羽を下さい」と頼んだのであろう。

熊野は記紀万葉の時代から知られた霊地であり、今も多くの謎《なぞ》を秘めている。ひと口に三山といっても、その関係がどうなっているのか、九十九王子の成立についても、ほんとうのところは解《わか》ってはいない。古くは「熊野の国」と呼ばれたように、それは深い山と大きな川と、そして海にかこまれた秘境で、遠いわりに道は伊勢からも紀伊からも通じていた。平安時代には、高野山や吉野からも行けるようになったが、どれをとっても気が遠くなる程の道程であることに変りはない。修験道《しゅげんどう》が成立した後は、熊野が出発点となり、ここから大峯《おおみね》を越えて吉野へ向うのを順峯、吉野から熊野へ至るのを逆峯と呼ぶようになった。

西行が何度熊野へ参詣《さんけい》したか、知る由《よし》もないが、熊野で詠《よ》んだ歌はかなり残っており、それも四季にわたっているから、一度や二度でなかったことは確かである。修行のために長期間籠《こも》ったこともあるようだし、出家する以前に、法皇や上皇の熊野御幸《ごこう》に供奉《ぐぶ》したこともなかったとはいえまい。

「西行物語」及びその絵巻物は、印象を強くするためか、西行の熊野詣を一回にしぼってあり、大峯修行も私が前章に書いたのとは反対に、熊野から入ったようにしてある。順峯というのだから、それが正しいのかも知れないが、そのために無理な記述を行なっている。物語だからどうでもいいようなものの、それではわかりにくいので、こういう機会に訂正しておきたいと思う。

西行物語によると、吉野に住んでいる間に、西行は更に深い山に入って修行したいと思い、「熊野のかたへまゐらんと思て、行道《ゆくみち》いとどあはれにて」、二首の歌を詠む。吉野から熊野へ行くのなら、大峯山を越えるのが当然と思うのだが、わざわざ遠廻りをして、はるか西南の富田川《とんだがわ》のほとりへ出る。そこには西の熊野街道から本宮へ至る「中辺路《なかへじ》」という古道があり、その道にそって多くの王子の社《やしろ》がある。「さてやがみの王子にとどまりて、云々《うんぬん》」とあるのがそれで、鎌倉時代の絵巻物（萬野家本）には、美しい絵が描かれている。

　熊野へまゐりけるに、八上《やがみ》の王子の花おもしろかりければ、社に書つけける

待ちきつる八上の桜さきにけり
荒くおろすな三栖《みす》の山風

緑の木立のところどころに、桜が咲いており、ささやかな社殿の前に、朱《あけ》の鳥居が建っている。その眺《なが》めの面白さに、西行はやおら筆をとって忌垣《いがき》に歌を書きつけたところである。

九十九王子の中には、所在のわからなくなっているものもあるが、この社はいくらか昔の面影《おもかげ》をとどめており、私が行った時はちょうど桜が咲いていた。三栖というのは、その西北の丘陵一帯の地名で、「三栖山王子」の趾《あと》が畑の中に残っている。中辺路の新道（国道三一一号線）は、国道四二号線からわかれて、富田川ぞいに北上する

が、八上の王子はその北側の旧道にあり、次の稲葉根《いなばね》王子で新道と出会う。このあたりには昔の御幸道の風情《ふぜい》が色濃く残っていて、花を求めながら歩いた西行の姿が偲《しの》ばれる。そして、八上の王子に辿《たど》りついた時、待ちに待った桜にやっとめぐり会った、その悦《よろこ》びが右の歌となってほとばしったのであろう。春とはいえ、深山の空気は冷たく、今残っている何代目かの桜の木も、三栖の里から吹きおろす山風にふるえているようであった。

中辺路には、本宮へ達するまで、点々と王子の社が見出《みいだ》される。先年、私は取材したことがあるので、殆《ほと》んど全部歩いているが、八上の王子から稲葉根王子を経て、富田川を渡り、一の瀬王子からまた川を渡って、鮎川王子へ行く。それも一度や二度ではない。何度も右岸や左岸を行ったり来たりするのは、川の流れが変ったせいではなく、水垢離《みずごり》を行うためであることをその時知った。当時は川瀬の中を飛石伝いに渡ったが、時には胸までつかって溺《おぼ》れそうになることもあり、女院《にょういん》が渡御される場合は、両岸に縄を張り、それを伝って対岸へつかれるという風であった。

女院といえば、待賢門院は十三回も熊野詣をされたといい、その時は女の山伏姿（狂言の女役のように、頭を白い布で巻き、白装束をまとう）で行かれたと聞くが、車で行ってもほとほと参ってしまう長道中を、いくら信仰のためとはいえ、よくも辛抱されたものだと思う。もしかすると西行も、女院の跡を慕って熊野詣を思い立ったのではあるまいか。それはおそらく女院が崩御になった直後のことで、その追善のためもあったかと考えられる。

九十九もある王子社の中で、——といっても、それは数が多いことを示すだけで、実際に九十九あったかどうか判《わか》らないのであるが、西行には、八上の王子で詠んだ桜の歌しか残ってはいない。あとは散佚《さんいつ》したのかも知れないが、西行物語でおかしいと思うのは、そこから逆戻りして、西熊野街道の千里の浜へ行くことである。

千里の浜は、田辺の北の南部《みなべ》から、岩代《いわしろ》へかけての海岸線をいい、絵巻物では、八上の王子につづく美しい場面で、磯馴松《そなれまつ》の間を、熊野詣の人々が忙しげに行き交う。院政時代に「蟻《あり》の熊野詣」と呼ばれた賑《にぎ》わいを思わせる風景だが、岸打つ波に人のさざめきがとけ合って、快い音楽をかなでる。

霞《かすみ》しく熊野がはらを見わたせば
波のおとさへゆるくなりぬる

は、そういう時に口をついて出た歌だったかも知れない。

「磐代《いはしろ》の浜松が枝をひき結びまさきくあらばまた還《かへ》りみむ」（万葉集　有馬皇子）の悲歌で知られた岩代のあたりは、つい最近までこの絵のような美しい浜べであった。今は松林が伐《き》られて見る影もなくなったが、風景描写にすぐれた絵巻物の画家は、昔の夢を甦《よみがえ》らせてくれる。

ここで西行は、海人《あま》の苫屋《とまや》に一夜の宿を求めた。みすぼらしい茅屋《ぼうおく》の中で、西行がまどろんでいる図が現れ、家の外では二人の連れの僧が井戸端会議をやっている。西行の夢には、今、三位入道俊恵《さんみのにゅうどうしゅんえ》が現れたところである。俊恵は源俊頼《としより》の息で、白河の邸《やしき》に歌林苑という歌壇《サロン》を形成し、宮廷歌人とは別の自由な境地を愉《たの》しんでいた。西行に「白川」で詠んだ歌が多いのは、出家以前から親しく付合っていたのであろう。

夢の中で俊恵が怖《おそろ》しい顔をしていうには、いつまでこんなところでうろうろして、歌を詠まぬとはどうしたことか、と厳しく詰問《きつもん》する。俊恵が怒るのには理由があった。それは前々から百首歌を呈出するよう依頼されていたのに、吉野や熊野を放浪して応じなかったためで、西行は気が咎《とが》めていたに違いない。

夢から醒《さ》めた西行は、あわてて百首の歌を取りまとめて都へ送った。その時、

末の代もこの情のみ変らずと
見し夢なくばよそにきかまし

の一首をそえたと、絵巻物には記してある。「末の代もこの情のみ変らず」は、夢の中で俊恵が「昔にかはらぬことは和歌の道なり。これをよまぬ事をなげく」といったからで、その言葉を聞かなかったならば、いいかげんに捨てておいたであろうと、友人の温情に謝したのである。昔の人が夢というものを、どんなに重く視《み》ていたか推察できるとともに、歌に対する西行の真摯《しんし》な態度がよく現れている。

八上の王子から千里の浜まで来たのだから、そのまま紀の路を都へ帰るのかと思うと、また逆戻りして那智の滝へ行く。那智へ行くには、南部から田辺へ戻り、熊野灘《なだ》の海岸伝いに、東側の勝浦へ出るしか方法がない。この街道を「大辺路《おおへじ》」というが、平安末期にできたので、王子社は一つもなく、つい近年まで車も通らなかった。西行物語の道順が混乱しているのは、ここだけではないけれども、熊野詣をしたことのな

い作者が任意に書いたからだろう。でなければ、いかに放浪癖のある西行でも、こんなにあちこち連れ廻されるわけはないのである。

さて、やっとのことで那智へ辿りついた西行は、次のような歌を詠んだ。長い詞書《ことばがき》がついているので、先《ま》ずそれを記しておく。

――那智に籠って、滝に打たれて修行していた時、その上の一の滝と二の滝へ行くという坊さんがいたので、西行はついて行くことにした。桜が咲いているかどうか、知りたく思っていたところだから、険しい道を二の滝までよじ登ったのである。これを「如意輪《にょいりん》の滝」というと、坊さんから聞き、拝んでいると、ほんとうに如意輪観音のお姿のように、少しうつむいた姿で流れ落ちていたので、尊く思った。そこには花山院が籠っておられた庵室《あんしつ》の跡があり、老木《おいき》の桜が立っているのを見て、「木《こ》の下《もと》をすみかとすればおのづから花見る人になりぬべきかな」の御歌を思い出した、というのである。

木《こ》のもとに住みける跡を見つるかな
那智の高嶺《たかね》の花を尋ねて

花山院（九六八―一〇〇八）は、藤原兼家《かねいえ》父子の謀略により、一条天皇に譲位を余儀なくされた悲劇の帝王である。熊野に千日籠って修行された後、西国三十三ヵ所の霊場を廻り、観音巡礼中興の祖と仰がれている。先の惟喬《これたか》親王といい、この花山院といい、後の崇徳《すとく》上皇といい、西行の心を強く打ったのは、悲しい運命に沈む王者たちであった。老木の桜のもとに、半ば崩れかかった庵室の跡を見出した時、その憶《おも》いはひとしお募ったであろう。前述の花山院の歌を踏まえて「木のもとに住みける跡」と詠み、「見つるかな」と上の句できっぱり止めたところに、西行の悲しみの深さがうかがえるように思う。また、下の句の「高嶺の花」は、高貴の人を象徴していると同時に、花山院の「花」にかけてあるのではなかろうか。

勝浦から那智の滝へは、かなり急な山道を登る。ところどころに大木の杉並木のつづく参道が残っていて、苔《こけ》むした石畳を踏みしめて行く間に、熊野詣の神秘的な空気が迫って来る。どこからともなく地鳴りのような水音がひびいて来るが、行けども行けども滝は現れない。うっそうと繁った木立がトンネルの役目をはたし、石畳に反響して、この世のものならぬ轟音《ごうおん》を発するのであろう。参道は歩いてみるに限る。車で行ったのでは、こういう感動は味わえない。

那智の滝は、滝そのものが御神体である。このことを適確に表現しているのは、根津美術館に蔵されている「那智瀧図」で、神韻縹渺《ひょうびょう》としたその画面からは、滝に神を見た人々の心がじかに伝わって来る。西行は那智に籠っていたというのに、滝についてはひと言も語らず、その周辺のことしか歌っていないのは、神は礼拝するもので、触れてはならぬという信念に徹していたのであろうか。

何事のおはしますをば知らねども
かたじけなさの涙こぼるる

この歌は伊勢で詠《よ》んだと伝えるが、実は西行の作かどうか疑わしい。それでも昔から西行の歌と信じられて来たのは、いかにも彼らしい素直さと、うぶな心が現れているからだろう。その柔軟な魂が、熊野三山の神秘にふれて、ゆれ動かずにはいなかったと思うのに、本宮でも新宮でも、そういう歌は一つも遺《のこ》してはいない。そこに私は、西行の信仰の姿を見る思いがする。西行は、天台、真言、修験道、賀茂、住吉、伊勢、熊野など、雑多な宗教の世界を遍歴したが、「かたじけなさの涙こぼるる」ことだけが主体で、相手の何たるかを問わなかった。「かたじけなさの涙こぼるる」では、詩歌以前の感情だし、歌にすることをむしろ避けて通ったのではあるまいか。西行の信仰のあいまいさは、そこから来ているので、ほんとうは当時の誰よりも神仏を崇敬していたのではないかと私は思う。

熊野詣の道は、那智を起点とすれば、大雲取・小雲取の険阻な峠を経て、本宮に参《さん》詣《けい》する。上皇方の熊野御幸の際は、本宮から熊野川を船で南下し、新宮と那智へ行くのが順路だったらしいが、伊勢から入る時は、新宮が先になり、その時の都合で、三山のどちらから参ってもいいようになっていた。

那智瀧図
鎌倉時代　根津美術館蔵

西行物語では、那智からすぐ大峯山へ入ったと書いてある。もしそうとすれば、今いった雲取越から本宮へ下り、十津川の東にそびえる玉置《たまき》山に立寄ったに違いない。玉置山には玉置神社という古社があり、熊野本宮のそのまた奥の院のように見なされているが、吉野から来る逆峯の場合は、ここが終着点になっている。大峯修行の山伏たちは、玉置神社で一応解散し、熊野詣は各自の自由に任せてあるようだ。

先年、私はその玉置山へお参りした。全山岩のけわしい道で、さすが熊野の奥の院と呼ばれるだけあって、樹齢数千年の大杉が、天をついて聳《そび》えているのが壮観だった。今でも玉置氏というこの地方の旧家の主が宮司をしておられたが、神社の由来や創建については、何も判らないといわれた。観光に無関心なのがいっそ気持よかったが、境内にただよう荘重な雰囲気と、それに何よりもあの巨大な老杉が、歴史の生証人であることを示していた。

神社のかたわらの大杉のもとに、玉石社（或いは白玉社だったか）の小さな祠《ほこら》があり、熊野灘で採れる真白な玉石が積んである。これは毎年漁師が奉納するのだそうで、何となく船霊《ふなだま》様の分霊のように見えたが、タマオキという名称もそこから出たのであろう。熊野灘の漁師たちは、海上から望む熊野の峯々《みねみね》を目安にして、漁場の領域とか、天候の変化を知ると聞いたことがあるが、標高一〇七七メートルの玉置山は、彼らが崇《あが》めた主峯の一つで、このささやかな祠こそ、玉置神社の原型であったに違いない。

頂上の三角点は芝生の平地になっていて、霞《かすみ》のかなたに熊野灘が遠望され、悠久の時間の中に我を忘れる心地がした。ここから先は修験の山で、女人禁制になっているため、私は遠慮して帰って来たが、こういう規則はいつまでも守って貰《もら》いたいと思う。男女同権を主張する人たちは反対するだろうが、女を入れたらろくなことはないと、女の私がいうのだから確かである。

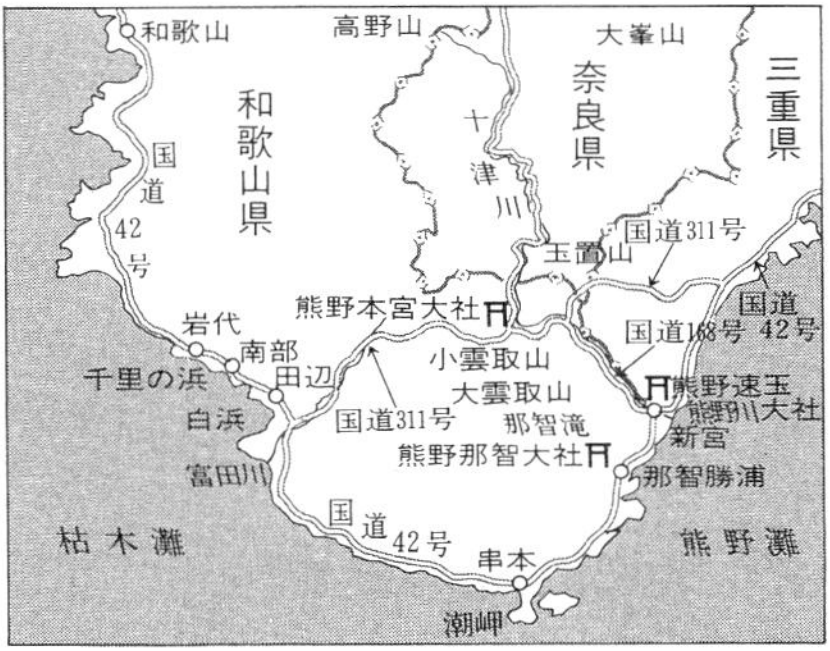

今の修験の道は、吉野から山上ヶ岳までを一区切りとし、山上ヶ岳から熊野へ行くのを「奥駆《おくがけ》」という。ほぼ一週間の行程で玉置神社に達するが、前章にのせた西行の歌は、この奥駆で詠んだものである。別に合理的に解釈する必要はないけれども、もし西行が二度大峯で修行したとすれば、最初は吉野山から、二度目は熊野から入ったと考えたい。それを一つに結びつけたところに西行物語の矛盾があり、紅

葉と桜が同時に歌われることになったのだと思う。
西行物語の熊野詣を、かりに二度目の旅とすれば、西行は晩春の頃、熊野から大峯・吉野を経て、大和の国へ入った。葛城山では、季節はずれのもみじが美しく紅葉していたので、人に尋ねると、まさきのかずらであるという。

かづらきやまさきの色は秋に似て
よそのこずゑは緑なる哉《かな》

そこで同行の山伏たちと別れ、葛城連峯《れんぽう》のつづきの檜原《ひばら》峠を越え、和泉《いずみ》の国を経て、住吉に詣《もう》でたのであろう。

夕されや檜原のみねを越え行《ゆけ》ば
すごくきこゆる山鳩の声

私たちにも詠めそうな平明な調べであるが、それはそう見えるだけで、けっして凡庸な歌ではない。念願の熊野詣をはたし、大峯山で生死の境を体験した西行は、虚脱状態におちいっていた。半ば夢見心地で峠を歩いていた時、夕闇《ゆうやみ》の中で、鳩がふくみ声で啼《な》くのを聞き、はっと目が醒めた。醒めた後の脱落感は格別だったであろう。「すごくきこゆる山鳩の声」は、西行の肺腑《はいふ》からにじみ出る呻《うめ》きであったかも知れないのだ。

鴫立沢

湘南《しょうなん》海岸の大磯《おおいそ》は、日本で最初に海水浴が行われたところである。現在は開発が進んで、昔の面影は失われたが、町にはいくらか裏ぶれた感じがあり、鎌倉ほどの賑《にぎ》わいはない。その町なかから小磯よりの、海岸の方へ少し入ったところに、鴫立沢《しぎたつさわ》の旧跡がある。いうまでもなく、西行の「心なき身にもあはれは知られけり鴫立つ沢の秋の夕暮」によった歌枕《うたまくら》で、磯《そ》馴松《なれまつ》の間に西行庵《あん》が建っている。よく和歌や俳句の会が催されるので、御承知の方は多いと思う。

そのかたわらに小川が流れていて、小さな橋がかかっている。小川というより溝《みぞ》に近いが、これがいわゆる鴫立沢の沢なのであろう。橋を渡ったすぐ右手に、昔、私の祖父が住んでいた。庭に二股《ふたまた》に分れた大きな松があったので、「二松庵」と名づけ、別荘というより庵室めいた住居であった。祖父は海軍の軍人で、早くに隠居してそこで静かな余生を送っていたが、なぜ鴫立沢を終焉《しゅうえん》の地にえらんだか私は知らない。が、いつも黙々と、ちびた筆を舐《な》めながら、漢詩を作っていた姿が印象に残っているのをみると、多少は古典文学に興味をもち、西行の生きかたに共鳴していたのかもわからない。「二松庵」という詩集を遺《のこ》しているから、しらべてみたらその片鱗《へんりん》ぐらいはつかめるであろうが、身内のこととなると私は照れてしまう性分なので、ろくに読んだこともないのである。

私は四、五歳の頃から、週末には必ず祖父母のもとをおとずれた。浜べで遊びつかれると、いつも西行庵へ行き、そこを自分の庭のように心得ていた。西行さんの名を知ったのも、「鴫立沢」の歌を覚えたのも、まだ物心もつかぬうちで、それから七十年も経た後に、その人について書こうとは夢にも思わなかった。祖父亡《な》きあとは、私がしばらくその家に住んでいたこともある。他愛《たわい》ない憶《おも》い出にすぎないが、よほど御縁があったのに違いない。

鴫立沢の西行庵

鴫立沢というのは固有名詞ではな

く、鴫の立つ沢の意で、昔の連歌師や好事家《こうずか》が、いいかげんにつけた地名であることを大人になってから知ったが、私の鴫立沢は、やはり大磯のあすこ以外にない。何度私はあの松林の中に立って、縹渺《ひょうびょう》と霞《かす》む海のかなたに、鴫が飛び立つ風景を夢みたことか。歌枕とはそうしたものであり、それでいいのだと私は思っている。

「今物語」ほか二、三の書に、鴫立沢の歌について、次のような話がのっている。

——西行が奥州へ旅行していた時、千載集が撰《えら》ばれると聞き、気になったので都へ帰ろうとした。その途中、知人と出会ったので、自分が詠《よ》んだ「鴫立沢」の歌は入っているか、と問うと、入っていないと答えたので、では、都へ行っても仕様がないなと、元来た道をさっさと帰ってしまったという。

千載集は、後白河法皇の命により、俊成が撰者《せんじゃ》となった勅撰和歌集で、西行の歌は十八首とられている。それが完成したのは文治四年（一一八八）、西行七十一歳の時だから、二度目にみちのくへ行った折の逸話だと思う。もちろんその中に鴫立沢の歌は入っていないが、もしこの物語を信ずるなら、西行は非常に自信をもっていたに違いない。晩年になって、俊成に判詞を乞《こ》うた「御裳濯川歌合《みもすそがわうたあわせ》」にも、自讃《じさん》の歌の一つとして入れてあり、世間の人々も秀歌と認めていたのであろう。それを俊成が無視したために、大衆の不満が右の伝説となって流布《るふ》されたのかも知れない。「今物語」は、似せ絵の名手、藤原信実《のぶざね》の筆になったものとかで、西行とも昵懇《じっこん》の間柄《あいだがら》であったから、大体のところは信じていいのではないかと思う。

大磯は、鎌倉時代に栄えた宿場町で、曾我十郎祐成《すけなり》の愛人、虎《とら》御前が住んでいた。化粧坂《けわいざか》の周辺に、遊女《あそびめ》たちはたむろしていたと聞くが、今でも大磯には虎子饅頭《まんじゅう》という名物があり、浜で五色の美しい石が採れたので、さざれ石という干菓子もある。五色の石の方は、関東大震災で地形が変り、海岸にドライヴウェイができたので、見られなくなってしまったが、昔は大磯・小磯と並び称された風光明媚《めいび》の地で、数奇《すき》者たちが集って、風雅な遊びにふけっている間に、鴫立沢の歌枕が自然にでき上って行ったのだろう。早くも室町時代には、その地名は行き渡っていたというから、もはや一つの歴史と呼んでもさし支えないのである。何も正しいことだけが歴史とはいえまい。私たちが正しいと信じている公家《くげ》の日記や史書にしても、そこに人間が関わっている以上、個人的な感情や利害からまったく自由であるとは言い切れない。そのことに思いを及ぼす時、たとえ架空の存在であるにせよ、昔をなつかしむ心がつくり出したもの、――しかもそれが何百年もの間信じられ、愛されて来たものならば、そのことだけでも私には立派な歴史のように思われる。もし、歴史と呼んで悪いのなら、私たちの祖先が愛惜して止《や》まなかった文化の一つの表徴であったことは確かである。

千載集から、二十年ほど経《た》つ間に、歌の評価は変って来た。新古今集巻四秋歌上には、西行を中心に、寂蓮《じゃくれん》と定家の「秋の夕暮」の歌が並んでいる。

寂しさはその色としもなかりけり
槙《まき》立つ山の秋の夕暮　　寂蓮法師

心なき身にもあはれは知られけり
鴫立つ沢の秋の夕暮　　西行法師

見わたせば花も紅葉もなかりけり
浦の苫屋《とまや》の秋の夕暮　　藤原定家朝臣《あそん》

世に「三夕《さんせき》の歌」と呼ばれるもので、新古今集が成った時、西行はもうこの世にはいなかったが、草葉の蔭《かげ》で、それ見たことか、とせせら笑っていたかも知れない。上の句で一旦《いったん》切って、名詞で止めることを、専門用語では「三句切れの体言止め」というらしいが、この三首をめぐって、似たような歌が並んでいるのをみると、よほどはやったもののようである。中でも西行の詠は、俊成が「鴫立沢と言へる心幽玄に、姿及びがたし」（御裳濯川歌合）と評したように、新古今に撰ばれる前から有名で、寂蓮も、定家も、それを下敷きにしていることは疑えない。

ことに定家の歌には、「西行法師、すすめて、百首歌よませ侍《はべ》りけるに」という詞書《ことばがき》をともなっており、西行が晩年に、伊勢の二見ノ浦において、都の歌人たちから百首歌を勧進した時、詠んだもので、西行の「秋の夕暮」に和して、自分の「秋の夕暮」をもって応《こた》えたように想像される。定家は西行より四十四歳も年下であったから、この歌道の大先輩に対して、絶大の敬意を払っていたのであろう。

そうはいっても、この二つの歌は、詞が似ているだけで、その発想には大きな違いがある。単に老若の差ではなく、西行と定家が生涯を通じて、相容《あいい》れることのなかった個性の相違といえようか。小林秀雄は『西行』の中で、それについて実に適確な批評を下している。

外見はどうあろうとも、（定家の歌は）もはや西行の詩境とは殆《ほとん》ど関係がない。

新古今集で、この二つの歌が肩を並べているのを見ると、詩人の傍で、美食家がああでもないこうでもないと言っている様に見える。寂蓮の歌は挙げるまでもあるまい。三夕の歌なぞと出鱈目《でたらめ》を言い習わしたものである。

だが、いつも世間を闊歩《かっぽ》しているのはその出鱈目な方で、茶道では、定家の「見わたせば……」の歌がわびの極致とされている。そういわれるとそのように見えなくもないが、定家は純粋にレトリックの世界に生きた人で、この歌も源氏物語「明石」の巻その他に典拠があり、いってみれば机上で作られた作品なのである。定家の人生とも生活とも関係がない。それにひきかえ西行の歌は、肺腑《はいふ》の底からしぼり出たような調べで、小林秀雄が、上三句に「作者の心の疼《うず》きが隠れている」といったのは、そういう意味である。

こころから心に物を思はせて
身を苦しむる我身成けり
惑《まど》ひきて悟り得べくもなかりつる

心を知るは心なりけり

思へ心人のあらばや世にも恥ぢむ
さりとてやはと勇むばかりぞ

おろかなる心にのみや任すべき
師となることもあるなるものを

西行にはこころを歌ったものが無数にあるが、自分で自分の心を持てあまして苦しんでいる場合が多い。時には「思へ心」などと、叱咤《しった》激励してみるけれども、心は勇むばかりでちっともいうことを聞いてはくれぬ。最後の歌はちょっとわかりにくいが、自分のおろかな心にすべてを任せておいてよいものだろうか、時には心が一身の師となる場合もあるというのに。——しいて訳せばそういうことになる。

専門家は、この「おろかなる心」を、仏道を求めない愚昧《ぐまい》な心、という意味に解している が、そんな一方的に考える必要はなく、恋をしたり、桜にあこがれたり、ふらふらと旅に出たり、要するに「空になる心」のことを「おろか」といったのではあるまいか。そして、そのおろかな心が、おろかなままで指針となる時もあるのだから、放っといてはいけない。常に注意して、その中に真実を求めるべきだ。そういう含みがあるように思われる。たしかに西行は反省もしたが、反省のままで終ってはいない。ここでも勇んで心が心の師となることを希《ねが》っているのである。

「心なき身にもあはれは知られけり」についても、殆んどの学者が、ものの哀《あわ》れを感じない（俗世の煩悩《ぼんのう》を超越した）世捨人にも、鴫の飛び立つ沢の秋の夕暮は哀れに思われる、と説明しているが、何か釈然としないものがある。その説が間違っているというわけではないが、心というものについて、苦労を重ねた作者にとって、「心なき身」とは、ひと言で片づけられるような簡単なものではなかった筈《はず》である。そもそも西行がいつ俗世の煩悩から解放されたであろうか。歌を詠むこと自体が、人間の最大の煩悩の一つであることを思えば、「心なき身」とは、ものの哀れを知ることが不充分なわが身にもと、控えめな表現を行なったのではないか。そうかといって、特別謙《けん》遜《そん》したわけでもあるまい。心の底からそう信じて、自分の精神のいたらなさを嘆いたのだと思う。そして、そういう人間にも、鴫の立つ沢の秋の夕暮は身に沁《し》みる、と歌ったので、そこではじめて下の句も生きて来るというものだ。

「鴫立沢」については、鴫が飛び立つ沢ではなく、鴫の立っている沢、という新説もあるらしいが、よけいなことである。鶴ならともかく、鴫がただ芸もなくつっ立っているのでは歌にも絵にもなるまい。そこに羽音を聞くからこそ秋の哀れも身に沁むのであって、そんな新説を吐く人は、きっと耳が悪いに違いない。詩を理解するには、頭脳だけでなく、五感を働かせる必要があることを忘れているのだろうか。

歌枕《うたまくら》というのは実に不思議なものである。外国でも故郷の地名を持ち歩く習慣はあるが、歌に詠まれた名前を、時にはまったく架空の存在を、さも事実であるかのように伝えるのは、日本以外にはないと思う。たとえば「鴫立沢」のように、はじめは不特定の場所であったのが、「西行物語」では、相模の国大庭《おおば》郡砥上原《とがみがはら》（今の鵠沼《くげぬま》から藤沢のあたり）に設定され、ついで大磯に変って現在に至っている。またたとえば近江の「水茎《みずくき》の岡」のように、万葉集では、「みづくき」が「岡」の枕詞に使われていたのが、いつの間にかひとつづきのものになってしまって、特定の地名になった場合もある。歌枕といえば、私たちは歌に詠まれた名所ぐらいに思っているが、中々そんな単純なものではない。「梁塵秘抄《りょうじんひしょう》」にこのような今様がある。

春のはじめの歌枕

霞たなびく吉野山
鶯《うぐひす》 佐保《さほ》姫《ひめ》翁草《おきなぐさ》
花を見すてて帰る雁《かり》

霞たなびく吉野山はわかるにしても、鶯も佐保姫も翁草も、帰雁《きがん》までその中に入るとすれば、歌に詠まれるほどの花鳥風月は、すべて歌枕ということになってしまう。だが、今はそれについて述べているひまはないので、西行の歌にかぎって考えてみることにしたい。

右の伝でいえば、「西行桜」などはれっきとした歌枕であろう。私が見ただけでも十指に余るが、あまり記憶に残らないのは、それに価《あた》いする桜がなかったためで、そのかわり能の「西行桜」に美しい花を咲かせたことは前に記した。（第六章　花の寺）

次は柳で、これは新古今集の歌が典拠になっている。

道のべに清水流るる柳陰
しばしとてこそ立ちどまりつれ

「題知らず」となっているが、西行物語には、「し水のながれたるやなぎのかげに、水をむすぶ女房をかきたりければ」という詞書があり、屏風《びょうぶ》か扇に記したのかも知れない。さわやかな調べであるが、西行にしては少し間のびがしている嫌いがなくもない。総体的にいって、新古今集には優雅な歌が撰ばれており、その点においても西行は当代一流の名手であったが、晩年に詠んだ「たはぶれ歌」とか、また「地獄ゑを見て」のごとき、私たちの胸をつくような作品は、どちらかといえば「聞書集」の中に見出される。「きゝつけむにしたがひてかくべし」と断ってあるとおり、西行が折々に詠み捨てた歌を、周辺の人々が集録したもので、まったく個人的な家集である。したがって西行の内面を告白した歌が多く、山家集と重複するものは一つもない。花や月によせて詠むのならともかく、直接自分の心と向き合って煩悶《はんもん》することなど、大体やまと歌には不向きなのであって、そこに西行の普遍的な新しさが見られる。聞書集についていては、また述べる折もあろうが、「道のべ」の歌などは、新古今的というより、むしろ古今調の、それも六歌仙時代の古い歌に似ており、西行がどの辺を手本としていたか解《わか》るとともに、新旧の両面を兼ね備えていたことは興味がある。

「道のべ」の柳の旧跡も、諸国にあるらしい。現に私が住んでいる町田市の一角にも、西行がそこで詠《よ》んだという柳が残っている。中でも有名なのは、那須野の芦野《あしの》の田圃《たんぼ》道にある「朽木《くちき》の柳」で、今は何代目かの若木が、石垣にかこまれて立っているが、何度植えても枯れてしまうというのは、地下の西行の意にそぐわないのであろう。「道のべ」といっているのだから、どこの道ばたにあっても構わないわけだが、実はこの柳は、西行より芭蕉の「奥の細道」によって有名になったもので、芭蕉は那須野の殺生石《せっしょうせき》を見物した後、「又、清水ながるるの柳は蘆野の里にありて、田の畔《くろ》に残る。云々《うんぬん》」と、くわしく描写している。その時に詠んだ、

田一枚うゑてたちさる柳かな

の名句によって、朽木の柳はいっそう世間に喧伝《けんでん》されて行った。西行は能因《のういん》の跡を慕って奥州へ旅行し、芭蕉は西行の風雅を追って「奥の細道」を書いた。歌枕ができて行く過程を、それは絵に描くように教えてくれる。そこには西行が歌った清水は流れていないが、周囲にはのびのびとした田園風景が開けており、芭蕉の句の情趣を心行くまで味わうことができる。

「田一枚うゑてたちさる」には諸説あるが、山本健吉氏は、『芭蕉』の著書の中で、

西行の歌の「しばしとてこそ」の具象化が、「田一枚」なのであり、暫《しば》しと立ちどまったところ、思わず時をすごしてしまって、そのあいだに田一枚が植えられるのであると、適切な説明を加えていられる。芭蕉は西行の身になって、昔を思い出しているのである。そういう風に考えると、歌枕の意味するところは大きい。それは単なる名所でも旧跡でもなく、古人を追慕する心の表徴であり、二度と還《かえ》らぬ歴史を再現する生命力の現れともいえよう。

うっかりして忘れるところだったが、西行と芭蕉の間には、世阿弥《ぜあみ》も参加しており、「道のべ」の歌をテーマに「遊行柳《ゆぎょうやなぎ》」の能を作曲した。「朽木の柳」の名称は、朽木の柳の精を主人公にしたところに出ている。実際には、観世小次郎（一四三五―一五一六）の作と伝えるが、世阿弥の幽玄の思想に則《のっと》っていることは紛れもない。

ワキは、一遍上人の教えを嗣《つ》ぐ遊行上人で、西行は登場しない。その上人が奥州へ行く途中、白河の関をすぎると、一人の老翁《ろうおう》が現れ、同じことなら一遍上人の通った昔の街道を教えようといって、古塚の上に立つ柳を示し、「道のべに清水流るる柳陰」と、西行が詠じたのはここであるという。上人がその塚に向って、念仏を唱えると、老人は喜ぶ風情《ふぜい》で、いつしか柳の根元に消え失《う》せてしまう。

奇特の思いをなした上人が、夜もすがら称名念仏を唱えていると、朽木の柳の中から白髪の翁《おきな》が現れ、我こそは夕暮に道しるべした老木の柳の精であると名のり、念仏の功力《くりき》によって成仏《じょうぶつ》したことを謝しつつ舞う。最後のキリの「露も木の葉も散りぢりに、露も木の葉も散りぢりになり果てて、残る朽木となりにけり」と、くずれ伏して終る場面は、余韻嫋々《じょうじょう》として、室町時代の猿楽師たちが、俊成の提唱した幽玄の境地を、充分に体得していたことを物語っている。

この能の構成から想像すると、一遍上人の時宗の影響を多分にうけており、「朽木の柳」の伝承には、遊行の聖《ひじり》たちが関わっていたことが判《わか》る。一つの歌枕が成立するまでには、有名無名の多くの人間の力が支えていたのである。私が歌枕に歴史を見るといったのはそういう意味で、それにつけても、信じなければ何もないし、信ずれば在る、という言葉を、改めて思ってみずにはいられない。

みちのくの旅

西行は二度奥州へ旅をした。最初は二十六歳から三十歳ごろまでで、学者によってさまざまの説があるが、二度目の方ははっきりしており、文治二年（一一八六）、六十九歳の時であった。

陸奥《むつのく》の奥ゆかしくぞおもほゆる
壺《つぼ》の碑《いしぶみ》そとの浜風

陸奥に「奥ゆかし」がかけてあるのだが、むろん最初の旅に出る前の作に違いない。「壺の碑」は、宮城県多賀城《たがじょう》趾にある古碑で、「そとの浜」は青森県陸奥湾の東海岸をいい、ともに古くから知られた歌枕である。平安時代にみちのくといえば、さいはての国であり、蝦夷《えみし》の住む未開の原野のように思われていたであろう。ことに人の心も生活も閉鎖的になっていた平安末期の宮廷人にとって、この謎《なぞ》にみちた辺境の地が、好奇とあこがれの対象となったことは想像にかたくない。東北地方に歌枕《うたまくら》が多いことが、それを証しているが、ただささえ未知のものに惹《ひ》かれた西行が、興味をもたなかった筈《はず》はないのである。特に西行の場合は、先祖の俵藤太秀郷《たわらとうたひでさと》が活躍した地方であり、歌枕を詠《よ》むだけではあきたらず、実地に訪れて、自分の眼で確かめずにはいられなかったと思う。実際にも平安末期の歌枕は、何度も歌われている間に、詞《ことば》の上のあそびと化し、実体をはなれて一人歩きをするようになっていた。したがって、右の歌も、みちのくへ行く前の、それもかなり近い頃の作ではなかったか。このように何の風情《ふぜい》もなく、無雑作に歌枕を並べただけのものは見たことがない。そこに西行の歌枕に対する考え方と、旅に出る前の心のはずみが見出《みいだ》せるように思う。

だが、みちのくに歌枕を尋ねたのは、西行だけではなかった。尋ねただけではなく、あらたに作りだした人もいる。それは一時代前の能因《のういん》（九八八—一〇五〇以後）で、みずから見聞した名所旧跡を丹念に集めた「能因歌枕」の著作もある。彼の数奇《すき》者ぶりは、例の「都をば霞《かすみ》とともに立ちしかど秋風ぞ吹く白河の関」の歌によって知られている。能因はこの歌がいたく気に入ったので、ただ発表したのではつまらないと思い、長い間家にかくれていて、真黒に日焼けした後、奥州へ行脚《あんぎゃ》して詠んだと披露したのである。だが、専門家の研究によると、この逸話の方が虚構で、能因は実際に奥州へ旅行したというのだから面白い。伝説は嘘《うそ》かも知れないが、能因の「数奇」を伝えている点では真実なのであり、時には作り話の方が、人間の本質を語る場合は多いのである。

そういう先達の跡を慕って、西行がみちのくへおもむいたことは、左の二首によって知ることができる。

陸奥《みち》の国へ修行して罷《まか》りけるに、白川の関に留《とど》まりて、所柄にや常よりも月おもしろくあはれにて、能因が「秋風ぞ吹く」と申けん折何時《いつ》なりけんと思出でられて、名残多くおぼえければ、関屋の柱に書き付けける

白川の関屋を月の漏る影は
人の心を留《と》むる成《なり》けり

関に入りて、信夫《しのぶ》と申辺《まうすわたり》、あらぬ世の事におぼえて哀《あは》

れなり。都出でし日数思ひ続けられて、「霞と共に」と侍《はべる》ことの跡辿り詣《ま》で来にける心一つに思知られて詠みける

みやこ出でて逢坂《あふさか》越えし折までは
心かすめし白川の関

「秋風ぞ吹く」も、「霞と共に」も、前述の能因の歌を踏《ふま》えているが、二首目の詞書の「関に入りて、云々」は、白川（白河）の関から奥へ入っての意で、信夫の里も古今集以来、有名な歌枕であった。その遠い昔をしのぶ気持に、都を出た日数が重なり合い、ひたすら能因の跡を辿って来た事実に気がつき、深く感ずるところがあったのだろう。一首の意味は、都を出て、逢坂山を越えるあたりまでは、時折心のはしに浮んだ白川の関であったが、今こうして辿りついてみると、感慨にふけらずにはいられない、と詠んだのである。

たしかに西行は歌枕に惹かれて旅に出たが、実際に来てみると、歌枕ではおおいきれぬ切実な体験を得たに違いない。同じように能因の歌も、西行に指針を与えただけで、その歌の境地は異質なものであった。このことは、「白川の関」を詠んだ二人の

歌を比べてみても解《わか》るのであって、単に時代の違いだけとはいえないものがあると思う。詞書の「心一つ」という言葉に注意したい。それは能因と、西行の心が一つになって、というようにも解釈できるが、よく味わってみると、西行の「心一つ」なのであり、都を出立する時までは、能因の歌がちらちらしていたが、「逢坂越えし」後は、もう自分だけの世界となった。つまり、能因の歌枕から離れてしまった、そういう風に読めはしないか。

また、詞書の「信夫と申辺、あらぬ世の事におぼえて哀れなり」も、はるか昔に融大臣《とおるのおとど》が歌った、「みちのくのしのぶもぢずり誰ゆゑにみだれそめにし我ならなくに」の古歌を憶《おも》って、なつかしく哀れに感じたのではあるまいか。「あらぬ世」は、翻訳すれば昔のことに違いないが、この語感には、想像もつかぬほど遠い世、といった趣きがある。そんなことは私の感じにすぎないが、西行の眼は、能因より、ずっと遠くの方を見つめていたような気がする。遠くの方とは、実体を失った歌枕ではなくて、歌枕が生れたその時点に目を向けていた、という意味である。そして、そのことに気づいたのが、「逢坂越えし折」ではなかったであろうか。

山家集には、最初の旅で詠んだと思われる歌が九首並んでおり、白川の関から西行は、「武隈《たけくま》の松」、「おもはくの橋」を経て、「名取河」を渡る。このうちおもはくの橋の所在はわからないが、武隈の松の古蹟《こせき》は宮城県岩沼市にあり、能因が行った時すでに枯れてなくなっていた。名取川は、そこからあまり遠くない名取市の北を流れているが、このあたりは弥生時代から開けた農耕地帯で、大小さまざまの古墳が点在している。

もしこれらの歌の連作が、史家のいわれる「旅日記」を形づくっているならば、当然そこに実方《さねかた》の中将の墓も入っていていい筈だ。それは名取市郊外の畑の中、今いった古墳群の近くにあるからだが、なぜか山家集では、この連作とは別のところにあげている。ほかにもそういう例はあるので、取立てていうほどのことではないが、私にはちょっとひっかかるものがある。その実方の墓というのは、

陸奥の国にまかりたりけるに、野の中に常よりもとおぼしき塚の見えけるを、人に問ひければ、中将の御墓《みはか》と申《まうす》は是《これ》が事なりと申ければ、中将とは誰《た》がことぞと、又問ひければ、実方の御事なりと申ける、いとかなしかりけり。さらぬだに物哀《ものあはれ》に覚えけるに霜枯れ枯れの

薄《すすき》、ほのぼの見えわたりて、のちに語らんも言葉なき
やうにおぼえて
朽ちもせぬその名ばかりをとどめ置《おき》て
枯野の薄形見にぞ見る

と、西行は万感のおもいをこめて歌っている。藤原実方は、「枕草子」にも度々現れる人気者の貴公子であったが、宮中で狼藉《ろうぜき》をはたらき、陸奥の国に左遷《させん》されて、憂《ゆう》悶《もん》のうちに亡《な》くなった。その時、一条天皇が、「歌枕見て参れ」といわれたのは、いかにも王朝の天子らしい婉曲《えんきょく》な叱責《しっせき》である。実方は死後、雀になって殿上の台盤所《だいばんどころ》に現れたという伝説も、怨霊《おんりょう》に成りきれなかった人間の哀れさを物語っている。

実方中将の墓・参道

私がはじめてその墓をおとずれたのは、おととし（昭和五十九年）の雪の日であった。名取から南へ、昔の奥州街道を下って行ったが、深い雪の中ではたして所在がわ

かるだろうかと気にかかった。偶然道ばたに、小さな立札があるのが目につき、そこで車を降りて細い参道を歩いて行くと、竹林に入り、折から降りしきる雪にさやさやと音を立てているのが、えもいえず美しく、哀れに見えるのであった。

墓は参道のつき当りの山蔭《やまかげ》に立っていたが、小さな塚を築いただけのもので、石塔のかけらすらなく、真中に御幣を立てて、注連縄《しめなわ》がはりめぐらしてある姿は、まさしく「のちに語らんも言葉なき」風景のように思われた。その思い出が忘れられず、去年の桜の頃、再度そこを訪れたが、雪に埋れたあの日の風情はなく、竹林の入口に、勅使河原《てしがわら》流の外国産の枯尾花が植えてあり、大げさに「かたみの薄《すすき》」と記してある。いうまでもなく、「奥の細道」の「かた見の薄今にあり」のその薄で、歌枕もここまでリアリズムに徹すれば、何をかいわんや。それにつけても雪国は、雪の時にたずねるべきだと、しごく当り前のことを痛感した次第である。

私が桜の季節に東北を訪れたのには理由があった。それは西行が束稲山《たばしねやま》の桜を詠んでいるからで、一度登ってみたいと思っていたのである。

陸奥の国に平泉にむかひて、束稲と申す山の侍るに、

異《こと》木は少きやうに、桜のかぎりみえて、花のさきたりけるを見てよめる

ききもせずたばしね山のさくら花
よしののほかにかかるべしとは

今までこの歌は、西行が二度目に奥州へ行った時の作とされて来たが、窪田章一郎氏は、「はじめて束稲山の桜を見た第一印象の驚異感を、素朴《そぼく》に歌ったもの」とし、初度の旅の歌と断定された。私もそう思う。「ききもせず」と初句切れでうたい出し、「よしののほかにかかるべしとは」と、感歎《かんたん》符《ふ》で止めたところに、西行の驚きと悦びが感じられ、詠む人を花見に誘わずにはおかぬリズム感にあふれている。

東稲山は平泉の東に横たわる神山で、――私があえて神山と呼ぶのは、眼下に流れる北上川をへだてて、藤原三代の館を見守るが如《ごと》くそびえているからだ。一名駒形嶺《こまがたね》とも称するのは、尾根のたわみが馬の背に似ているためで、たばしねの名も、そのくぼみに、稲を束ねた形を聯想《れんそう》させるからだという。駒も、稲も、農耕の信仰と関係があり、古代にはこの地方の聖なる山と仰がれていたのであろう。

私は歩くつもりで行ったのだが、現在は山をめぐってドライヴウェイが通じており、楽をすることができたかわり、待望の桜には一本も出会えなかった。いつの頃かここで山火事があって、桜を全部焼きつくし、今はつつじの名所になっていると聞いた。が、頂上の眺めはすばらしく、北から南へ悠々と流れる北上川にそって、平泉の町や中尊寺の森が見渡される風景は、藤原清衡《きよひら》がこの肥沃《ひよく》な地に本拠を構えたわけがよく解るのであった。

この本のはじめの方でいったように、奥州の藤原氏と西行は同族で、秀衡とはほぼ同年輩であったから、平泉ではいろいろ便宜を計ってくれたに相違ない。だが、それについてはひと言も触れず、ただ中尊寺で奈良の僧たちと会い、哀れに感じたことを記しているにすぎない。

奈良の僧、とがの事によりて、あまた陸奥国へつかはされたりしに、中尊と中所にまかりあひて、都の物語すれば、涙流す、いとあはれなり、かかることは有がたき事なり、いのちあらば物がたりにもせんと申て、遠国述懐と申事をよみ侍しに

なみだをば衣河にぞながしける
ふるき都をおもひいでつつ

僧の衣に「衣河《ころもがわ》」をかけて詠んでいるが、ここでも西行は、彼らの身にな〻〻って涙を流しているのである。「数奇」と「あはれ」は表裏一体をなすもので、名だたる中尊寺で、金色堂や一字金輪には目もくれず、しがない罪人の僧侶《そうりょ》たちと語り合っているのは興味深い。西行の初度みちのく行については、古来さまざまの説があるが、数奇以外にこれという目的はなかったと思う。そのことを誰よりもよく知っていたのは、五百年後に生れた松尾芭蕉で、「そぞろ神の物につきて心をくるはせ、道祖神のまねきにあひて取《とる》もの手につかず」という「奥の細道」の序文は、西行の心境を語《おも》ってあますところがない。「五月雨《さみだれ》のふり残してや光堂」の句の背後に、西行の涙を想うの

は深読みにすぎるであろうか。

衣川を詠んだ歌がもう一つある。

十月十二日、平泉に罷着《まかり》きたりけるに、雪降り、嵐激しく、殊《こと》の外に荒れたりけり。いつしか衣河見まほしくて罷りむかひて見けり。河の岸に着きて、衣河の城しまはしたる事柄、様変《やうかは》りて物を見る心地しけり。

汀《みぎは》凍りて取り分き冱《さ》えければ
とりわきて心も凍《し》みて冱えぞ渡る
衣河見に来たる今日しも

西行の歌の中でも、五指の中に入る絶唱と私は思っているが、多くの学者の研究によって、はじめて衣川を見た時の歌、というのが定説になっている。一連の初度みちのく行の中に入っているだけでなく、「いつしか衣河見まほしくて」、「様変りて物を見る心地しけり」などの詞が、はじめて見る人の興味と驚きを表しているというのだが、それに間違いあるまい。と思うかたわら、この作品の心の底まで沁《し》み渡るような、叩《たた》けば音の出るような実在感は、見るべきものを見つくした人が、最後に到達した冷えさびた境地ではなかったであろうか。

山家集は、一応西行が選んだにしても、多くの人々の手が加わっているに違いない。何かのはずみで、初度の旅の連作に、この歌がまぎれこんだか、もしくは実方の墓の歌とさし替えられたとしても不思議ではない。私が、ちょっとひっかかるものがある、といったのはそういうわけで、証拠になるものは一つもなく、この歌をどのような思いで味わうか、見る人の心次第にかかっている。詞書の「いつしか云々《うんぬん》」は、吹雪の烈《はげ》しい日に、ふと衣川が見たくなって、わざわざ対岸のよく見える所へ行ってみた。そこには要害堅固な衣川の館が、立派な城壁をめぐらしているのを眺めて、実に珍しく、「物を見る心地」がしたというのである。

中尊寺も、毛越寺《もうつじ》も、横目で通りすぎた西行は、藤原三代の栄華にもさしたる興味は覚えなかったであろう。が、二度目に来た時は、東大寺再建のための勧進という重大な役目を帯びていたから、藤原氏の勢力を、しかと見定める必要があった。そこで、平泉に着く早々、嵐をおかして衣川を見に行き、過ぎ越しかたのさまざまの思いが去来したに違いない。初句の「取り分きて」には、若い頃漠然と見ていた衣川が、今日はとりわけ肝に銘じた、別のものに映った、そういう意味に受けとれなくもない。そんなことはいくらいってもきりがないから止めておくが、歌というものは暗誦《あんしょう》して、何十ぺん何百ぺんとくり返す間に、その歌の姿がおのずから見えて来るものだ。単なる主観といってしまえばそれまでだが、単なる主観に生きた西行を知るには、そういう方法で近づくしかないように思われる。

衣川は、中尊寺の北の岡からも、義経がかくれていた高館《たかだて》からも望むことができる。ことに雪の夕暮に、かすかに遠望される川の流れは、西行の昔に還《かえ》る心地がして、名状しがたい寂しさにおそわれるのであった。その時、私は衣川を渡ってみたが、そばによるとがっちりした護岸工事がほどこされていて、いたく失望したので、去年の春、束稲山の帰りに、はるか上流まで溯《さかのぼ》ってみた。上流の方を「衣川村」といい、衣川はそこで分れて、北股川《きたまたがわ》と南股川になるが、さすがにこの辺まで来ると、昔のままの景色が残っており、船着場の名残りや、古い館跡などが見出《みいだ》される。藤原三代以前の、安倍貞任《あべのさだとう》・宗任《むねとう》が活躍した衣川は、このあたりではなかったであろうか。衣川を見に行った西行の、冴《さ》え切った心の鏡には、前九年の役の戦闘も、義家と貞任との間に交された、「衣のたてはほころびにけり」、「年を経し糸の乱れの苦しさに」というあの

北上川を隔てて束稲山を望む

悲愴《ひそう》な歌のやりとりも、ありありと映っていたことだろう。すぐれた歌というものは、いろいろのことを想わせるものだ。

またの時、私は多賀城址《じょうし》へも行ってみた。仙台にはもう雪はなかったが、町をはずれると膝《ひざ》まで入ってしまうような大雪で、難渋したことを覚えている。どこへも行けないので、多賀城址と、壺の碑《いしぶみ》を見ただけで帰ったが、前者は神亀《じんき》元年（七二四）東北の護《まも》りとして置かれた鎮守府で、最近発掘が行われ、正に「城」と呼ぶにふさわしい景観を備えていたことが判《わか》った。壺の碑は、その南大門の傍らにある。今は格子《こうし》でかこまれたお堂に入っており、大きな石に多賀城の由来が記してある。それについても偽作であるとかないとか、ややこしい説があるのは、ほかの歌枕の場合と変りはない。

「末の松山」や、「沖の白石」の旧跡も、同じ多賀城市の町中に残っているが、真偽はともかく、長い年月いい伝えられた歌枕には、それに相応するだけの威厳がある。威厳といっておかしければ、不可思議な魔力、といい直してもよい。こうして書いていても、私は何だか気味が悪くなって来る。異様な畏《おそ》れさえ感じる。古歌にうたわれたというだけで、人跡稀《まれ》な辺境の地に、千年もの間語りつがれ、生きつづけたというその事実に。……これをしも「ことたま」と名づけるのであろうか。

江口の里

天王寺へまゐりけるに雨の降りければ、江口と申《まうす》所に
　宿を借りけるに、貸さざりければ
世の中を厭《いと》ふまでこそ難《かた》からめ
仮《かり》のやどりを惜しむ君かな

　返し
家を出づる人とし聞けば仮の宿に
心とむなと思ふばかりぞ

能の「江口」、歌舞伎の「時雨《しぐれ》西行」などに脚色されているから、これらの歌を御存じの方は多いであろう。新古今集にも撰《えら》ばれているが、そこでは返歌の作者が「遊

女妙《たへ》」となっている。

西行が天王寺へ参詣《さんけい》した時、雨が降って来たので、江口の里で宿を借りようとしたところ、貸してくれなかったので、このように詠《よ》んだ。

――世の中を厭わしく思って、出家することは難しいであろうが、かりそめの宿を惜しむのはつれない君であるよ、となじったのに対して、女は左のように答えた。

――出家をした方ならば、仮の宿に執着なさる筈《はず》はないと思って、それでお断りしたのです、と。

まことに当意即妙な返事で、この世の中を「仮の宿」にたとえた西行に、同じ詞《ことば》をもって返したのである。山家集や新古今では、そこで終っているが、他の歌集では、「かく申して、宿《やど》したりけり」となっているのもあり、そのまま引き下ったとは考えられない。西行はしばしば天王寺に詣《もう》でているが、参詣の帰りがけに、江口へ立寄ったのも一度や二度ではなかったであろう。してみると、この歌もそう老年になってからではなく、さりとて血気旺《さか》んな頃でもなく、行きずりに遊女をちょっとからかってみる程度の、心の余裕ができた壮年時代の作ではなかろうか。

西行の母方の祖父、監物《けんもつ》源清経が、名うての粋人であったことを、読者は記憶していられるだろうか。彼は美濃の墨俣《すのまた》や青墓《おうはか》の宿《しゅく》だけでなく、難波の江口・神崎の遊里にも精通していた。源師時《もろとき》の「長秋記」には、清経の案内で、石清水《いわしみず》八幡《はちまん》から淀川を船で下り、広田社へ参詣に行った帰りに、江口・神崎の遊女を招き、遊興にふけったという記事がのっている。

西行の「数奇《すき》」は、その祖父から受けついだということが、今や定説になっているらしいが、特別な修行者は別として、僧侶《そうりょ》が遊里へ足を向けることは珍しいことではなかったであろう。特に西行のような自由人は、気が向けばどこへでも行ったであろうし、そこに西行の心の広さと偏見のない生きかたが見出《みいだ》せるように思う。まして一般の人々が天王寺や住吉神社に詣でた後、江口で「精進落し」をすることは極くふつうの習慣であった。日本の信仰に、いつも遊びがついて廻るのは面白いことで、その根は意外に深いところにあると私は思っているが、宿場や港町にいる遊女の中には、ひと筋縄では行かぬ教養人がいたことも、心に止めておいていいことだ。

江口は、桓武《かんむ》天皇の時代に開鑿《かいさく》された神崎川が、淀川と合流する地点にあり、山陽道と南海道が分れる交通の要衝であった。長岡京へ遷都《せんと》するに当って、難波の宮の周辺にいた遊女やくぐつをその地に移し、往来の客に色を売ったので、にわかに華やかな歓楽境を現出するに至った。大江匡房《まさふさ》の「遊女記」には、「蓋《けだ》し天下第一の楽地也《なり》」と記されており、東三条院の住吉詣での際には、藤原道長が江口の名妓、小観音を寵《ちょう》愛《あい》し、また上東門院の住吉詣でに供奉《ぐぶ》した頼通《よりみち》は、中君という美女を愛したと伝えている。そのほか天皇方が江口の遊女を召された例もあり、歴史に名を残した遊女たちは多いのである。

平安初期から鎌倉中期へかけて、一世を風靡《ふうび》した江口の里も、武士が天下をとるにしたがい、次第に下火になって行く。やがて平家が福原へ遷都すると、遊女のうちの重立ったものは、兵庫の津と、播磨《はりま》の室《むろ》の津《つ》へ移動し、鎌倉幕府が成立した後は、東海道の宿場に散って、「遊君」と呼ばれるようになる。今様を歌う白拍子が各地に出現したことも、江口・神崎の衰退に拍車をかけたであろう。

「撰集抄《せんじゅうしょう》」は、西行に仮託した説話集で、その中に「江口ノ尼ノ事」と、「江口ノ遊女ノ事」の二つの記事がのっている。前者は江口の里に、和歌のたくみな尼がいて、西行と連歌を行ったという優雅な物語であるが、後者は右にあげた贈答歌が主題になっており、遊里の有様をくわしく描写している。

――去る九月の末つかた、西行は江口の里を訪れたが、娼家が南北の河岸をはさんで立ち並び、往《ゆ》き来《き》の船の旅人に、遊女が媚《こ》びを売っている様が、哀《あわ》れにはかなく見えるのであった。折から時雨がはげしく降って来たので、怪しげな家に立ちより、宿を借りようとしたが、あるじの遊女が許す気色も見えなかったので、何となく、「世の中を厭ふまでこそ難からめ……」と詠んだところ、遊女は笑いながら、「家を出づる人とし聞けば……」と返して、急いで内へ入れてくれた。「ただ時雨の程のしばしのやどとせんとこそ思侍しに、此歌《この》の面白さに、一夜のふしどとし侍りき」と、ここでは話が大分具体的になっている。

その遊女は、四十あまりになっていたであろうか、みめかたちが美しく、立居振舞も上品で、しとやかであった。夜もすがら物語りしてすごすうち、彼女がいうには、自分は幼い頃から遊女になったが、前世の罪業のほども思われて、悲しくてならない。特にここ二、三年の程は、賤《いや》しいなりわいをうとむ気持がつのり、年も取ったので、客をとることをふっつり止めてしまった。が、さすがに夕暮になると心細く、かりそめの浮世に、いつまで生きていることかと味気なく思い、暁の鐘を聞く度に、今日こそ尼になろうと決心してみるが、長年住みなれた里を捨てることもできず、ついうかうかと過しておりますと、泣きじゃくりながら物語る。哀れに思った西行も、墨染めの袖《そで》をしぼったが、やがて夜が明けたので、名残りを惜しみつつ再会を約して別れた。

帰る道すがら、西行は何度も涙を流して、「狂言綺語《きょうげんきぎょ》の戯れ、讃仏乗《さんぶつじょう》の因」とは、正にこのことである。もし自分があのような歌を詠まなかったならば、この遊女と会うこともなかったであろうにと、うれしく有難く思うのであった。
さて、約束の月が来たので、江口を訪れようとしていたところ、用事ができて行けなくなったので、使のものに消息を托した。

かりそめの世には思をのこすなと
きさし言の葉わすられもせず

すると、返事が来たので、急いで開いてみると、世にも美しい手で、

わすれずとまづきくからに袖ぬれて
我身はいとふ夢の世の中

と書き、尼にはなりましたが、心はまだ思うようにはなりません、と記した後に、

髪おろし衣の色はそめぬるに
なほつれなきは心成けり

という歌がそえてあった。まことに殊勝な遊女である、云々とあり、西行はまた会いたいと思ったが、髪をおろした後は、江口にも住まなくなったと聞いたので、「つゐに空《むな》しくてやみ侍りき」と終っている。

この説話の主旨は、「狂言綺語の戯れ、讃仏乗の因」という思想にあり、これは「和漢朗詠集」の白楽天の詩に出ている。原文は長いので略すが、美辞麗句をもって人を惑わす言葉も、仏法を讃美する起因となるの意で、遊女が客を魅惑することも、西行が歌を詠むことも、すべて狂言綺語の戯れであり、そういう罪を仏法に転換することによって、自他ともに救われる。明恵上人の伝記の中で、西行が、「我れ此の歌によりて法を得ることあり。若《も》しここに至らずして、妄《みだ》りに此の道を学ばば邪路に入るべし」といったのもそういう意味で、ここにいう「法」とは、必ずしも仏法ではなく、いかに生くべきかという自己発見の道であったと思う。

江口の遊女は、長年たずさわっていた売色の経験により、人間の真実に目ざめたので、それは正しく泥中に咲いた花の一輪にたとえられよう。そういう曰《いわ》く言いがたい人生の機微を、みごとに表現したのは室町時代の猿楽である。舞台芸術は、文字どおり「狂言」であり、「綺語」であって、美しい舞と歌によって見物を魅了して行く間に、おのずから法悦の境に導かれる。能の思想は、幽玄と花にあると一般には思われており、私もそう書いたことがあるが、それらは外に現れるテクニックの問題で、底流にあるのは「狂言綺語は讃仏乗の因」という信念に他ならない。実際にも、謡曲の中では、お題目のようにくり返し謳《うた》われる詞なのである。

「江口」の能は、世阿弥の書に、「江口遊女　亡父（観阿弥）作」と記してあり、はじめは「江口の遊女」と称されていたに違いない。が、世阿弥の女婿《じょせい》の金春禅竹《こんぱるぜんちく》の作という説もあるのは、禅竹は一休の弟子で、一休の「狂雲集」に、「江口美人勾欄曲に題す」という詩があり、禅竹に書いて与えたといわれているからだ。今そのことについて詮索《せんさく》する必要はないが、古曲を改作するのは珍しいことではなく、観阿弥の「江口の遊女」を、現在の形に直したのは、禅竹ではないかと私は思っている。何故《なぜ》ならそれは観阿弥の作に比べると仏教臭の強い能で、一休に師事した禅竹には、そういう作品が多いのである。

西行と江口の妙の贈答歌を縦糸に、同じく撰集抄にある性空上人《しょうくうしょうにん》の説話を横糸に織りなして、遊女を普賢菩薩《ふげんぼさつ》に昇華させて行く「江口」の能は、幽玄というより、絢爛《けんらん》豪華な宗教劇のような印象を与える。ここで性空上人（九一〇—一〇〇七）について簡単に述べておくと、上人は「書写山の上人」とも呼ばれた有徳の僧で、生身《しょうじん》の普賢菩薩を拝みたいと念じていた。一七日《いっしちにち》の精進の末、室《むろ》の遊女の長者を拝めという霊夢をうけ、直ちに室の津を訪ねた。長者というのは、遊女の頭の意味である。彼女は快く招じ入れ、上人に酒をすすめて、舞を舞った。

周防《すはう》みたらしの沢部に風音信《おとづ》れて

と長者が歌うと、並みいる遊女たちが囃《はや》す。

ささら浪立つ、やれことつとう

これこそ生身の菩薩よと念じて、上人は目をふさぎ、心を静めて観ずると、世にも美しい菩薩が白象《びゃくぞう》に乗って現れ、

法性無漏《ほつしやうむろ》の大海には、普賢恒順の月光ほがらかなり

と、玉のような声で歌っている。再び目を開いてみると、以前と同じ遊女が、「ささら浪立つ」と囃しており、目を閉じるとまた菩薩が現れる。何度もそういうことをくり返して、法悦にひたった上人が、いとまを述べて帰ろうとすると、一町ばかり行ったところで、長者は頓死してしまった。室の長者は、普賢菩薩の化身であった、というのである。この逸話は、撰集抄のほかに、「十訓抄《じっきんしょう》」や「古事談」にものっているから、当時は有名な霊験譚《れいけんだん》であったに違いない。

「法性無漏の大海、云々《うんぬん》」は、生死無常の世界を離れ、真如《しんにょ》の月に照らされた至福の境地をいう。滝川政次郎氏は、菩薩が示現したのは、「禁欲生活を強いられた僧侶の幻想であろう」（『江口・神崎』）と簡単に片づけられたが、そういう奇蹟《きせき》を招くべく自から勧んできびしい禁欲生活を課したともいえよう。そう考えると、これは、幻想ではなくて、ヴィジョンである。画家が平凡なモデルから、女神を造りだすように、見えないものを見るのが密教の観法といえるのではないか。

客の船に近づく室の津の遊女たち「法然上人絵伝」（鎌倉時代　知恩院蔵）

「江口」の能のワキは、西国へ向う旅僧で、明け方に都を立ち、江口の里へ着いた時は夕方になっていた。そこで西行の歌を口ずさみながら、昔を懐《なつか》しんでいると、遠くの方から美しい女が呼びとめる。「仮の宿りを惜しむ君かな」と歌った、その言葉が羞《はずか》しいので、それ程惜しみはしなかったことを申しあげたいために、ここまで現れて参りました、という。疑いもなく、江口の君の幽霊なのである。

後シテは、美々しく装《よそお》った長者の幽霊が、二人の遊女を従えて、舟に乗って現れる。上にあげた「法然上人絵伝」は、室の津の遊女を描いたもので、三人のうちの重立ったものが鼓《つづみ》を打ち、一人が舟に棹《さお》をさして、客の舟に近づいて行くところである。「江口」の後シテも同じような姿で登場するが、謡曲ではこのあたりから、性空上人と西行、室の長者と江口の君は、次第に重なり合って行く。

「歌へや歌へうたかたの、あはれ昔の恋しさを、今も遊女の舟遊び、世を渡るひと節を、歌ひていざや遊ばん」

華やかな舞台は、そこで一転して、しんみりしたクセの物語となる。お説教めいた仏教臭がいささか鼻につくが、謡曲は読むものではなく、歌うものだから、美しい節廻しと、それに附随したシテの舞姿が、難解な文章を風情《ふぜい》のある見ものに仕立てている。

ここでは遊女が、わが身を春の花、秋の紅葉にたとえて、移ろいやすい境涯をしきりに嘆くのであるが、それもこれも心に迷いがあるために、濁世《じょくせ》の縁から逃れられないのだと、綿々とかきくどいた後、突然「おもしろや」となって、序之舞に移る。序之舞はかつらもの（女の能）のためにある静かな舞踊で、楽器だけの伴奏で舞うが、唐突として現れる「おもしろや」という詞《ことば》は面白い。あえて説明を加えるなら、遊女のはかなさも、哀れさも、大乗的な見地から見れば、一つとして世の中に面白くないものはない。そういう内面的な心の展開を、ゆるやかなテムポの音楽と舞踊によって表現してみせるのである。

舞が終ると、シテは夢から醒《さ》めたように朗々と、「法性無漏の大海に……」と歌う。謡曲では「実相無漏」となっているが、意味は同じで、その時、遊女は忽然《こつぜん》と普賢菩薩に変身する。睡《ねむ》くなるような序之舞は、いってみれば性空上人が瞑想《めいそう》にふけっている間の心理的な時間であり、眼を開いてみると、そこに「生身の普賢菩薩」が示現しているというわけだ。能の作者は、ただその一事が表現したいために、考え得るかぎりの工夫をつくして、人間から聖なるものへの変身《メタモルフォーズ》を行って見せたので、成功してしまえばもう舞台にいる理由はなくなる。

「これまでなりや帰るとて、即《すなは》ち普賢菩薩と現はれ、舟は白象《びやくざう》となりつつ、光とともに白妙《しろたへ》の白雲《はくうん》にうち乗りて、西の空に行き給《たま》ふ……」

人間から菩薩へ変るこの最後の場面が重要であることはいうまでもない。といって、人目を驚かすような仕草をするわけではなく、舞台の中央に出て、右手をあげる型をするだけで、シテは普賢菩薩に成り切る。むろん象なんか出て来はしないが、光りかがやく雲の中を、ゆったりと象に乗って昇天する気分である。

このような場面を思い入れたっぷりにやられたのではかなわない。今は亡《な》き野口兼《かね》資《すけ》という名人は、芸の極致ともいうべき瞬間を、私の目の前で何の苦もなくやってのけた。その映像は今も瞼《まぶた》に焼きついており、年とともに鮮かになって行くようだ。そういう至芸にふれたことを私は無上の幸福に思っているが、それにつけても「江口」のシテとは、いったい何なのだろう。それは江口の遊女でも、室の長者でも、まして普賢菩薩でもなく、舞台には登場しない西行ではなかったか。けっして外には現れない西行の魂のドラマを、遊女という仮りの姿の上に、兼資は確かに再現してみせてくれた。それが単なる幻想であったとは私には考えられないのだ。

ある晩秋の夕暮、私は江口の里を訪れた。江口は現在、大阪市東淀川区南江口にあり、大阪に近いのでいつでも行けると思っていたが、交通事情もあって、案外長くかかった。吹田《すいた》のインターチェンジで名神高速道路を降りて、近畿自動車道を南下すると、工場地帯に入り、前後左右を大きなトラックにはさまれて恐しい思いをする。やがて一津屋《ひとつや》という所で右に折れ、ごたごたした町中に入ると、「君堂」と記したバス停がある。即ち「江口の君堂」なのであるが、凡《およ》そそうした名前にふさわしくない殺風景な雰囲気である。

江口の君堂は今は寂光寺という日蓮宗の寺に変っていて、さすがにその周辺だけは静かで、案内を乞《こ》うても答える人もない。どこもかしこも裏ぶれた感じなのが、却《かえ》って遊里の旧跡には似合っており、本堂の前に、江口の由来を書いた立札が建っている。読んでみると、西行と歌を交した遊女妙は、平資盛《すけもり》の息女で、平家が滅びた後、乳母を頼って江口に住み、のち光相比丘尼《びくに》となって、寂光寺を建立《こんりゅう》した、と記してある。

資盛の女では、時代が合わないし、書いてあることも眉唾物《まゆつば》なので、私はろくに読みもしないですぎてしまった。

いくら昔を偲《しの》びたいと思っても、このような有様では偲びようもない。境内には、淀川堤から移された「歌塚」が残っていたが、何の変哲もないもので、それより小さな石に、たどたどしい文字で、「お松の霊」と書いてある墓に私は心をひかれた。どんな女であったか知る由《よし》もないが、「霊」と書いてあるのは、墓ではなく、淀川へ身を投げた女の供養《くよう》のために建てたのではなかろうか。そんなことを思うと気が滅入るばかりで、境内を一巡した後、私は淀川の堤へ上ってみた。

江口の君堂（寂光寺）

堤の上から眺める風景は、驚くほど美しかった。美しいという形容には適さないかも知れないが、大阪の市街は夕靄《ゆうもや》の中に沈み、東から西へ流れる淀川は悠々と迂回《うかい》して、末は海と一つになって消えて行く。平安時代以来、淀川は何度も流れを変えたに違いないが、その茫漠《ぼうばく》とした景色は夢のようで、水と空とが寄り合うかなたから、西行の歌の調べが波のまにまに聞えて来るのであった。

津の国の難波の春は夢なれや
蘆《あし》の枯葉に風渡るなり

町石道を往く

弘仁七年（八一六）六月、弘法大師が伽藍《がらん》の地を探し求めていた時、大和の宇智《うち》の郡で一人の狩人に出会う。赭《あか》ら顔で身の丈八尺ばかり、青いきものを着て、弓箭《きゅうせん》を帯し、大小二匹の犬を連れていたというのは、先住民族を想《おも》わせる異様な風体である。その狩人の案内で、大師は山の王に会い、広大な土地を譲られる。山の王とは「丹生《にう》明神」のことで、「今ノ天野《あまの》ノ宮是也《これなり》」とあり、狩人は「高野《たかの》ノ明神」と名のって消え失《う》せたという。

右は「今昔物語」（巻十一）にある高野山の縁起であるが、丹生明神は、朱を司《つかさど》る神で、有史以前から隠然たる勢力を持っていた。朱は薬のほかにも顔料や塗料に用いられ、厄除《やくよ》けの呪《まじな》いにも欠くことのできぬ材料であったから、その鉱脈のあるところには、朱丹を生む神が祀《まつ》られた。特に大和と紀州に集中していたのは、丹生、丹保、入《にう》などの地名が多いことでもわかるが、中でも和歌山県伊都郡天野の丹生都比売《にふつひめ》神社は、その総社ともいうべきもので、弘法大師は、丹生一族の支援のもとに、高野山の地を獲得したことは、疑いようもない事実である。高野明神は、別名を狩場《かりば》明神とも称し、丹生都比売の輩下にある山人で、吉野の国栖《くず》とか、大和の久米《くめ》と似たような人種に属していたのではあるまいか。今昔物語の説話は簡単だが、実際には彼らとの間に、長年にわたって根まわしが行われていたに相違ない。大師は既に都の内外に多くの寺院や仏像を造営しており、その度に大量の朱を必要としたであろうから、彼らとの付合いも、昨日今日のことではなかったと思う。丹生族は原料を提供し、大師は大陸渡来の技術をもって、互いに交流することもなかったとはいえまい。日本の神と仏教との実質的な融合は、そういう目に見えない裏側でも盛んに行われていたのである。

現在、高野山へ登る道はいくつもあり、ケーブルカーやドライヴウェイも完備しているが、九度山から天野を経て、大門へ至る旧高野街道が、もっとも古く、かつ重要な道であった。一名「町石道《ちょうせきみち》」とも呼ばれるように、一町ごとに鎌倉時代の石標が建ち、宇多・白河をはじめとする法皇方の御幸もここを通った。それが直接天野の丹生都比売神社を目ざしているのは、高野山と地主神との密接な関係を表わしており、狩人が弘法大師を誘導したのも、ほぼこの道にそっていたと思われる。それについてはまた後に記すが、西行が高野山に草庵《そうあん》を結んだのは、みちのくの旅から帰った後、三

十二、三歳の頃で、吉野や都への往復に、何十ぺんとなくこの町石道を辿《たど》ったに違いない。

以上のようなことを私はおぼろげながら知っていたが、高野山はとにかく、天野なんてところは想像を絶する秘境で、とても行けないものとあきらめていた。ところが、まったく偶然のことから行ってしまったのだ。もうかれこれ二十年近く前になるだろうか、紀ノ川を取材していた時、紀ノ川の全景を撮影したいと思い、カメラマンといっしょに車で南側の山へ登ってみた。高野口か、かつらぎ町か、覚えていないが、段々畑に蜜柑《みかん》がたわわに実って美しかったのを思い出す。撮影しながらかなり高いところへ達した時、「丹生都比売神社参道」と書いた大きな道標があるのを発見し、取材はそっちのけにして、一路天野を目ざしたのが間違いのもとだった。行けども行けども天野も神社も現れては来ない。雨上りのことで、道はすべる、急坂になる、日は暮れる、山は深くなる、どうしようかと思ったが、もうひき返すことはできない。ほとほと参ってしまった時、目の前がぱっと開けて、見渡すかぎりこがねの稲の波の中にいた。あんなに嬉《うれ》しかったことはなく、あんなに美しい田園風景を見たこともない。丹生都比売神社は、そのこがねの波のかなたに、朱《あけ》の鳥居と、朱の反橋をへだてて、杉の大木の中に眠れる美女の如《ごと》く鎮《しず》まっていたのである。

くわしいことは『かくれ里』の中に記したので省くが、以来、天野は私にとって、文字どおり天の一廓《いっかく》に開けた夢の園となり、その後も度々おとずれるようになった。実は先達も、西行の取材を口実に、一日遊びに行って来たが、二十年も経《た》つと大抵のところは変ってしまうのに、ここだけは道がよくなっただけで、自然の風景も人情も昔のままである。が、この度の旅行が今までと違ったのは、長年あこがれていた「町石道」を足で歩いてみたことで、これこそ本物の「参道」の名にふさわしいものであると知った。

先にも述べたように、町石道は九度山の慈尊院から、丹生官省符《かんしょうふ》神社を経て行く。丹生の末社の一つで、かつては丹生川と紀ノ川が合流する地点にあったのが、水害のため天文年間にここへ移されたという。高い石段の途中に、「百八十町」と記した大きな石柱が建っており、それが高野山の金堂に至る最初の町石である。

そこから細谷川にそった木立の中を登って行くと、ほぼ一町ごとに、五輪卒塔婆《ごりんそとば》形の美しい町石が現れる。はじめは木で造ってあったが、それでは恒久性がないというので、鎌倉時代に石造に変えたと聞く。時には仏様が立っているように見え、時には木蔭《こかげ》から魑魅魍魎《ちみもうりょう》がのぞいているようで、思わずぎょっとすることもある。

やがて道はひらけて、果樹園となり、紀ノ川の向うに、葛城《かつらぎ》山脈が横たわっているのが見えて来る。この程度の山道なら昔はいっきに駆け上ったものだが、もうこの年ではそうは行かない。ふうふういいながら山の清水で喉《のど》をうるおすのが、せめてもの愉《たの》しみである。地図で見ると、高野山とは反対側（西北）の、雨引山の中腹を迂回《うかい》しているらしいが、広い空と、眼下に開けた悠大な眺めは、老いの疲れを忘れさせてくれる。

旧高野街道の町石

ここで道は再び谷に入って南へ向うが、町石のありがたさを知るのは、そういう時である。これに従って行きさえすれば、間違いなく浄土へ導かれる、次第にそんな気分になって来るのは、千年の伝統に培《つちか》われた周囲の雰囲気によるのであろう。とりわけ木洩《こも》れ日の中に現れる楚々《そそ》とした姿は幽玄で、深く彫られた種子《しゅじ》（梵字《ぼんじ》）の下に書いてある町数が減って行く度に、命が蘇《よみがえ》る心地がする。

六本杉という峠で、道は二つに分れ、左

へ行けば「二つ鳥居」を経て高野山へ、右にとれば天野の集落へ出る。ゆっくり歩いたので、山下の丹生官省符神社から二時間以上かかったが、年来の望みを果たしたのでうれしかった。ほんとなら高野山まで歩けばいいのだが、ここから先は険しい上にわかりにくいと聞いたので、またの愉しみにとっておくことにした。

何だか自分の紀行文を書いているみたいになったが、それというのも、天野がおおよそどんな地形のところにあるか、読者に知って頂きたかったからである。それは紀ノ川の南にそびえる標高五、六百メートルの山にかこまれた小盆地で、土地の人々の話によると、戦争は元より、未《いま》だかつて地震にも台風にも見舞われたことのない平和な村であるという。だから桃源郷のような雰囲気があるのだが、大方の山家集の解説では、金剛寺の建つ河内の天野別所がそこだということになっている。これは明らかに間違いである。が、間違うのも無理はないと思うのは、丹生都比売神社のある天野とは、紀ノ川をはさんで南北に相対しているだけでなく、金剛寺は高野山の末寺で、山号を天野山というからだ。ただし、この寺は永万元年（一一六五）の草創で、弘法大師はいうまでもなく、宇多上皇や白河法皇の時代にはまだ建立《こんりゅう》されてはいなかった。その後、南北朝の天皇方の行在所《あんざいしょ》となったので、一般には名が通っているため、そこに誤解が生じたのであろう。これは歩いてみればすぐ解《わか》ることで、吉田東伍氏の『大日本地名辞書』には、はっきり紀州の天野と断ってあり、大事なことだから訂正しておきたい。

いうまでもなく高野山は女人禁制であったが、ここ天野の里までは女人も来られたので、土地には多くの哀《あわ》れな物語が遺《のこ》っている。その殆《ほと》んどは高野聖《こうやひじり》が伝えたのであろうが、西行に関するものは伝説ではない。西行が高野山にこもっていた時、天野に住んでいた待賢門院《たいけんもんいん》の女房たちと、一日交遊をたのしんだことが、山家集にのっているからだ。

それは前に記した待賢門院中納言《ちゅうなごん》の局《つぼね》が、尼になって小倉山の麓《ふもと》に庵《いおり》を結んでいたが、いつの頃か天野に移り住むようになった。西行とどういう関係にあったか知る由《よし》もないが、西行を慕ってこの山奥まで越して来たことは事実であろう。山家集の詞書《ことばがき》によると、そこへ同じ院の帥《そち》の局が、都から訪ねて来た。帰りがけに粉河寺《こかわでら》へお参りに行くと聞き、西行は高野山からわざわざ出向いて来たが、案内してくれと頼むので、いっしょに粉河へ行った。「かかるついでは、今はあるまじき事なり」（このようない機会は、またとあるまい）と記しているのは、久しぶりに女房たちと会った西行の、うきうきした気持がよくあらわれている。

ところが、女房たちは粉河だけでは満足せず、吹上《ふきあげ》も見たいと言いだしたので、そこへも行った。吹上は、和歌山市内の紀ノ川の河口から雑賀《さいが》へかけての砂浜で、よく知られた歌枕《うたまくら》である。今でも粉河から車で一時間以上かかるから、とても一日の行程では行けなかったに違いない。その上、途中で大嵐になったので、一同はがっかりしたが、何とか吹上まで行きついてみたものの、吹上の社に雨宿りをしたままの状態では、風情《ふぜい》も何もあったものではない。そこで西行は、かつて能因《のういん》法師が、「天の川なはしろ水にせきくだせあまくだります神ならば神」と、雨乞《あまご》いの歌を詠《よ》んで成功したことを思い出し、神社にこのような歌を書きつけた。

天降《あまくだ》る名を吹上の神ならば
雲晴れ退《の》きて光あらはせ

苗代《なはしろ》に堰《せ》き下されし天の川
とむるも神の心なるべし

そう書いたところ、やがて西風に変り、忽《たちま》ち雲が晴れて、うららかなお天気となった。末世といえども、一心に願いをこめたことは、必ず神も聞きとどけて下さると、人々は信心を起して、吹上も、和歌の浦も、思う存分見て帰ることができたと、あとがきに付加えてある。

西行の得意や思うべし、だが、この詞書といい、歌の姿といい、本気で神に祈ったとは考えられない。本歌にとった能因の歌にしても、まるで神様に命令しているような口調で、西行もそれを真似《まね》て当座の興に詠んだのであろう。また、人々もほんとうに信心を起したなら、敬虔《けいけん》な気持で去ったであろうに、「吹上和歌の浦おもふやうに見てかへられにけり」では、遊興気分が横溢《おういつ》している。西行が本気で神に歌をささげる時は、こんな軽々しい態度はとらなかった。一例をあげると、

宮柱下《みやばしらした》つ岩根に敷き立てて
つゆも曇らぬ日のみ影かな

といったような荘重な調べとなる。私がおもうに、この最後のあとがきの部分は、後に人がつけ加えたもので、西行の原文は、二首の歌を詠んだところで終っていたのではないだろうか。雨が晴れたにしろ、晴れないにしろ、その方が余韻があっていい

ように思う。

大分前のことになるが、二度目に天野をおとずれた時、私は土地の方の案内で、方々見て歩いた。丹生都比売神社の裏側を登って行くと、「二つ鳥居」といって、山の上に大きな鳥居が二つ並んでいる。先にもちょっと記した高野山へ行く道で、神社の遥拝所《ようはいじょ》であったかと思うが、二つの鳥居は、丹生都比売と、狩場明神（高野明神）を象徴しているに違いない。そこから神社へ下って来る途中に、「いぬの塚」というのがあった。狩場明神の犬を埋めたのかと思ったが、案内の方にうかがうと、そうではなく、「院の塚」が訛《なま》っていぬとなったのであろうといわれ、成程と合点した。待賢門院の中納言はここに住み、ここで命を終ったのであろう。木々の繁みの中に、ささやかな五輪の塔が、半ば草に埋れて建っていたのが哀れで、長く心に残っている。

ところが、今度行ってみると、「いぬの塚」が、「待賢門院の墓」に変っており、道ばたに麗々しく立札が立っている。お墓のまわりもきれいになって、……きれいになったのは結構だが、私はそこにまざまざと歴史ブームの欺瞞《ぎまん》を見るおもいがした。天野は昔と変っていないと書いたが、それでも少しずつ観光に蝕《むしば》まれていたのである。そう云えば、最近、西行の顕彰会を作って、西行に関する遺跡を一堂に集める企画があることを耳にした。西行の遺跡といっても、そうたくさんあるわけではないが、さしずめこの塚などは、待賢門院その人が、西行の跡を追ってここに住み、仲よく暮したことになるのではないか。そう考えると寒気がするが、土地の有志が「顕彰」したい気持はわかるにしても、はしゃぎすぎると西行を傷つける結果になることを、くれぐれも注意しておきたい。

丹生都比売神社の西南には、西行堂の遺跡があり、「紀伊続風土記」にこのように記してある。

境内周十六間、小名峰にあり。堂の東の小岡に石碑二基あり。塔作りの碑なし。銘文なし。四面に仏像を刻む。里人伝へて西行夫妻の塚なりといふ。西行、此《この》堂に在ける時、其《その》側に田を作りたりとて、西行田といふ地あり。

今、「西行田」も、「西行堂」も残ってはいないが、民家の裏の岡の上に、西行の塔と称するものが二基建っている。その民家の主を「佐藤」というのも、何か西行と関係があるのかも知れない。塔の製作年代は、鎌倉時代まで溯《さかのぼ》るものではなく、せいぜい室町か桃山頃の苔《こけ》むした宝篋印塔《ほうきょういんとう》である。その後側に小さな五輪塔が、こわれたまままで横たわっているのが、本来の墓なのだろう。西行がここにいたという確証はないけれども、「西行物語」には、妻と娘が天野に来て住んだという逸話がある。

さて西行が北の方、男にもまさりて心づよき人にて、廿三の年さまかへて、高野の天野にかき籠《こも》り、したしき人ふみなどつかはせども、返事もせずして、つねは無言にてぞおこなひける。娘の尼を善知識として、終りの時日をかねてさとり、念仏千返となへて、異香室《いきやうしつ》に薫《くん》じ、心のままに往生をとげけり。娘の尼も心づよき人にて、往生の有様めでたく、心も言葉もおよばず、正治二年（一二〇〇）二月十五日、高野の天野にてをはりぬ。

「娘の尼」については、別にこのような物語がある。——西行が出家した時、北の方

「西行の塔」

も剃髪《ていはつ》して、娘とともに一、二年がほどは都に住んでいたが、九条民部卿《みんぶきょう》の姫君で、冷泉殿《れいぜいどの》といった人が、哀れんで養女にしたので、母は高野の天野に移り住み、十七年の間そこに籠っていた。都に取残された娘が、父恋しさに明暮神仏に祈っていることを、西行は風の便りに聞き、ある日、冷泉殿をおとずれる。ひと目で父と見破った娘は、互いに手をとり合って涙にむせんだが、西行の勧めによって尼になる。西行も長年この娘のことが気にかかり、修行の妨げになっていたが、今は親子「三人同じ蓮《はちす》の身となり侍《はべ》るべし」と頼もしく思い、袂《たもと》を分ったと伝えている。

なお、この娘のことは、「西行物語絵巻」に、西行が突然出家を思い立った時、幼い子を縁側から蹴落《けおと》して出て行く場面が、非常に印象的に描かれているが、そういう事件があったために、西行はことさらいとおしく思っていたに違いない。冷泉殿は、「このちご六の年より今日まで十七年の間」慈《いつく》しみ育てたといっているから、父親と再会した時は、二十三歳になっていた。してみると、親子が再会したのは西行が四十歳の時で、その後、娘ははるばる天野をたずねて、母親とともに住み、西行の没後、十年を経て、心静かに往生をとげたという。

また、「撰集抄《せんじゅうしょう》」にも、西行が諸国行脚《あんぎゃ》の途上、大和の長谷寺において、別れた妻とめぐり合ったという感動的な話がのっており、そこでも「高野のおく、天野の別所」に妻が住んでいると聞き、西行は再会を約して別れている。

以上の逸話は、宗達の西行物語絵巻にも哀れ深く描かれているが、多少の尾鰭《おひれ》はついているにしても、事実無根とは思われない。西行堂の旧跡の持主が、佐藤氏というのも、西行のゆかりの人が、母子のために供養《くよう》塔を建て、いつの頃か墓守となって住みついたのではなかろうか。ことに佐藤一族の領地が、紀ノ川ぞいの打田町にあったことを思うと、人情として放って置けなかったであろう。

西行が天野に住んだというのは信じられないが、妻子の庵室《あんしつ》を訪ねる程度のことは意に介さなかったと思う。出家した当座ならともかく、彼なりに安心立命を得ていた壮年時代には、若い頃の気負いはなく、何事も自然に振舞っていたと想像される。高野山における西行は、女房たちと物見遊山《ゆさん》に出たのをみてもわかるとおり、木石のように精進していたわけではなく、常に都へも出入りをし、都の人々とも歌を取交して、数奇《すき》の生活から逸脱することはなかった。

　そこに西行のほんとうの姿があり、僧侶《そうりょ》でありながら仏教にもとらわれなかった真の自由人の気概が見出《みいだ》されると思う。

高野往来

西行は、久安五年（一一四九）三十二、三歳の頃から、約三十年間にわたって、高野山に住んでいた。といっても、都へはしじゅう往復し、吉野・熊野はいうに及ばず、遠く中国・四国まで足をのばしているのをみると、のべつ高野山で修行していたわけではない。川田順氏が『西行の伝と歌』でいわれたように、その期間を、「高野往来時代」と呼ぶのが適切であろう。よってこの章はそれに倣《なら》って、「高野往来」と名づけることにした。

そもそも西行がなぜ高野山へ入ったか、それについても明確な答えはない。答えがないから研究家はさまざまの説を立てる。待賢門院の後世を弔うためとか、都の周辺での「数奇《すき》」の生活に飽きて、仏道修行に志したとか、高野山が焼亡したので、その再建に尽力するためだとか、五来重氏に至っては、西行を有能な高野聖《こうやひじり》と見、熱のこもった論文を書いていられる。

　高野聖というのは、早くいえば伊勢の御師《おし》や熊野比丘尼《びくに》と同じように、津々浦々を遍歴して、高野山の宣伝につとめる半俗半僧の下級僧侶《そうりょ》である。彼らは民衆の中に入って、寺の縁起や物語を説くことにより、勧進を行った特殊なグループで、芸能にすぐれていたので後世の日本の文化に大きな影響を与えた。西行の場合は、歌をもって勧進の手段としたというのであるが、たしかにそういう一面もなかったとはいえまい。多くの貴族や友人に仏道に入ることを勧めているし、一品経《いっぽんぎょう》の勧進に奔走したことも一度や二度ではない。また、高野山の建設や財政その他に関与したことも事実である。近頃の流行語にアイデンティティという言葉があるが、どこかに主体性を求めなければ、筋の通った論文は書けないのかも知れない。私などはそのお蔭《かげ》を多分に蒙《こうむ》っているのだが、いくらくわしく分析されても、説明されても、そこからはみ出てしまうものが西行にはある。これはいったい何だろう。あれほど内省的で、自意識過剰であった人間に、主体性がなかったとはいえないが、主体性がありすぎたために、どこにも属するのを嫌ったということはあり得る。したがって、高野聖の集団に入るなんてことは我慢できなかった筈《はず》で、たとえ勧進するにしても、あくまでも個人的に働くことを望んだと思う。西行が高野山に入った前後には、全山火災に遭って、荒廃の極に達していただけでなく、金剛峯寺《こんごうぶじ》方と大伝法院《だいでんぽういん》方の二派にわかれて、紛争がつづいていた。彼が好んでそんな渦中に身を投じたとは思われず、どちらの側にも属さない状態で、広い山内の片隅にひそかに庵室《あんしつ》を結んでいたのではなかろうか。

雲につきてうかれのみゆく心をば
山にかけてをとめんとぞ思ふ

ここにいう「山」を、高野山と解する必要はないが、ともすれば身を離れて浮かれ出る心を、山の如《ごと》く不動のものとしたいと、いつも願っており、たとえしばしの間でも、高野山にこもっていたのは、そのためとしか私には考えられない。佐藤氏の領地のある田仲の庄（今の打田町のあたり）からは、すぐ近くにそびえている親しい山であったし、同族の明算《みょうさん》が、真言密教の大家であったことにも、深いえにしを感じていただろう。諸先生方の高邁《こうまい》な説に比べると、至って薄弱な理由にすぎないが、なんとなく高野山の方へ足が向いたというのが、ほんとうの気持ではなかったであろうか。

今、「なんとなく」と書いて思い出すのは、西行にはそういう詞《ことば》ではじまる歌が多いことである。

なにとなく春になりぬと聞く日より
心にかかるみ吉野の山

なにとなく落つる木の葉も吹く風に
散りゆく方は知られやはせぬ

なにとなくのきなつかしき梅ゆゑに
住みけん人の心をぞ知る

なにとなくおぼつかなきは天の原
霞《かすみ》に消えて帰る雁《かり》がね

なにとなく住ままほしくぞ思ほゆる
鹿あはれなる秋の山里

このほかにも十四、五首を数えるが、三句目に「なにとなく」といっているのを入れると、もっと多くなる。そのほか詞書の中にもいくつかあり、殆《ほと》んど西行の専売といってもいいくらいだが、よほど柔軟な心を持たなくては、このように素直な歌は詠《よ》めなかったであろう。

寺伝によると、西行の庵室は、根本大塔の東側、大会堂《だいえどう》のかたわらにある「三昧《さんまい》堂」がそれであるという。三間四面の小さなお堂で、その前にはおきまりの「西行桜」が立っている。だが、同じ三昧堂でも、西行の歌にあるのは、京都の徳大寺の三昧堂であることを、このたび目崎徳衛氏の指摘によって知った（『西行』、吉川弘文館、人物叢書《そうしょ》）。根本大塔や金堂の建つ壇場伽藍《がらん》の地は、高野山のいわば中心に当り、西行がそのような晴れがましい場所を庵室にえらんだとは信じにくい。それはたとえば仁和寺《にんなじ》の覚法法親王《かくほうほっしんのう》の開基による「桜池院」のあたりではなかったであろうか。杉の大木が生い繁る山中で、桜池院のある西院谷は、法親王が好んで植えられたので、桜の木が多かったと聞くが、元よりそんなことは私の想像にすぎない。

高野に籠《こも》りたりけるころ、草のいほりに花の散り積みければ

散る花の庵《いほり》の上をふくならば
風入るまじくめぐりかこはん

吹くを葺くにかけて、落花が風に舞って来たならば、その花びらが吹き散らされないように、庵のまわりをかこってしまいたい、という歌である。桜の木が、しかも大量に近くになければ、こんな風景は見られなかったと思うが、高野山に入っても、西行の桜狂いは、少しも止《や》まなかったことを語っている。また、「高野より京なる人につかはしける」という詞書のもとに、

住むことは所がらぞといひながら
高野《たかの》はもののあはれなるかな

と、住むを心が澄むことにかけて、高野山での暮しに、ひとしおもののの哀れを感じることを歌っている。そこには「京なる人」の数奇心を誘っているような気配があり、西行はいつも孤独の寂しさを愛しながら、人恋しい思いを捨てきれずにいたようである。

西行には、西住という同行がいた。実質的には弟子であり、親友でもあったのだが、彼は俗名を源次兵衛季政といった北面の武士で、西行の後を追って出家したのをみると、よほど傾倒していたに違いない。

高野の奥の院の橋の上にて、月明かりければ、もろともに眺め明かして、その頃西住上人京へ出《い》でにけり。その夜の月忘れ難くて、又同じ橋の月の頃、西住上人のもとへ言ひ遣はしける

こととなく君恋ひわたる橋の上に
あらそふものは月の影のみ

かへし

思ひやる心は見えで橋の上に
争ひけりな月の影のみ

西住

「ことなく」は、「なにとなく」と同じ意味で、都へ帰ってしまったあなたを恋しく思いながら渡っている橋の上で、私の涙と競い合っているのは月の光だけです、と歌ったのに対して西住は、あなたを遠くから思いやっている心は現れないで、橋の上で争っていたのは月光だけでしょうか、と恨んでみせたのである。二人の贈答が、男女の相聞歌《そうもんか》のように聞えるのは、この場合だけではないが、終生の「心友」とも称すべき間柄《あいだがら》であったに相違ない。その西住がある時大病にかかった。

同行に侍《はべ》りける上人、例ならぬ事、大事に侍りけるに、
　月のあかくてあはれなりければ詠みける
もろともに眺め眺めて秋の月
ひとりにならんことぞ悲しき

それと同じ時か、別の時か定かではないが、やがて西住は死ぬ。その臨終が少しも乱れなかったと聞き、寂然は西行のもとへこのようにいってよこした。

同行に侍りける上人、終りよく思ふさまなりと聞きて、

申し送りける
乱れずと終り聞くこそうれしけれ
さても別れは慰まねども

かへし
この世にてまた逢《あ》ふまじき悲しさに
勧めし人ぞ心乱れし
西行

この世で二度と逢うことのできぬ悲しみに、臨終正念を勧めた自分の方が、却《かえ》って心が乱れてしまいましたと、切ないおもいを告白したのである。

前にも述べたように、寂然は、寂念・寂超とともに、「大原三寂」と呼ばれた兄弟の一人で、西行とは古くから交遊があった。特に寂然とは親しかったらしく、度々高野の庵室を訪れて、多くの歌を交している。そのうちの一つ、

さまざまの錦《にしき》ありける深山《みやま》かな
花みし嶺《みね》を時雨《しぐれ》そめつつ

西行自筆の「山家心中集」によれば、この歌は寂然が高野へ遊びに来た時、崇徳院の第二皇子、元性の庵室で西行が詠んだとしてあり、「宮の法印」と呼ばれたその皇子には厚い知遇を得ていた。一方、都では、俊成その他の友人から、いつ帰ってくるかという催促の歌も届いており、数奇の付合いにおいても西行は忙しかったのである。その全部について記すことはひかえるが、高野山で詠んだ歌だけ見ても、とても高野聖のような仕事ができた筈はなく、静寂な環境に身をおくことにより、ものの哀れを知る心を一段と深めることに集中していた。西行のいう「修行」には、そういう意味合いがある。ことに生涯の友ともいうべき西住の死は、彼の人生に一つの大きな節目を与えたといえるかも知れない。

保元元年（一一五六）、鳥羽法皇が崩御になった時、西行は高野山からたまたま都へ出ていて、葬儀の行われる鳥羽離宮（安楽寿院）へおもむいた。鳥羽離宮は、法皇が隠棲《いんせい》されるために造られた御所で、その昔、徳大寺実能《さねよし》が、まだ大納言《だいなごん》であった頃、西行は北面の武士として、ただ一人「おしのび」の御幸《みゆき》にお供をしたことが憶《おも》い出されれ、悲しくてならなかった。そういう際に選ばれるのは大そう名誉なことだったのである。折も折、今宵の御葬送にめぐり合えたのは、今昔の感に堪えないと、長い詞書のもとに、このように詠んでいる。

今宵こそ思ひ知らるれ浅からぬ
君に契《ちぎ》りのある身なりけり

時に西行は三十九歳、鳥羽法皇の在りし日の姿に、待賢門院の面影が重なって、断腸の思いがしたことであろう。このあとに、最後の御幸のお供をしたことの悲しさと、葬送につらなった人々が帰った後、朝まで御陵の前にぬかずいて、物思いにふけった歌を二首つけ加えている。その前年（久寿二年）には、近衛天皇の御陵にも詣《もう》でており、殆んど毎年のように帰京していたことが判《わか》る。

鳥羽天皇の安楽寿院陵は、国道一号線にそった城南宮《じょうなんぐう》の一郭にあり、白河法皇と近衛天皇の御陵も、同じ地域の中にある。つい数年前までは、のどかな田園風景がひらけていたが、最近行ってみて驚いたのは、開発によって御陵のすぐそばまで家が密集していたことである。私が城南宮へ行ったのは、実は御陵に参拝するためではなく、その近くに西行の邸跡《やしき》があると、竹村俊則氏の『新撰《しんせん》京都名所図会』で読んだからで

鳥羽天皇安楽寿院陵内の地蔵堂

あった。
　竹村氏によると、白河天皇の成菩提院《じょうぼだいいん》陵より北へ約百メートル、道路の西側に「西行寺趾」と記した石柱があるということだが、いくら探してみてもそれらしいものは見当らない。何度も御陵のまわりをうろついたあげく、やっとのことで、小さな民家が並んでいる空地に、地蔵堂が建っていることに気がついた。そのあたりを現在は竹田内畑町といい、口碑によれば、ここが西行の旧宅跡で、江戸時代には草庵《そうあん》が残っていたが、明治十一年に、東竹田の観音寺に合併されてしまった。同寺には、西行法師の木像もあるということだが、また例のあのテかと思うと、わざわざ行ってみる気にもなれなかった。
　西行の邸跡というのも覚束《おぼつか》ないが、広大な「鳥羽殿」の一部にあることを思うと、まんざら作り話とも考えられない。少くとも、北面の武士の詰所ぐらいは建っていたかも知れない。そんなことをあれこれ想像していると、またしても私の目の前に、若き日の義清《のりきよ》の颯爽《さっそう》とした姿がよみがえった。

伏見すぎぬ岡の屋になほとどまらじ
日野まで行きて駒試《こま》みん

鳥羽も、竹田も、伏見に隣接しているから、馬を走らせればまたたくうちに日野まで行ってしまったであろう。だが、ここではそんなたのしい想《おも》い出ばかりではなかった筈《はず》だ。「西行物語」には、西行が出家して二、三年経た後、「すみなれし古郷《ふるさと》いかゞなりぬらん」と、さすがに気がかりになって、ある日、門のかたわらに立って、内をのぞいてみると、七つ八つばかりの愛らしい女の子が、庭の花を摘んで遊んでいた。なつかしいので、しげしげと見守っていると、娘は西行を見つけて、「乞食《こじき》法師の門にて見るがおそろしきとて」、家の中へ逃げこんでしまった。名のりたいのは山々であったが、心強く思い直して、「涙にむせびつつ過《すぎ》にけり」と終っている。これはフィクションであろうが、何事につけ執着心の強かった西行にとって、そういう経験は一度ならずあったに違いない。ある時は女のように涙もろく、またある時は文覚《もんがく》を屈服させる程の強さを合せ持つ西行を、私たちは複雑な人間のように思っているが、本人にしてみれば、きわめて単純なことで、心の向くままに自然に生き、自由に行動していたにすぎまい。そして、自然に生きることの難かしさを、誰よりもよく知っていたのではあるまいか。

悪《あ》し善《よ》しを思ひ分くこそ苦しけれ
ただあらざればあられける身を

うらうらと死なんずるなと思ひ解《と》けば
心のやがてさぞと答ふる

善悪の区別もわきまえず、悟りをも求めず、ただ世の中をあるがままに生き、あるがままに死んで行く人々を、西行はどんなに羨《うらやま》しく思ったか。そこにこのような逆説めいた歌が生れたのであろうが、苦い心の持主ゆえに、実生活の上では単純に率直に生きようとし、わが身にふりかかる罪や穢《けが》れを避けようとはしなかった。端的にいえば、彼はあくまでも行動の人だった。出家はしても、武士の魂を持ちつづけた。「我事において後悔せず」という宮本武蔵の言を、菊池寛は座右の銘にしていたと聞くが、

西行　書状（「宝簡集」のうち）
承安四年（一一七四）高野山金剛峯寺蔵

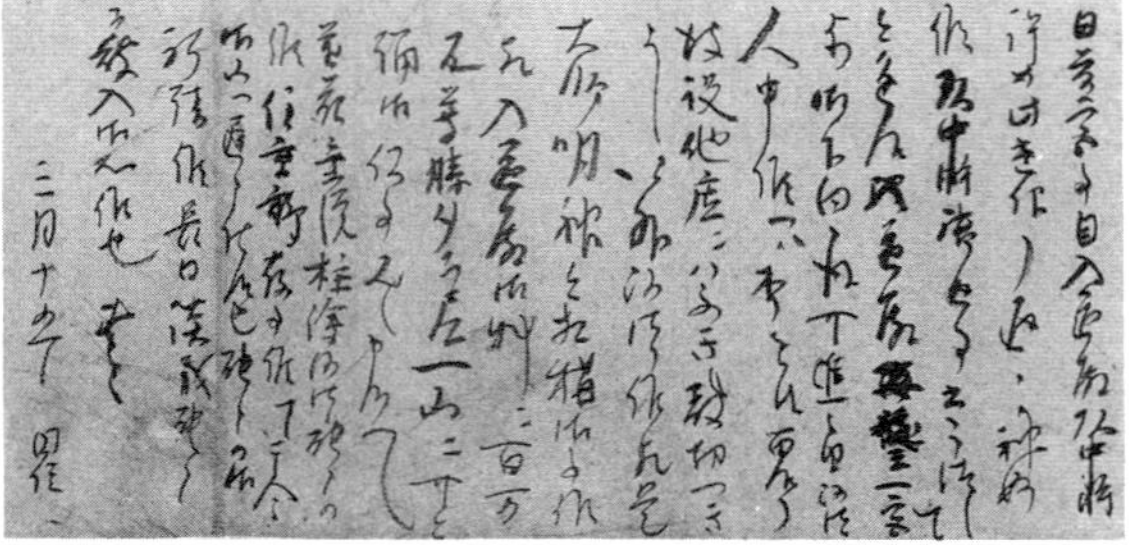

日前《ひのくま》の宮の事、入道殿より、頭の中将の許に、かくの如く仰せ遣し了《おわ》んぬ。返す返す神妙に候。頭の中将の御返事、書きうつして進ぜしめ候。入道殿、安芸の一の宮より御下向の後、進ずべき由、沙汰人申し候へば、本をば留め候了んぬ。彼の設他庄にはふぎ切らるべきよし、以ての外の沙汰に候か。是れ大師・明神、相構えしめ給う御事に候か。入道殿の御料に、百万反尊勝ダラ尼、一山に誦せしめ給うべし。何事も又々申し候べし。蓮花乗院の柱絵の沙汰、よくよく候べし。住京いささか存ずる事候て、今に御山へ遅々仕り候也。よくよく御祈請候べし。長日の談義、よくよく御心に入れらるべく候也。謹言。

三月十五日　　円位

西行　一品経和歌懐紙▶　京都民芸館蔵
治承五年～寿永二年（一一八一～八三）頃

円位

薬草喩品

ふたつなくみつなきのりのあめなれどいつゝのうるひあまねかりけり

わたつうみのふかきちかひにたのみあればかのきしべにもわたらざらめや

それはそのまま西行にも通ずる生きかたではなかったであろうか。

前頁の図にあげたのは、数少い西行の真蹟《しんせき》の一つである。紀州日前宮《ひのくまのみや》造営のための木材の調達を、高野山に課せられたが、その免除を西行から平清盛に申し入れ、聞き届けられたことを報告した文の写しである。「円位」とあるのは西行の法名で、早急のうちに書いたものらしく、筆に勢があって、力づよい。

西行と清盛は同年（当時五十七歳）で、同じ北面の武士の出であった。清盛の父忠盛の時代から、既に往《ゆ》き来《き》をしていたことが山家集に見えている。右の消息が書かれた承安四年（一一七四）には、清盛は太政大臣《だじょう》を辞して出家していたが、平家全盛の頃で、得意の絶頂にあった。西行の願いを叶《かな》えてやることぐらいは、むしろ喜んでしたに違いない。西行の方でも恩に着て、「入道殿」のために、百万反尊勝陀羅尼《だらに》を誦《ず》すことを高野山に申し入れている。この時も、「住京いささか存ずる事 候《さうらふ》て」、高野山へは御無沙汰《ごぶさた》していると書いており、在京中にしたためたのであろうが、出家はしても正反対の道を歩んだ二人の人物に、何か因縁めいたものを感じずにはいられない。

また、この書状の中で、「蓮花乗院の柱絵、云々《うんぬん》」とあるのは、西行がその建築の奉行をしていたからで、蓮花乗院は鳥羽天皇の皇女、五辻前斎院頌子《いつつじのさきのさいいんうたこ》内親王の御願により、安元元年（一一七五）高野山内に創建された。内親王の母が、徳大寺実能《さねよし》の養女であったため、その縁故によって引受けたのであろう。山家集には、五辻の宮の女房を介して奉《たてまつ》った歌などもあり、日頃から親密な間柄であったらしい。西行が世話好きだったとは思えないが、人一倍恩誼《おんぎ》を感じる人間であったことは確かで、親しい人から依頼があれば、それも修行の一つとして、進んで引受けたに相違ない。数奇をたのしむかたわら、そういう事業にも才能を示したのは興味あることで、だからといって高野聖や勧進聖のたぐいと同一視することはできないと思う。

もう一つの書は、西行の「一品経和歌懐紙」で、法華経の勧進をする際には、その述懐を題として詠むならわしがあった。史家の研究によると、治承の末から寿永のはじめへかけての書と推定され、六十四、五歳ごろのものであるという。先の消息と比べると、同一人物が書いたとは思えぬほど流麗で、美しい。だがよく見ると、繊細な筆致の中に、切れ味のよい鋭さが感じられ、精密にして豪胆な人となりを想わせるものがある。消息の方は写しであるし、事務的な報告にすぎないが、和歌の世界にこそ西行の本領が発揮されていると思う。両者の間には、七、八年のひらきがあるが、この円熟を単に年齢の差と見ることはできまい。歌はお座なりでつまらないけれども、それを補ってあまりある美しさがあり、裏に書かれた経文がすき通って見えるのも、おのずからなる装飾をなしている。

讃岐の院

院政時代というのは、王朝の文化が、最後の光芒《こうぼう》を放ちつつ消えて行く、華やかにして暗鬱《あんうつ》な一時期であった。その衰退のはじまりは保元の乱にあり、最初の犠牲者となったのは崇徳《すとく》天皇である。その頃の歴史を眺めていると、私は「運命」ということを感じずにはいられない。まるで一幅の絵画を見るように、一人一人の人間が、自分ではどうしようもない枠の中にはまりこみ、時の流れに圧《お》されて破滅に向って行く。それも後になってからいえることで、その渦中にあっては、どんな人でも逃れることはできなかったであろう。保元の乱につづいて平治の乱、源平の合戦から承久《じょうきゅう》の乱に至るまで、それらの戦いは皆ひとつづきのもので、さしも強力であった朝廷の権力は、怒濤《どとう》のように崩れ去るのであるが、中でも凄惨《せいさん》をきわめたのは崇徳天皇の生涯であった。

天皇が、白河法皇と待賢門院璋子《たいけんもんいんたまこ》の間に生れた不義の子であったことは、周知の事実であり、父親の鳥羽上皇は、「叔父子《おじご》」と呼んでおられた。このことは前にも記したが、祖父の胤子《いんし》であるから叔父に当り、名目上は子でもあるという意味である。表向きは平穏でも、こうした親子の間柄ほど複雑で、陰湿なものはない。白河法皇が崩御になると、前《さきの》関白太政大臣《だじょうだいじん》忠実《ただざね》の娘が後宮に入って、皇后に冊立《さくりつ》され、ついで美福《びふく》門院得子《もんいんとくこ》が、鳥羽上皇の寵愛《ちょうあい》を一身に集めるようになる。だからといって、待賢門院がないがしろにされたわけではないが、真綿で首をしめられるように、徐々に衰退の一途を辿《たど》る。それが表面に現れたのは、得子の産んだ体仁《なりひと》親王（後の近衛天皇）を皇太子に立て、崇徳天皇に譲位をせまられた時のことであった。

その時天皇は二十三歳で、体仁親王を養子にしていられた。させられていた、というべきかも知れない。それは得子の身分が低いので箔《はく》をつけるためであったが、親王はわずか三歳で即位し、譲位の宣命には、「皇太子」ではなく、「皇太弟」と記されていた。これはきわめて重要なことで、皇太弟では、退位後に上皇は院政を執ることができないだけでなく、子孫を皇位につける望みもあやしくなる。「愚管抄」には、「コハイカニト又崇徳院ノ御意趣ニコモリケリ」と、鳥羽上皇に恨みを抱かれたことが記してあるが、実際には摂政忠通《せっしょう》の策謀によるものであったらしい。

忠通は、忠実の長男で、実直な父親とは違って、奸智《かんち》にたけた政治家であった。一方、次男の頼長《よりなが》は、愚管抄に、「日本第一の大学生《だいがくしょう》」と称讃《しょうさん》されたほどの大学者であったから、父親に愛され、兄の忠通とはことごとに反目し合っていた。どちらかといえば、一本気で、融通のきかない忠実・頼長父子と、天才的な策士である忠通との二派にわかれた摂関家の内紛が、皇室の内部にまで影響を及ぼし、保元の乱の要因となったことは疑えない。

瀬をはやみ岩にせかるる滝川の
われても末にあはむとぞおもふ

百人一首で有名な崇徳院の御製である。永治元年（一一四一）譲位して間もなくの作とかで、「詞花和歌集」では「恋　題不知」となっており、「谷川」が百人一首では「滝川」に変っている。一応はげしい恋の歌には違いないが、岩にせきとめられて、二つに分れた急流が、やがては一つになって逢うことができるであろうという信念は、崇徳院の皇統が、いつかは日の目を見ることを切に願っていられたことを暗示している。

そのころから母后の待賢門院も落胆のあまり出家して、病がちとなり、四年目の久安元年（一一四五）崩御になった。女院に、罪の意識はあまりなかったと思われるが、法金剛院での寂しい生活の中では、時に因果応報ということを考えずにはいられなかったであろう。ともあれ、肉親同士が戦う地獄図を見る前に亡《な》くなられたことは、せめてもの倖《しあわ》せであった。

生れながらに暗い影を背負わされていた崇徳院には、悲しい歌が多いのであるが、その日その日を生きること自体が、薄氷を踏むおもいであったに違いない。

早瀬川水脈《みを》さかのぼる鵜飼《うかひ》舟
まづこの世にもいかが苦しき

この頃の鴛鴦《をし》の浮寝ぞあはれなる
上毛《うはげ》の霜よ下《した》の氷よ

松が根の枕《まくら》も何かあだならん
玉の床《ゆか》とて常の床《とこ》かは

崇徳上皇像
鎌倉時代　京都白峯神宮蔵

惜しむとて今宵かきおく言の葉や
あやなく春のかたみなるべき

最後の歌は詞花和歌集に、「三月尽の日、うへのをのこどもを御前に召して、春の暮れぬる心をよませさせ給ひけるに、よませ給ひける　新院御製」としてあり、いつ頃の作かはっきりしたことは知らないが、「今宵かきおく言の葉」が、いつ何時「かたみ」となるかも知れないことを、懼《おそ》れていられたのではなかろうか。

やがて病弱な近衛天皇が夭折《ようせつ》すると、崇徳院の同母弟の雅仁《まさひと》親王（後の後白河天皇）が即位され、「われても末にあはむとぞおもふ」望みはついに断たれてしまう。それと同時に頼長も、近衛天皇を呪咀《じゅそ》したかどで宮廷から完全に閉めだされてしまった。実はそれだけの理由ではなく、長い時間をかけて忠通が裏でさまざまの工作をしたのであるが、それは歴史の本を読めばわかることだから触れずにおく。

崇徳院と忠実・頼長父子、鳥羽上皇と忠通一派の確執はいよいよ尖鋭《せんえい》化し、一触即発の危機をはらんでいた。その折も折、鳥羽上皇が崩御になった。保元元年（一一五六）七月二日のことである。崇徳院は鳥羽殿へかけつけたが、早くも手を廻していた忠通は、源義朝や平清盛をはじめとする武士たちに鳥羽殿を守護させており、院はむなしく退去するはめになる。いやしくも上皇ともあろうものが、ここまで無視されてはもう黙ってはいられない。直ちに軍兵を集めて行動を開始したが、その中には老将の源為義《ためよし》、その子の為朝《ためとも》も加わっていて、武士の間でも親子兄弟は敵対する運命にあった。「保元物語」は、その間のいきさつをくわしく描写しているが、為朝が夜討ちを進言したのを、頼長が一言のもとに退けた話は有名で、なまじ学問があるために、実戦に馴れた武士との間が円滑に行かなかったことも、院方の敗北の一因となった。

保元の乱が何日にはじまったか、はっきりしたことはいえないが、七月八日に天皇方が頼長の東三条邸を襲ったのが最初の合戦で、十一日の朝にはあっけなく終っていた。崇徳院は出家して、弟の覚性《かくしょう》法親王のいられる仁和寺へ逃亡し、頼長は流れ矢に当って死んだという。

この時、西行は、いち早く仁和寺の崇徳院のもとへ伺候《しこう》した。

世の中に大事いできて、新院あらぬ様にならせおはし

まして、御髪《みぐし》おろして仁和寺の北院におはしましける
にまゐりて、兼賢阿闍梨《けんげんあざり》いであひたり。月明《あか》くてよみ
ける

かかる世にかげも変らずすむ月を
見るわが身さへ恨めしきかな

保元元年といえば、西行が高野山で修行していた時代で、鳥羽上皇の葬送に参列したばかりか、敗残の崇徳院のもとへも馳《は》せ参じているのである。当時の情況としては、これは中々できにくいことで、まかりまちがえば殺されかねない。西行は覚悟の上で実行したのであろう。この歌にも、止《や》むに止まれぬ崇徳院への思いがこもっており、世が世なれば自分も院に味方して、命を落したであろうにと、生きて今宵の月を見ることが悔まれたに相違ない。ここで私たちははじめて崇徳院に対する西行の真情を知ることができるのであるが、それは単なる判官びいきとか、主従の情愛とかいうのではなくて、長年の間に育《はぐ》くまれた人間同士の理解の深さによるのではないかと思う。

ついでのことに書いておくと、この時取次ぎに出た兼賢阿闍梨も、世をのがれて高

野山に住んでいたが、仁和寺へ出たまま山へ帰らず、僧都《そうず》になったと聞き西行は憤慨した。

けさの色やわかむらさきに染めてける
苔《こけ》の袂《たもと》を思ひかへして

紫の袈裟《けさ》とは、いうまでもなく身分の高い僧の位を示しており、崇徳院のお供もせずに、一介の修行者から僧都に上ったことを侮蔑《ぶべつ》したのである。

西行（一一一八生）と、崇徳院（一一一九生）は一つ違いで、頼長（一一二〇生）ともほぼ同年輩であった。「悪左府《あくさふ》」と呼ばれた学者の頼長は、強い性格の持主で、欠点も多かった半面、情熱家であったことは、西行の出家を大げさに讃美したことでもわかるが、この三人に共通する性格は、「純粋」であったことだろう。政治家の中でももっとも悪辣《あくらつ》な忠通と太刀打ちできる筈《はず》はなく、勝敗は保元の乱で戦う以前にきまっていた。その中で、西行は身分の低いためもあって、早くに自己に目覚めて出家することができたので、別に来たるべき惨事を予見していたわけではあるまい。が、詩人の敏感さから、世の中の趨勢《すうせい》に不安を感じ、安心を得たいと願っていたことは、次のような歌からも想像がつく。

惜しむとて惜しまれぬべきこの世かは
身を捨ててこそ身をも助けめ

これは出家するに当り、鳥羽院においとまを述べに行った時の歌であるが、年齢の近いせいもあって、西行が親近したのは、御子の崇徳院の方であったと思う。その上、崇徳院はすぐれた歌人であり、数奇《すき》の好みにおいても西行と共通するところが多かった。

波にやどる月をみぎはに揺《ゆ》り寄せて
鏡にかくる住吉の岸

西行の家集には、「新院熊野の御幸の次に住吉へ参らせ給《たま》ひしに」という詞書《ことばがき》があり、熊野や住吉に度々参っている西行をお供にして、信仰と遊びをかねた旅を愉《たの》しまれたのであろう。また、「新院歌集めさせおはしますと聞きて」、寂超が父の為忠の歌を書き集めて、西行のもとへ送って来た時は、一々親切な返歌をしたためており、「久安百首」を召された際には、徳大寺公能《きんよし》の歌にこのように応《こた》えている。

家の風吹き伝へけるかひありて
散る言の葉のめづらしきかな

いずれも通り一遍の御挨拶《あいさつ》のような歌であるが、久安百首は、崇徳院が久安六年（一一五〇）に集められた歌集で、西行が三十二、三歳で高野山へ入った頃のことである。まだ歌人として公《おおや》けには知られていなかったが、多くの人々が、歌を見て貰《もら》うために送って来たのをみると、親しい人々の間では、既に一流の歌人として認められていたことを語っている。

その翌年の仁平元年には、同じく崇徳院の詞花和歌集に、西行の歌が一首とられた。

身を捨つる人はまことに捨つるかは
捨てぬ人こそ捨つるなりけれ

ただし、「読人しらず」としてである。それは身分が低いため名をかくされたのであって、次の千載集では十八首、五十余年後の新古今集には、誰よりも多く、九十四首まで選ばれたのを思うと、隔世の感がある。

西行が崇徳院の知遇を得ていたのは、ただ和歌の上だけではなかったように思われる。

縁《ゆかり》有りける人の、新院の勘当なりけるを、許し給《た》ぶべき由《よし》、申し入れたりける御返事に

最上川つなでひくともいな舟の
しばしがほどはいかりおろさん　　崇徳院

御返《おんかへし》奉《たてまつ》りける

強く引く綱手と見せよ最上川
そのいな舟のいかりをさめて　　西行

西行に縁のある人が、崇徳院に勘当されたので、そのお許しを願った時、院から御返事を頂いた。

――最上川では上流へ溯《さかのぼ》る稲舟を綱で引くというが、もうしばらくの間はこのままで、いかりを下しておこう、という歌で、いな舟を「否」に、いかりを「怒り」にかけて、そなたがいくら取りなしてもまだ許しはしない、という意味である。「つなで」が「なべてひくらむ」となっている場合もあるが、これは綱手の方がわかりやすいし、似合ってもいる。

それに対して西行は、――私が一生懸命お願いしていること（強く引く綱手）をお察し下さって、お怒りをおさめて下さいましと、たくみに言い返したのである。「かく申したりければ、許し給びてけり」と記してあり、崇徳院は西行の歌に免じて勅勘を解いたのであろう。「縁有りける人」は誰だかわからないが、一説に、俊成のことだともいわれており、崇徳院と俊成と西行の間には、和歌を通じて切っても切れぬ縁があったのである。それはとにかく、西行が縁者の赦免のために、直接崇徳院と交渉できるほど信頼されていたことは、心にとめておいていいことだ。

保元の乱が終ると、崇徳院は讃岐の国へ流島《るとう》になった。「八重の汐路《しほぢ》をわけて、遠くおはしまして、上達部《かむだちめ》殿上人《てんじやうびと》の、ひとり参るものなく、一ノ宮（重仁親王）の御母の兵衛佐《ひやうゑのすけ》ときこえ給ひし、さらぬ女房、ひとふたりばかりにて、男もなき御たびずみも、いかに心ぼそく、朝夕におぼしめしけむ」と、「今鏡」（八重の汐路）は哀れ深く伝えているが、都に残った人々は、「世の怖ろしさに」一人も訪ねるものはいなかったという。それについて、「梁塵秘抄《りょうじんひしょう》」（巻二　雑）の中にちょっと気になる今様がある。

侍《さぶらひ》藤五君《ぎみ》、召しし弓矯《ゆだめ》はなど問はぬ、弓矯も箆矯《のだめ》も持ちながら、讃岐の松山へ
入りにしは

侍藤五は誰だかわからない。弓矯も、箆矯も、弓矢のひずみや曲りを直す道具ということだが、なぜそんなものを持って行ったのか、それもわからない。が、「召しし」という言葉と、讃岐の松山へ入ったというのは、崇徳院に呼ばれて行ったことを暗示している。読みようによっては、武器の類を持って、讃岐の松山まで行きながら、使わずに終ったのは何ゆえかと、暗に藤五をなじっているような口調であり、もしかす

ると謀反《むほん》のたくらみでもあったのではないかと勘ぐることもできる。それとは別にこのような今様もある。(同上)

讃岐の松山に、松の一本《ひともと》歪みたる　捩《もぢ》りさの捩《すぢ》りさに猜《そね》うだる、かとや、直島《なをしま》の、然許《さばかん》の松をだにも直さざるらん

これは明らかに崇徳院を諷《ふう》している。讃岐の松山に立つゆがんだ松のひと本が、身をよじらせ、曲りくねりながら恨んでいる。さばかりの松一本さえも、直すことはできないのかと、院が最初に遷《うつ》された「直島」にかけてある。これらの今様は、童謡《わざうた》の一種で、当時の民衆がひそかに院に同情をよせ、朝廷の処置を批判していたことを示しているが、梁塵秘抄が、後白河法皇の撰《せん》になるものであることを思う時、法皇の兄上に対する気持が示されているように見えなくもない。以来、「讃岐の松山」は、悲劇の象徴となり、崇徳院は、「讃岐の院」と称されるようになって行った。

浜ちどり跡は都にかよへども
身は松山に音《ね》をのみぞなく

讃岐の院のこのような歌に接する時、誰もが同情の涙を禁じ得なかったであろう。高野山にいた西行も、伝手《つて》を求めて、たびたび慰めの歌を送っている。

讃岐にて、御心《みこころ》ひきかへて、後の世の御勤め隙《ひま》なくせさせおはしますと聞きて、女房のもとへ申しける。この文《もん》を書き具して、「若《も》シ人嗔《いか》リテ打タズンバ、何ヲ以テカ忍辱《にんにく》ヲ修セン」（原漢文）

世の中を背く便りやなからまし
憂《う》き折節に君逢はずして

これはそのうちの一つであるが、このような辛《つら》い目に会われなかったならば、仏道に入る機縁とならなかったでありましょうと、禍《わざわい》を転じて福となすことを、心から願っている。西行が高野山で、「宮の法印」と呼ばれる第二皇子の元性《げんしょう》と親しくしていたのは、その皇子の優しい人柄にもよるが、讃岐の院への思いやりと、讃岐における動静を知ることができたために他なるまい。院を失うことは、和歌の道が絶えることであり、大げさにいえば、王朝文化の断絶を意味したから、西行にとってはいろいろな点でかけがえのない人物だったのである。

西行が讃岐へ送った歌は多いので、一々ここにあげることはできない。が、いずれも院の心を鎮《しず》めることに重点がおかれており、仏道修行に専念されることを、しきりに勧めている。ということは、ある種の危険を感じていたに違いない。保元物語その他が伝えるところによれば、最初の三ヵ年がほどは、後生菩提《ぼだい》のために、院は自筆で五部の大乗経を書写し、安楽寿院の鳥羽陵へおさめることを希望されていた。「浜千鳥」の御製は、都へお経を送った時のものだといわれている。が、その望みは、断乎《だんこ》退けられた。後白河天皇、というよりその側近の信西《しんぜい》入道によって、突っ返されて来たのである。讃岐の院は、烈火の如《ごと》く憤《いきどお》り、この上は三悪道に堕《お》ちて、大魔王となり、子々孫々まで皇室に祟《たた》りをなさんと、それより後は爪《つめ》も切らず、髪も剃《そ》らず、悪鬼のような形相となって指を喰いちぎり、その血で経巻の奥に誓詞を書かれた。何とも凄《すさ》まじき執念で、長年の恨みつらみがこの時いっきに爆発したかに見える。西行が怖《おそ》れていたことは実現したのである。

「白峯寺縁起」には、大乗経の箱を竜宮に納め給《たま》え、と血書して、海へ流したところ、海上に火が燃えたと記してあるが、実は「宮の法印」元性のもとに保管してあったことが後に判明した。だとすれば西行は早くから知っており、知っていたために憂慮したのであろう。

配流の後、八年を経て、讃岐の院は長寛《ちょうかん》二年（一一六四）四十六歳で崩御になった。西行が讃岐へ行ったのはそれから四年後のことで、その時詠じた歌には、落胆した気持がよく現れている。

讃岐に詣《まう》でて、松山の津と申す所に、院おはしましけん御跡たづねけれど、かたもなかりければ

松山の波に流れて来《こ》し舟の
やがて空《むな》しくなりにけるかな

松山の波の景色は変らじを
かたなく君はなりましにけり

「かたなく」は、跡かたもなくなったという意味で、西行の悲しみが目に見えるようである。だが、お墓に詣でた時の歌はそれとは違って、かなり厳しい口調で、院の行

為を詰問《きつもん》している。

白峯と申しける所に、御墓《みはか》の侍《はべ》りけるに、まゐりて

よしや君昔の玉の床《ゆか》とても
かからん後は何にかはせん

これは鎮魂の歌というより、悲しみのあまり殆《ほと》んど怒っているように聞える。それが西行のほんとうの気持だったであろう。なぜなら崇徳院は、前述の「松が根」の歌では、「玉の床とて常の床かは」と、はるか昔にいっていられるからだ。この時、西行は、その御製を憶《おも》い出していたので、「玉の床」という詞を用いたに違いない。玉座が永遠のものではないと知りながら、なぜ心静かに往生をとげられなかったのか、今まで口をすっぱく

白峯御陵

して申しあげたことは全部無駄であったのかと、わが身の至らなさをも顧みて、口惜《くや》し涙にかきくれたのではなかったか。

讃岐の旅

そのかみまゐり仕《つか》うまつりける慣ひに、世を遁《のが》れて後も、賀茂にまゐりけり。とし高くなりて、四国の方へ修行しけるに、また帰りまゐらぬこともやとて、仁安二年十月十日の夜まゐり、幣《ぬさ》まゐらせけり。内へも入らぬことなれば、棚尾《たなう》の社にとりつきて、まゐらせ給《たま》へとて、心ざしけるに、木の間の月ほのぼのに、常よりも神さび、あはれにおぼえて詠《よ》みける

かしこまる四手《しで》に涙のかかるかな
またいつかはと思ふあはれに

仁安二年（一一六七—五十歳）の秋、西行は四国へ修行に出る前に、昔から祭にお仕

えしていたよしみで、上賀茂神社へお参りした。四国への修行とは、白峯《しらみね》の崇徳院の御陵に詣《もう》でるためで、「また帰りまゐらぬこともや」といっているのは、当時の旅のきびしさと、御陵参拝がよほどの覚悟を必要としたことを語っている。仁安三年という説もあるが、崇徳院の崩後、三、四年も経《た》っているのは、何かと準備をととのえるのに暇がかかったのであろう。西行は僧侶《そうりょ》の身であったから、遠慮して内陣へは入らず、賀茂の末社の棚尾の社に幣をささげたが、折から木の間を洩《も》る月が境内を照らし、常よりも神さびて、哀《あわ》れに見えたので詠じたと記している。

山家集にはそれにつづいて、播磨《はりま》の書写山《しょしゃざん》での歌や、都へ帰る同行《どうぎょう》に与えた歌などが、十首近く並んでおり、いずれも四国への途上詠んだのであろう。そのどれにも都の空をなつかしく眺めた旅情がこめられているが、都にいれば旅を思い、旅に出れば都を思った西行の人となりが現れていて面白い。

さて、松山の津に着いてはみたものの、崇徳院の遺跡はあとかたもなくなっていたので、茫然《ぼうぜん》となったことは前章に記した。白峯の御陵も荒れはてて、見る影もない有様であったことは、「撰集抄《せんじゅうしょう》」に、「白峯といふところ尋まはり侍《はべ》りしに、松の一むらしげれるほどに、くぎぬきしまはしたり。これなん御墓にやと、今更かきくらされて物もおぼえず。……法花三昧つとむる僧一人もなき所に、只《ただ》みねの松風のはげしきのみにて、鳥だにかけらぬありさまみたてまつりしに、そぞろに涙をおとし侍りき」とあるとおりの景色だったに違いない。「くぎぬきしまはしたり」は、柱を並べて横にいぬきを通しただけの粗末な柵《さく》がめぐらしてあったのだろう。今はそれとは打って変って、立派な石段と結界にかこまれて建っているが、何となく白々しく、「松風のはげしきのみ」の風景は、荒寥《こうりょう》として見えることに変りはない。

私が白峯陵へ詣でたのは、今から五、六年前のことであった。白峯は、高松から程遠くないところにあると聞いていたが、「西行物語」程度の知識しかなかった私は、けわしい山道を歩いて登るつもりでいた。ところが実際に行ってみると、高松坂出《さかいで》道路というドライヴウェイが通っており、高松からほんの三、四十分しかかからない。四国には「松」のついた地名や人名が多いが、ここも「松山」の名にそむかず、至るところに赤松林がつづき、その向うに瀬戸内海が見えかくれする眺めは夢のようであった。

白峯の参道には大きな十三重塔が二基建っている。源頼朝《よりとも》の奉納と書いてあるが、東塔には弘安元年（一二七八）、西塔には元亨《げんこう》四年（一三二四）の銘があり、ともに堂々とした鎌倉時代のみごとな造りである。弘安といえば、蒙古《もうこ》襲来で騒然としていた頃だし、元亨もまた後醍醐《ごだいご》天皇が、幕府追討を謀《はか》られた時だから、異郷のはてに恨みを呑《の》んで亡《な》くなった崇徳院の鎮魂のために建立《こんりゅう》した塔ではなかったかと思う。

白峯寺は四国巡礼の第八十一番の札所になっているが、本堂から西へ行ったところに御陵があり、そのかたわらに頓証寺殿《とんしょうじでん》が建っている。これは国府にあった院の御所を移したものとかで、多くの宝物が蔵されており、いずれも崇徳院の霊を慰めるために奉納されたものだという。それだけ見ても、大魔王となって、皇室を滅ぼさんといわれた院の怨霊《おんりょう》が、いかに怖《おそ》れられていたか知れるというものだが、美々しく整備された御陵のかたわらには、草に埋もれた山道が通っていて、西行が詣でた頃の名残をとどめている。

その旧道のほとりに、先の二基の塔より更にみごとな五重石塔が見出《みいだ》された。後に大日本地名辞書によって、源為義《ためよし》と為朝《ためとも》の供養《くよう》塔であることを知ったが、あきらかに平安末期の作で、ゆったりとした形といい、苔《こけ》むした石味といい、いかにも美しい。ただ、土地では大切にされていないのか、御陵の蔭《かげ》に窮屈そうに身をよせているのが気の毒で、これこそ頼朝が一族のために建てたものではないかと私は思った。それとあの十三重塔とが混同されて、後者の方が立派なので頼朝の建立となって伝わったのではなかろうか。

白峯寺の表参道に立つ十三重石塔

ヤソバの霊泉

その時は暇がなかったので、御陵へお参りしただけで帰ったが、改めて讃岐を訪れたのは、去年（昭和六十年）の梅雨のさ中であった。私にしては珍しく、今度ははじめから計画して、土地の事情にくわしい川畑進氏に案内を願うことにした。川畑氏は坂出市の郷土資料館の館長で、はじめは崇徳院と西行の遺跡を教えて頂くために伺ったが、とても素人《しろうと》にはわからないからといって、御親切にも自分で車を運転して連れて行って下さったのは幸いであった。

坂出市は、白峯をへだてて、高松からは反対側（西）にある。その町のはずれに、ヤソバ（八十場、弥蘇場とも書く）という霊泉があり、サヌカイトの出る金山《かなやま》から流れ出る水は清らかで、いかなる旱天《かんてん》にも枯れることはない。崇徳院が崩御になったのは、長寛二年（一一六四）八月二十六日で、都へそのことを報告し、勅許が下るまでの約ひと月の間、遺骸《いがい》をこの泉につけておいたという。

泉の前には鳥居が建ち、石で築いた壇上には、ちょうどお棺が入るくらいの池があって、そこから落ちて来る水を、参詣人《さんけい》はみな拝みながら飲んでいる。私にもおいしいから飲んでみろ、といわれたが、さすがに手を出すことはできなかった。お茶屋では名物のトコロテンも売っていたが、それも辞退した。川畑さんが、こういう所を最初に見せて下さったのは有難いことで、今に残る崇徳院への信仰と、朝廷の扱い方の冷酷さが、ひと目でわかったからである。

ヤソバから道をへだてたところに、「白峯の宮」の別宮があり、地名も「天皇」という。思いなしか、このあたりには陰鬱《いんうつ》な空気が立ちこめており、木にも草にも、崇徳院の御霊が息づいているような気配がある。それはここだけではないことを、やがて知るはめになったのだが、「かたなく君はなりましにけり」と西行が詠じたのは、こういうところへ詣でた時の絶望的な叫びではなかったであろうか。

そこから私たちは、崇徳院の行在所《あんざいしょ》へ向った。「鼓ヶ岡」といい、現在は神社になっているが、元は古墳であったらしい。崇徳院は、はじめの六年間は松山の御堂にいられたが、後この行在所に三ヵ年を過し、土地の豪族、綾《あやの》高遠の娘を召して、二子をもうけた。鼓ヶ岡の近くにある菊塚と姫塚は、その皇子と姫君の墓で、別に盌《わん》塚というのもあり、これは崩御の後、使用された器の類を埋めたところだという。その全部を信じるわけには行くまいが、ささやかな道具に至るまで埋めたと伝えるのは、やはり不吉なものとして怖れたために違いない。

その岡からは国分寺や国司庁の跡がくまなく見渡された。今は田圃《たんぼ》になっているが、正怱《しょうそう》（倉）、垣ノ内、状次《じょうつぎ》などという地名が残っていて、大体の規模はわかっているようである。崇徳院が上陸された「松山の津」は入海で、現在は干拓されて港の面影《おもかげ》はないが、かつては塩田であったような形跡もある。綾氏について私は何も知らないが、このあたりを古く綾の郡《こおり》といい、綾川が中央を流れているのをみると、古くから住みついた豪族ではなかったか。その邸跡《やしき》に、「雲井の御所」の碑が建っているのは、崇徳院が鼓ヶ岡へ移られる前にしばらく滞在されたところであろう。

ここもまたあらぬ雲井となりにけり
空ゆく月の影にまかせて

「雲井の御所」は、この御製から名づけられたと聞くが、それはもちろん後世のことと思われる。一時は綾川の洪水で所在がわからなくなっていたのを、天保六年（一八三五）に、高松藩主の松平頼恕《よりひろ》が発見し、自から碑文を記して丁重に祀《まつ》ったばかりでなく、綾氏の後裔《こうえい》を探しだしてここに住まわせ、現在も住んでいられるという。

西行が詣でた頃は、わからなくなっていた崇徳院の遺跡も、今は発掘されたり再建されたりして、みごとに復活しているのである。まったくそれは土地の人々の愛敬の念のあらわれであるが、崩御になった直後の頃は、院の祟《たた》りを怖れて、何もかも抹殺《まっさつ》することに急だったのではあるまいか。抹殺といえば、ここでは崇徳院が殺されたことになっている。それは今いった田圃の一部に、「柳田」というところがあり、ある夜、鼓ヶ岡の行在所に、刺客が押し入り、崇徳院は命からがら一旦《いったん》は逃げられたが、そこで御子たちとともに、あえなく斬殺《ざんさつ》されたというのである。

院の崩御の場所は、鼓ヶ岡とも志度寺《しどじ》ともいわれ、他にもさまざまの説があるが、急なことでなかったならば、ヤソバの泉に遺骸をつけておくようなことはしなかったであろう。生きながら三悪道に堕《お》ちて、悪鬼のような形相となって朝廷を呪《のろ》った噂《うわさ》が、都へ伝わらなかった筈《はず》はなく、一時も早く始末するのが賢明だと思ったとしても不思議はない。そこで私はまたしても「梁塵秘抄」の今様を思いだすのだが、院は生前に

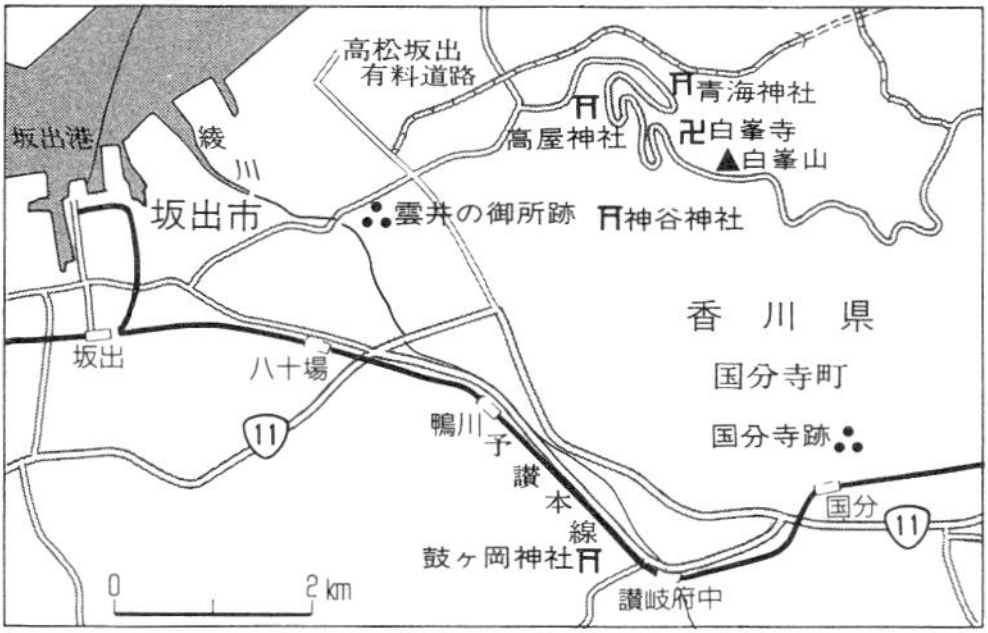

綾川の左岸にある長命寺という寺で、近隣の武士を集め、しばしば射芸をたのしまれたと聞く。梁塵秘抄にある「侍《さぶらひ》 藤五君」を召されたのも、そういう催しのためではなかったか。院にとっては「あそび」だったかも知れないが、神経質になっていた朝廷の人々には、謀反《むほん》のたくらみとしか見えなかったに違いない。

崇徳院の遺骸は、白峯で荼毘《だび》に付すため、ヤソバから高屋《たかや》神社を経て、旧道を運ばれて行った。高屋神社はいわば白峯の山口の神社に当り、西行が登った山道もそのわきを通っている。山門を入った左手に、大きな石の台があるが、そこにお棺をおいた時、おびただしい血がしたたったので、今でもこの神社を、「血の宮」、または「朱《あけ》の宮」と呼んで、里人に畏怖《いふ》されているという。

そういう伝承とはうらはらに、この辺まで入ると別世界の静けさで、山にはうぐいすが啼《な》き、せせらぎの音が聞えて来る。なまじ静かなために、当時の凄《せい》惨《さん》な有様が生き生きと蘇《よみがえ》り、私は居たたまれない心地がするのであった。が、この話にはまだ奥があって、高屋神社から北へ入ると、青海《おうみ》村の氏神である青海神社がある。白峯陵は、その切り立った崖《がけ》の上の稚児ケ嶽にあるが、そこで荼毘に付された時の煙が、いつまでも谷にたまって動かなかったため、この神社を「煙の宮」とも呼ぶ。崇徳院の怨念が、死後までも晴れなかったことを物語っているが、八百年を経た今日まで、そういう話がまことしやかに伝えられているのは、里人たちが院の不幸に心の底から同情し、院とともに朝廷の仕打を恨んだからに他なるまい。実際に白峯の周辺を歩いてみると、院の亡霊が至るところに充満していることを実感せずにはいられない。そういうことも、川畑さんに案内して頂かなかったら、それこそ素人には何一つつかめなかった筈で、何と感謝していいかわからない心地がしている。

西行にこのような歌がある。

讃岐の院におはしましける折の、みゆきの鈴の奏を聞きて、詠みける

鼓ヶ岡神社

高屋神社のお棺の台石

ふりにけり君がみゆきの鈴の奏は
いかなる世にも絶えず聞えて

「鈴の奏」というのは、御幸の前駆に鳴らす鈴を賜わることを奏上する意で、「ふりにけり」は、鈴を振ると、古くなったことの両方にかけてある。詞書《ことばがき》には少し不明なところがあり、「讃岐の院の位におはしましける折」となっている本もあるので、院の御所においでになった時か、または天皇の位に在《おわ》しました時か、判然としない。いずれにしても専門家の間では、西行の出家前後に詠んだ歌、というのが定説になっているようである。

たぶんそれが正しいのであろうが、それなら「讃岐の院」と呼んでいるのは不自然で、保元の乱以後のことと見ねばなるまい。一歩ゆずって、山家集を書写している時、うっかり「讃岐の院」

と書いたとも考えられるが、若い時の作とすれば、「ふりにけり」とはるか昔を追憶しているのもおかしい。西行が出家したのは保延《ほうえん》六年（一一四〇）で、翌永治元年に崇徳天皇は譲位されているからだ。その場合は「新院」と書くべきで、ほかの歌では皆そのようになっている。

かりに問題のある詞書を省いて、純粋に歌だけ鑑賞してみると、――君がみゆきの鈴の奏は、どんな世の中になっても自分の耳には絶えず聞えて来る、思えばそれも古い昔のことになったなあと、詠嘆していることは明らかだ。「いかなる世にも絶えず聞えて」いるのは、いうまでもなく、西行の心の中で鳴っている鈴の音で、君の永遠の命を願っているような趣きがある。遠い過去からひびいて来るその音色に耳を澄ましていると、何かこの歌にはまったく別の意味がかくされているような気がしてならない。しいて云えば、招魂とか鎮魂の歌のような感じがするという意味で、それは鈴というものに備わった呪術性《じゅじゅつ》にもよるであろうが、白峯の御陵や崇徳院の遺跡を歩いていると、ふとこの歌が口をついて出るのが私には不思議でならなかった。

だからといって、西行が讃岐で詠んだとは思いたくはない。やはり若い頃の作に違いないが、彼が山家集を編纂《へんさん》していた時、――それも崇徳院が崩御になった後、この歌に再会して、自分が危惧《きぐ》したとおりの世の中になった事実に愕《おどろ》くとともに、今も同じ鈴の音が耳に残っていることに、深い感慨を催したのではあるまいか。西行は何もかも予見していたのだ。そこで本来なら「新院」と書くべきところを、おそらくは万感のおもいを込めて、「讃岐の院」と記したに違いない。詞書があいまいなのはそこから来るのであって、いわば無意識のうちに鎮魂歌の相を呈していたといえる。その調べの奥底からひびいて来る鈴の音は、聞える人の耳には永遠に鳴りつづけるであろう。若い時に詠んだと思われる「ねがはくは花の下にて春死なむ」の歌が、西行の辞世と信じられているならば、何十年も前の作品が、崇徳院へささげた鎮魂の歌であったとしても、少しも不自然ではないのである。

讃岐の院が「崇徳院」と追号されたのは、安元三年（一一七七）七月二十九日のことで、同じ時藤原頼長にも正一位太政《だじょう》大臣の位が贈られた。「百錬抄」には、「天下不ㇾ静、依ㇾ有㆓彼怨霊㆒也《なり》」と記されており、院の怨霊は跳梁《ちょうりょう》しはじめていたのである。その一月前には、藤原成親《なりちか》や俊寛僧都《そうず》等による平家討伐の謀議が発覚し、三年後には、以仁王《もちひとおう》の乱が起こる。それにつづいて源頼朝と木曾義仲が東国で挙兵するといった工合で、正に天下は動揺していた。それが頂点に達するのは、寿永二年（一一八三）義仲が京都へ攻め入った時で、平家は安徳天皇を奉じて西海へ落ちて行った。義仲は翌元暦元年、義経に攻められて敗死したが、その時、西行はこのように詠じた。

木曾と申武者《むさ》死に侍りにけりな
木曾びとは海の怒りをしづめかねて
死出の山にもいりにけるかな

この突っ放した歌いぶりは、傍若無人な義仲の振舞が許せなくて、むざんな最期《さいご》をとげたのは当然のことと思っていたのであろう。「聞書集」にはそのほかにも、戦うことの愚かさを痛烈に批難した歌がいくつかある。

世の中に武者をこりて、西東北南《にしひむがしきたみなみ》、いくさならぬところなし。うちつづき人の死ぬる数聞くをびただし、まこととも覚えぬほどなり。こは何事の争いぞや、あはれなることの様かなとおぼえて
死出の山越ゆる絶え間はあらじかし
亡くなる人の数つづきつつ

武者のかぎりむれて死出の山こゆらん。山だちと申す恐れはあらじかしと、この世ならば頼もしくもや。宇治のいくさかとよ、馬筏《むまいかだ》とかやにて渡りたりけりときこえしこと思ひいでられて
沈むなる死出の山川みなぎりて
馬筏もやかなはざるらん

二首目の詞書にある「山だち」は、山賊のことで、こんなに武者が列をなして死んで行くのでは、死出の山で、山賊に会っても恐くはないだろうと皮肉ったのである。「宇治のいくさ」は、平家物語で有名な宇治川の合戦で、馬筏（馬を並べて筏のようにした）で防戦につとめたが、かなわなかったことを詠んでいる。その時の大将は源頼政《よりまさ》で、西行とは生前に交流があったが、いかに親しい友人といえども容赦してはいない。その頃西行は六十歳をすぎていたが、昔の「たてだてしさ」をいささかも失ってはいなかったのである。

讃岐の庵室

西行の讃岐への「修行」について、目崎徳衛氏は、「宗教的ないしは経世的動機があったと考える」といっていられる（『西行の思想史的研究』）。それはそうかも知れないが、それ以上に、崇徳院へ対するさまざまの思いに西行の胸は張り裂けんばかりで、静かに後世を弔うような心境にはなれなかったであろう。

白峯《しらみね》から西行の足は自然に善通寺へ向って行く。善通寺は弘法大師誕生の地で、大師に救いを求めたくなるような切羽つまった気持になっていたのではなかろうか。

大師の生まれさせ給《たま》ひたる所とて、廻《めぐ》りの仕廻《しまは》して、
そのしるしに、松の立てりけるを見て
あはれなり同じ野山に立てる木の
かかるしるしの契《ちぎ》りありける

現在、そこには「誕生院」が建っている。私が行った時はお遍路さんは一人もいず、広い松林の中に、大きな金堂や五重塔が所在なげに建っているだけの、あっけらかんとした風景であった。ただ、雲つくばかりの樟《くすのき》の老樹が、あたりを睥睨《へいげい》するようにそびえているのが印象的で、善通寺はこの一本の樟に尽きると私は思った。「三教指帰《さんごうしいき》」に、「玉藻帰《よ》る所の島、櫲《く》樟《す》日を蔽《かく》すの浦」と記してあるその樟に匹敵する大木で、巨人空海の魂を目のあたり見る心地がした。

善通寺の大クス　樹齢1200年以上

それにしても、西行の遺跡はどこにあるのか。本堂でお喋《しゃべ》りをしていた坊さんに尋ねると、西行なんかまるで眼中にないらしく、門前町で訊《き》いてごらんと、そっけない返事である。ここは弘法大師一辺倒なのだ、と改めて思い知らされたが、はたして西行のことは町の人たちの方がよく知っていた。

善通寺の南門を出たところに傘屋があり、今時珍しい蛇《じゃ》の目《め》を作っている。そういうものを見るとすぐほしくなるのが私の悪い癖で、二、三本買ってから尋ねると、忽《たちま》ち御利益《ごりやく》があった。

教えられたとおり、傘屋の横丁を入って行くと、右側に小さな祠《ほこら》があり、古い石の井戸枠に「玉の井」と彫ってある。立札にある由来には、弘法大師が自から泉を掘って、本尊の阿弥陀如来《あみだにょらい》に水を供え、「玉の泉」と称した、後に西行法師がここに住み、左の歌を詠《よ》んだと記してある。

　岩に堰《せ》く閼伽井《あかゐ》の水のわりなきに
　　心すめとも宿る月かな

——岩に堰かれてたまっている閼伽井の水は、どうしようもないけれども、そこに映っている月影は、心が澄むように諭している。もう少し嚙《か》みくだいていえば、俗事に妨げられずに心を清く持てと、月が教えているように受けとれるが、「わりなき」には、道理がない、筋道が立たない、といったような意味合いがあり、どの道あまり感心したことではない。だが、弘法大師が手ずから掘った井戸に、西行が汚れを感じたとは思われず、私はこんな風に解釈している。

「わりなき」はたしかに悪いことには違いないが、一方には「わりない仲」という言葉もあり、西行はその泉に一種の親しみを抱いていたのではないだろうか。「かかるしるしの契り」を感じていたのではなかろうか。そう考えると、すらすら解釈できるように思う。すなわち、岩に堰かれた水に自分の姿を見、弘法大師を月にたとえて、両者が出会うところに悟達が生れると歌ったのであろう。西行は感情があふれるままに歌い捨てたので、時には意味のわからない歌もあるが、それはそれなりに西行の中では完結していた。ほかに表現の仕様がなかったからで、生きた言葉とはそういうものだと思う。

閼伽井に隣り合って、「玉泉院」という寺がある。明らかに「玉の泉」から名づけられたものだが、再建したのか、新築したのか、何の風情《ふぜい》もない建物で、庭の片隅に松の切株があり、西行の歌碑が建っている。

ここをまたわれ住み憂《う》くて浮かれなば
松はひとりにならんとすらん

山家集には、「庵の前に松の立てりけるを見て」の詞書《ことばがき》があり、二首あるうちの一首である。だが、どう見てもこの歌は、周囲の環境にそぐわない。そういえば今の閼伽井の歌にしても、こんな所で詠んだとは信じにくい。もちろん平安時代と風景が変っていることはいうまでもないが、山家集には西行が、弘法大師の修行した「厳しき山」に庵《いおり》を結んだと書いてあり、平野の真只中でなかったことは確かである。

実はここへ来る前に、私は友人に招かれて、奥道後の温泉に泊っていたが、愛媛県の教育委員会で尋ねると、善通寺の裏山の「曼荼羅寺《まんだらじ》」に、西行の庵室《あんしつ》跡がある、ただし、はっきりしたことは現地で聞いてみないと解《わか》らない、と教えられた。私はいつもの伝で、行ってみればどうにかなるサ、とたかをくくっていたのだが、今度はそう簡単には参らなかった。善通寺の西側には、絵のような山並みが連なっており、その山腹には、四国第七十二番の「曼荼羅寺」、第七十三番「出釈迦寺《しゅっしゃかじ》」、第七十四番「甲山寺《こうやまじ》」が並んでいる。一度は善通寺まで来てみたものの、西行はその山のどこかに庵室を結んだに違いない……。

善通寺からわずか四、五キロの道のりだが、山道はせまい上、急坂なので、登るのにはちょっと手間がかかった。先ず曼荼羅寺へよってみたが、この寺については、西行がくわしい説明を書いていてくれる。

曼陀羅寺の行道所《ぎやうだうどころ》へ登るは、世の大事にて、手を立てたるやうなり。大師の、御経書きて埋ませおはしましたる山の峯《みね》なり。坊の外は、一丈ばかりなる壇築きて建てられたり。それへ日毎《ひごと》に登らせおはしまして、行道しおはしましけると、申し伝へたり。巡り行道すべきやうに、壇も二重に築き廻されたり。登るほどの危ふさ、ことに大事なり。構へて這《は》ひまはり着きて

めぐり逢はんことの契りぞありがたき
厳しき山の誓ひ見るにも

曼荼羅寺は、弘法大師が修行した山で、手を真直《まっすぐ》に立てたような絶壁である。寺伝によると、大師の生家、佐伯氏の氏寺で、牛皮の曼荼羅をおさめたのがその名の起りであるという。現在は、「這ひまはり着きて」登るような壇は見当らないけれども、そのかわりに見事な「笠松」が境内いっぱいにはびこって、この寺の古い歴史を物語

っていた。

曼荼羅寺の山号を「我拝師山《わがはいしさん》」と呼ぶのは、大師の修行中に、釈迦如来が出現したのを拝したからで、吉田東伍氏は、「若林」の転訛《てんか》ではないか、といっていられる。またの名を「筆の山」ともいうのは、曼荼羅を書いた筆をおさめたからだと伝えるが、西行は、この山の遠景が筆に似ているといっており、かつて高野山の大塔のような建造物があったところには、苔《こけ》むした礎石が残っているにすぎないと記してある。平安末期でさえそうだったのだから、寺は荒れて礎石の痕跡《こんせき》すらなく、行道の跡を偲《しの》ばせる「笠松」が、目ざめるような緑をたたえているのみであった。

やがてそれが上は、大師の御師に逢《あ》ひまゐらせさせおはしましたる峯なり。「わがはいしさ」と、その山をば申すなり。その辺の人は、「わがはいし」とぞ申しならひたる、山文字をば捨てて申さず。また筆の山とも名付けたり。遠くて見れば、筆に似て、まろまろと山の峯の先のとがりたるやうなるを、申し慣はしたるなめり。行道所より、構へてかきつき登りて、峯にまゐりたれば、師にあはせおはしましたる所のしるしに、

曼荼羅寺の巨大な笠松

出釈迦寺

塔を建ておはしましたりけり。塔の礎《いしずゑ》はかりなく大きなり。高野の大塔などばかりなりける塔の跡と見ゆ。苔は深く埋みたれども、石大きにして、あらはに見ゆ。

筆の山と申す名につきて

筆の山にかき登りても見つるかな
苔の下なる岩の気色《けしき》を

「やがてそれが上は」というのは、現在、出釈迦寺が建っているところであろう。土地の人が「わがはいし」といっているのは、元はやはりワカバヤシであって、大師の行道に因《ちな》んで、後に勿体《もったい》ぶった名前を与えたに違いない。西行が訪れた頃は、この二つの寺は同じ境内にあったらしく、道は険しければ険しいほどその感激も大きかったと想像される。ここでも西行は、仏道の修行のためというより、弘法大師の人間に魅せられていたようで、大師と同じ苦行をし、大師と共感することに悦《よろこ》びを見出《みいだ》していたように思われる。

私は土地の人に出会う度に、西行の庵室の在りかを尋ねてみた。誰でも知っていたが、教えるのは難かしいという表情で、曼荼羅寺（もしくは出釈迦寺）の上に二つの池が並んでいる、その右側の池の上の方にあるといった。

ところが行ってみると、この辺は至るところに池があり、困ることに必ず上下二つに分れている。弘法大師が掘った「満濃池」を見てもわかるとおり、雨が少い地方なので、昔から灌漑《かんがい》用水は発達していたのであろう。何度私は池のまわりを巡ってみたことか。曼荼羅寺から上は自動車が行けないので、歩いて登り、失敗する度に麓《ふもと》の村まで戻って、訊《き》き直し、出直すのであった。五、六ぺん繰返して、へとへとになった頃、山の中腹で畑をたがやしているじいさんに出会った。日は暮れるし、雨は降りだすし、もうこれが最後だと思い、遠くの方から声をかけると、山の頂上を指さして、「あすこだ」という。その瞬間、じいさんが指さしたあたりから、ほととぎすがひと声啼《な》いて過ぎて行った。

ほととぎす思ひもわかぬひと声を
聞きつといかが人に語らん

「聞きつといかが人に語らん」。それはそのまま私の思いでもあった。偶然というにはあまりにも時を得たもので、遠い奈落の底からひびいて来る西行の呼び声のように聞えた。いっしょに行った長曾我部さんも放心したような表情で、思わず私たちは顔を見合せた。ついでのことにいっておくと、長曾我部さんは、あの長曾我部氏の遠孫で、四国の旅には全部同行して下さったが、私のような気まぐれ者に何日も付合って頂いたことに深く感謝している。

ほととぎすの声に元気を取戻した私は、畑を横切って、「手を立てたるやうな」断《だん》崖《がい》絶壁に取りつくと、じいさんが止めた。ここから左の方へ廻って行くと、農道がある。それを伝って行けば、自然に西行の庵室の前へ出る、あの竹藪《たけやぶ》が目印しだ、と教えてくれた。

何のことはない、この畑へ来るまでに、幾度も往復したところなのである。一旦《いったん》麓へ戻って、車で農道を登って行くと、ものの十分とかからぬうちに竹藪に着いた。まわりは一面の蜜柑《みかん》畑で、雨にぬれた白い花が芳香を放っている。庵室は、木立にかこまれて建っており、荒れてはいるが、仏壇までしつらえてあるのは、村の人々に大切にされているのであろう。周囲には古い五輪塔や板碑《いたひ》がちらばっていたが、西行の庵室とも遺跡とも書いてないのが気持よく、それにここからの景色は抜群にいい。広い平野のかなたに「讃岐富士」が遠望され、その向うに白峯の連山が浮び、北は多度津《たどつ》の海岸に接している。雨の中なので霞《かす》んでいたが、あとで地図を見て確認し、今まで見た中では唯一《ゆいいつ》の、そして確かな西行庵の跡だと信ずるに至った。

我拝師山の庵室と、讃岐の院の旧蹟《きゅうせき》と、白峯の御陵が、やや東北に向って一直線に並んでいるのは、深い考えがあってのことに違いない。西行はこの庵室から日夜朝暮に白峯を遥拝《ようはい》し、院の怨霊《おんりょう》を慰めようとしたのではあるまいか。そんなことはひと言もいってはいないが、自然の風景は何よりも雄弁に西行の心の内を明かしてくれるようであった。

西行がどのくらいの間ここに住んだかわからないが、雪の歌や花の歌を詠んでいるのを見ると、少くとも一年以上は滞在したのではないかと思う。

住みけるままに、庵《いほり》いとあはれにおぼえて

今よりはいとはじ命あればこそ
かかるすまひのあはれをも知れ

庵の前に松の立てりけるを見て
久《ひさ》に経てわが後《のち》の世をとへよ松
跡しのぶべき人もなき身ぞ

讃岐の西行の庵室跡

ここをまたわれ住み憂くて浮かれなば
松はひとりにならんとすらん

右の歌は、玉泉院のところでもあげたが、今はこの庵室で詠んだことを私は信じて疑わない。讃岐で「松」といえば、崇徳院を象徴しており、自分がもしここを去ってしまったなら、院は独りになるであろうと悲しんだのである。

三首とも私の好きな歌であるが、「今よりはいとはじ命あればこそ」にも、「久に経て」の歌にも、しっとりとした落着きが感じられ、院のお墓の前で詠《よ》んだような気負いはまったく影をひそめている。

同じく前にあげた「閼伽井の水」の歌も、ここで詠んだとすれば不自然には聞えない。水は殆《ほと》んど枯れてしまっているが、庵室の前を小川が流れており、小さな石橋までかかっている。この程度の小川なら、岩に堰かれて濁りもしようし、時には月も映したであろう。

花まゐらせける折しも、折敷《をしき》に霰《あられ》の散りけるを
樒《しきみ》おく閼伽《あか》の折敷のふち無くば
何にあられの玉と散らまし

――お供えの盆にふちがあるために、美しい霰の玉も散らないで止まっているのであろうと、つつましやかな暮しぶりを歌っている。「月」を大師の顔ばせと見るなら、「玉」も大師の魂を現しており、してみると「折敷のふち」は、それをしっかりと受けとめた西行の心を表徴しているのかも知れない。この庵室を西行はことのほか愛し

ていたようで、白峯へ詣《もう》でた後の心の傷を癒《いや》してくれたに相違ない。それとともに西行の歌境も一段と深まり、自然観照にもすぐれた冴《さ》えを見せるようになって行く。

同じ国に、大師のおはしましける御辺《おんあた》りの山に、庵結びて住みけるに、月いと明かくて、海の方《かた》曇りなく見えければ

曇りなき山にて海の月見れば
島ぞこほりの絶え間なりける

花と見るこずゑの雪に月さえて
たとへんかたもなき心地する

山家集では、「筆の山」の次に、備前の児島で詠んだ歌がのっている。中国地方へ西行は度々行っているから、讃岐に滞在中の作とは限らないが、山の暮しが「住み憂《う》く」なった時は、船旅をたのしむこともなかったとはいえまい。

備前の国に、小嶋と申す島に渡りたりけるに、あみと申すものとる所は、各々《おのおの》われわれ占めて、長き竿《さを》に袋を付けて、立てわたすなり。その竿の立て始めをば、一の竿とぞ名付けたる。中に鮐《とし》高き海士人《あまびと》の立て初《そ》むるなり。立つるとて申すなる詞聞き侍《はべ》りしこそ、涙こぼれて、申すばかりなくおぼえて、詠みける

立て初むるあみ採る浦の初竿は
罪のなかにもすぐれたるかな

「立つる」という詞に西行が感動したのは、願を立てる、誓いを立てる、というようなことを連想したからで、魚を獲るのは殺生の罪には違いないけれども、「立つる」という詞ゆえに、もろもろの罪の中ではすぐれている、といったのである。

この歌に西行の宗教心の発揚を見ることは勝手だが、一介の漁師のなりわいにこまかな注意を払い、彼らと親しく交わりながら「詞」を発見して行く、そういう西行の姿勢に私は興味を持つ。彼はどんな小さなことも見逃さなかったし、愛情とユーモアを持たなくてはこれは出来ないことである。今まで西行の関心は、もっぱら王侯貴族

に集中しているように私は書いて来た。王朝の文化に愛着を持っていたことは事実だが、一方では名もない海人や山賤《やまがつ》の暮しにも、暖い眼をそそいでいたのである。特に讃岐に住んでからその傾向が強くなったように見えるのは、年齢のせいもあるだろうが、孤独に徹した山の生活がもたらしたものに違いない。西行は、いわば上から下へ降りて来たのである。

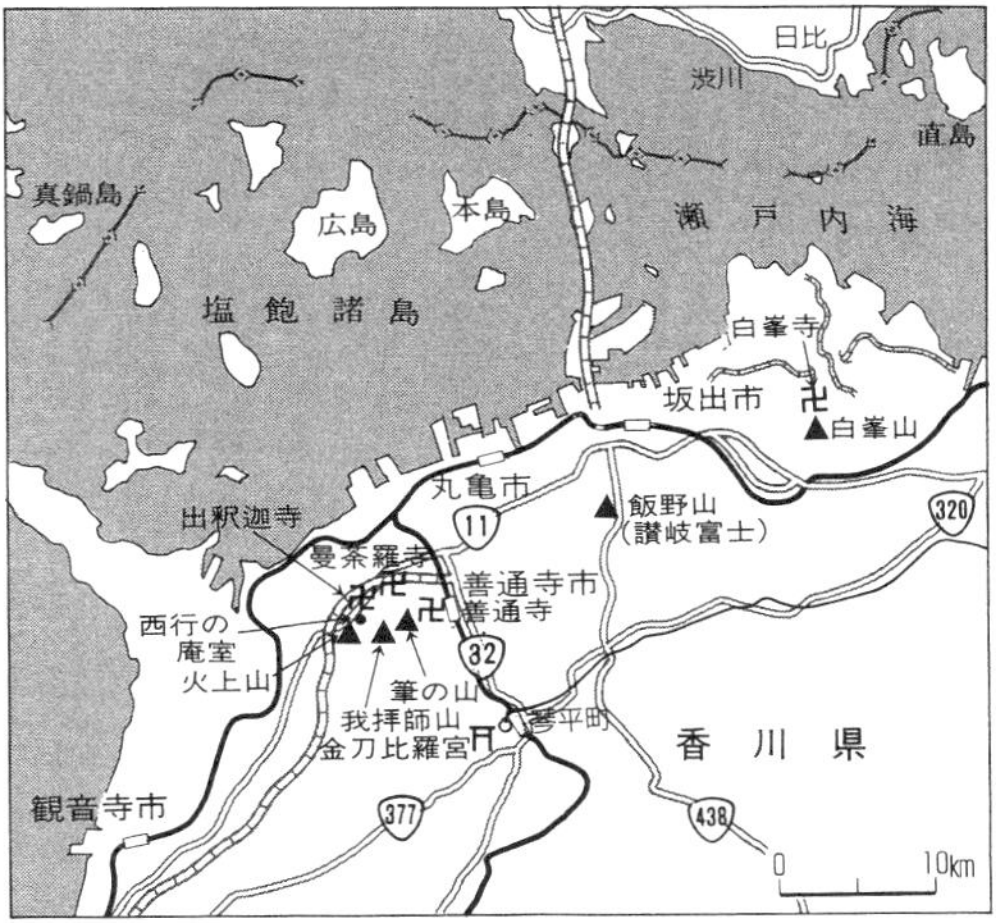

日比《ひび》・渋川と申す方へまはりて、四国の方へ渡らんとしけるに、風あしくて、ほど経けり。渋川の浦と申す所に、幼き者ども数多《あまた》物を拾ひけるを、問ひければ、つみと申すもの拾ふなりと申しけるを聞きて

下《お》り立ちて浦田に拾ふ海士《あま》の子は

つみより罪を習ふなりけり

日比・渋川は、児島の南にある村だが、つみはつぶのことで、螺類《にし》の総称、もしくは流木の小さなものをいうと、山家集（新潮社版）の解説にある。やはり罪を歌っていることに変りはないが、ここでも無心に殺生戒を犯している子供達を、半ば哀《あわ》れみ、半ば愛《いと》しんで眺めている。「四国の方へ渡らんとしけるに」といっているのは、讃岐への途上のように聞えるが、白峯へ詣でる前にそんな余裕はなかった筈《はず》で、前者と同じく、山から海へ浮れ出た折の詠歌であろう。

　真鍋と申す島に、京より商人《あきびと》どもの下りて、やうやうの積載《つみ》の物ども商ひて、又塩飽《しわく》の島に渡り、商はんずる由《よし》申けるをきゝて

真鍋よりしわくへ通ふ商人《あきびと》は
つみをかひにて渡るなりけり

真鍋は多度津の西北にある島、塩飽《しわく》はその東に点在する群島である。「つみをかひ

にて云々《うんぬん》」は、罪を生き甲斐《がい》にすることと、船の櫂《かい》にかけてあり、……西行がこれほどまでに罪の意識にこだわったのは、崇徳院の贖罪《しょくざい》の意味も兼ねていたのではなかろうか。そうはっきりと意識しないまでも、ただの島めぐりを愉《たの》しんだとは思われず、どこかにひっかかるものがあったことは疑えない。或いは山の生活に飽きて、庵室を捨てようとして捨て切れなかった院への思いやりが、このような歌となってほとばしったのであろうか。

四国八十八ヵ所の巡礼が現在の形に定着したのは、江戸時代のことだと私は思っているが、もし西行に明確な「宗教的ないしは経世的動機」があったとすれば、折角讃岐まで来ていながら、善通寺の周辺で終っているのは不思議である。山家集で見るかぎり、阿波へも土佐へも行った形跡はない。そう考えると、弘法大師の修行の地で、生ま身の大師の姿にふれることによって、西行は安心を得、かつは崇徳院への供養《くよう》も彼なりに果たして、心おきなく数奇《すき》の境に没入することができたのであろう。西行の「修行」にはいつもそういう意味合いがあり、たとえ殺生戒を犯す人たちに出会っても、彼らを教化《きょうげ》しようなんて大それた考えはなく、ありのままに見て哀れんでいるにすぎない。西行は宗教家である前に「詩人」であり、詩人である前に自分の魂の行くえをどこまでも追求しようとした「人間」であった。

二見の浦にて

筑紫に腹赤《はらか》と申す魚《いを》の釣をば、十月一日に下ろすなり。師走《しはす》に引き上げて、京へは上《のぼ》せ侍《はべ》る、その釣の縄、遥《はる》かに遠く引きわたして、通る舟のその縄に当りぬるを、ば、かこちかかりて、高家《かうけ》がましく申して、むつかしく侍るなり。その心を詠《よ》める

腹赤釣るおほわださきのうけ縄に
心かけつつ過ぎんとぞ思ふ

筑紫の国に腹赤という魚がいる。鱒《ます》の古名とも鮸《にべ》ともいわれるが、十月一日に網を下し、十二月に引き上げて、京都へ送る。その網をはるか遠くまで引きわたし、往来の船がちょっとでも接触すると、都へ献上するという特権を笠にきて、横柄《おうへい》に文句を

いうのが面倒である。「その心を詠める」といっているので、実際に西行が経験したことではなく、人から聞いたことを歌にしたのであろうといわれるが、人から聞いた話では真に迫りすぎている。やはり西行は、四国から九州まで足をのばし、漁師の生活に興を催したのではなかろうか。「その心」とは、「うけ縄」に仮託して自分の思いを述べたので、九州で詠んだ歌が一つしかないからといって、九州へ行かなかったという証拠にはなるまい。

西行がどのような「うけ縄」にひっかかるまいと用心したか知る由《よし》もないが、讃岐の滞在があまり長くなると、国府の役人たちも放っておけなくなったのではあるまいか。讃岐の院の御陵へ参ることすら、当時の人々は遠慮したに違いなく、変な坊さんがうろついていると田舎では忽《たちま》ち評判になったであろう。その上西行は格別仏道に打ちこんでいる風にも見えず、花や月に浮かれているのが不可解で、不可解な人物というものはいつの時代にも凡俗にとっては不気味なものである。西行はつとにそのことに気づき、ひとまず九州へ逃げ、逃げた先ではからずも右のような光景に出会ったのではないかと推察される。

九州からいつどこへ行ったか、それも不明であるが、安元元年（一一七五）五十八歳の時には蓮花乗院の建立《こんりゅう》にたずさわっているから、その頃高野山に帰っていたことは確かである。が、やがて高野山からも逃げだして、伊勢へ向う。それについては諸先生が多くの理由をあげていられるが、つまるところは鹿ヶ谷《ししたに》事件から福原遷都《せんと》につづく不穏な世相に、いや気がさしたのが主な原因ではなかったであろうか。

　福原へ都遷《うつ》りありと聞きし頃、伊勢にて月の歌よみ侍りしに

　雲の上やふるき都になりにけり
　すむらむ月の影はかはらで

　これは西行の家集にある歌で、福原遷都は治承四年（一一八〇）のことだから、それより以前に伊勢へ移っていたことは明らかだ。もっとも西行が伊勢に行ったのはこれがはじめてではなく、出家した当初からしばしば訪れていたのである。

　　世をのがれて伊勢のかたへまかりけるに、鈴鹿山にて

　鈴鹿山うき世をよそにふり捨てて
　いかになりゆくわが身なるらん

「ふり」、「なり」、「なる」は、鈴の縁語で、鈴鹿山は有名な難所であったから、そこを越えることは若い西行にとって特別の意味をもっていたに違いない。後に熊野へ修行に行った時も、新宮から伊勢へ入っており、伊勢への旅が数度に及んだことを語っている。

実は今度も私は伊勢へ行くつもりで、中井利亮氏という郷土史家が西行の庵室《あんしつ》跡を案内して下さるというのでたのしみにしていた。ところが風邪をひいたため行けなくなったのはまことに残念であったが、中井さんは親切な方で、電話でいろいろ興味のあることを教えて下さった。その時うかがったことを二、三ここに記しておく。

話は出家以前に溯《さかのぼ》るが、西行がまだ北面の武士であった頃、西住（同じく北面の武士で、源次兵衛季政といった）とともに嵯峨の法輪寺に住む空仁を訪ねたことが、「聞書残集」にのっている。長いので全部をひくことはできないが、大堰《おおい》川《がわ》を筏《いかだ》が下って来るのを見て連歌を詠み交したり、「薄らかなる柿の衣着て」河岸に立っている空仁の姿を好もしく眺めたり、また「故《ゆゑ》ある声のかれたるやうなるにて」経文を唱えているのが「いと尊く哀《あは》れ」に覚えたり、……出家を志している武士たちには、淡々としたその暮しぶりが理想的なものに映ったらしい。そういう物語が絵のように美しく展開して行くのであるが、この空仁という人物は大中臣定長《おおなかとみの》の子で、千載集にも撰《えら》ばれた和歌の上手であった。

大中臣氏といえば神祇官《じんぎかん》の家で、伊勢神宮とは古くから関わりがあったに違いない。中井氏にうかがうと、空仁は祖父が建立した伊勢の大覚寺で生れ、のちに嵯峨の法輪寺へ移り住んだという。もとより一所不住の遁世者《とんせい》のことだから、嵯峨に住みついたわけではなかろうが、伊勢に本拠があったのは事実であり、若い頃西行が伊勢へ下ったのも、空仁の縁故によるものだろう。大覚寺という寺は今は失われたと聞くが、西行が多くの神官たちと付合うようになったのは、そういう下地があったからである。

西行には伊勢で詠んだ歌が多いが、治承以前にも草庵を結んだことがなかったとはいえまい。「西行谷」と称する遺跡が数ヵ所に見出《みいだ》されるのは、何度も大神宮の周辺に住んだことを示している。住まないまでも友人の邸《やしき》や寺に滞在したところが、西行が有名になった後に遺跡として伝えられた場合もあるだろう。その中では晩年の庵室跡が一番はっきりしており、はじめ二見浦に住み、のち近くの菩提山神宮寺に移ったようで、治承のはじめから文治二年（一一八六）まで、七、八年の長きにわたって、西行は戦乱を逃れて伊勢の国に、いわば疎開《そかい》をしていたのであった。

伊勢神宮の内宮　宇治橋から神路山を望む

伊勢にまかりたりけるに、三津と申す所にて、海辺暮といふことを神主どもよみけるに

過ぐる春しほのみつより舟出して
波の花をや先に立つらん

潮が満つることを「三津」にかけ、晩春の心を波の花が散る景色にたとえたのであるが、そんなことは一々考証せずとも、満潮の船出の爽快《そうかい》さと、潮の香を、全身でうけとめれば充分であろう。

三津は二見浦の北側にあり、西行の庵室の近くであった。この度（電話を通じてであるが）中井さんにうかがって興味をもったのは、義経の家来であった伊勢の三郎義盛は、この三津の出身で、昔はその辺を「江」と称したので、「江の三郎」

ともいった。通説では盗賊の親分のようにいわれているが、義盛も神官の家の出で、その邸跡や遺品が今でも遺《のこ》っているそうである。が、乱暴者であったことは確かで、鈴鹿山あたりまで荒し廻り、忍者の一味と目されていたことを何かの本で読んだことがあるが、弁慶や常陸《ひたち》坊をはじめとし、義経の家来にはそういう無頼の徒が多かったのである。

義経が伊勢大神宮に詣《もう》でたことは、「吾妻鏡《あずまかがみ》」文治二年三月十五日の条に明記されており、所願成就《じょうじゅ》のため金《こがね》作りの剣を奉納した。「この太刀は度々の合戦の間帯せしむところなり云々《うんぬん》」と書いてあるが、文治二年といえば、壇ノ浦に平家が滅亡した翌年のことで、頼朝と不和になり、後白河法皇は、義経追討の院宣を下していた。義経の命は正に風前の灯火《ともしび》であった。大神宮に祈願したのは当然のことで、その時伊勢の三郎が奔走したであろうことは想像に難くないのである。

その年、――というのは文治二年のことだが、西行は東大寺再建の勧進のため、陸奥の国へおもむき、その途中、鎌倉によって頼朝にまみえている。それは五ヵ月ほど後の八月十五日のことで、西行と義経と伊勢の三郎が、同じ時に伊勢の国におり、同じ頃奥州へ旅立ったということは、偶然の一致とは思えないのである。中井さんはそのことに注目して指摘して下さったのであろうが、「玉葉」によると、伊勢の三郎はその年の七月に梟首《きょうしゅ》され、佐藤忠信も京都で憤死していた。義経の忠臣の中に、同族の佐藤継信・忠信がいて、二人ともにむざんな最期《さいご》をとげたのは、西行にとって無念極まりないことであったと思う。西行はどちらかといえば平家の一族と親しかったが、秀衡《ひでひら》や佐藤兄弟を通じて、源家の人々とも何らかの交渉はあったに違いない。

ことに二見浦の草庵で、目と鼻の先にいた伊勢の三郎と面識がなかった筈《はず》はなく、もしかすると彼の仲介で、義経とも会っていたかも知れない。そして、頼朝への取りなしと、秀衡への伝言などを依頼されたのではなかったか。ちょうどその頃静御前も捕えられて鎌倉に在り、小説家であったら見逃せない材料だが、このような面白い話とはまた別に、伊勢に滞在中の西行について私は考えてみたいことがある。

さて、二見浦の草庵における西行の日常はどのようなものであったか、それについて蓮阿《れんあ》の筆による「西行上人談抄」はこのように伝えている。

西行上人二見浦に草庵結びて、浜荻《はまをぎ》折しきたるやうにて哀なるすまひ、みるもいと心すむさま、大精進菩薩の庵の草を座とし給《たま》ひけるもかくやとおぼえき。硯《すずり》は石の、わざとにはあらで、もとより水いるる所のくぼみて硯のやうなるが、筆置所などもあるををかれたり。和歌の会の文台には、或時は花がたみ、或時は扇がやうの物を用る。歌の事談ずとても、そのひまには、一生いくばくならず、来世近きにありといふ文、座臥《ざぐわ》の口ずさみにいはれ、哀に尊くおぼえし。今も面影なごりたえぬなり。

蓮阿はもと大神宮の神官で、荒木田満良といい、出家して西行に師事していた。この文章は冒頭の一部にすぎないが、「哀なるすまひ」の有様を、まことに美しく、なつかしげに回想している。ことに自然石を硯《すずり》に用いたり、和歌の文台に花籠《はなかご》や扇を利用するなど、いかにも西行らしい淡白さで、情趣にみちた暮しぶりが目に見えるようである。公《おおや》けの歌会などは好まなかった西行が、ここではしじゅう催しているのも、神主たちとの交遊をたのしんでいたことがわかるし、ひまさえあれば「一生いくばくならず、来世近きにあり」と口ずさんでいたのも、晩年の西行の心境を物語っている。

瀬戸内海ではその頃源平合戦が行われていたが、伊勢での生活は別世界ののどけさで、のどかであるだけ浮世の人々の愚行が救いがたいものに見えたに相違ない。木曾義仲や戦死者を詠んだ歌の数々（「讃岐の旅」参照）は、都からの報告をうけると同時に成ったと思われるが、「聞書集」にはそれらの歌のつづきに、待賢門院兵衛《たいけんもんいんひょうえ》の局《つぼね》が、「武者《むさ》のをりふし失せられにけり。契《ちぎ》りたまひしことありしものをと、あはれにおぼえて」という詞書のもとに、

先立たばしるべせよとぞちぎりしに
おくれて思ふあとのあはれさ

と詠んでいる。「武者のをりふし」というのは、戦争のどさくさの中で亡《な》くなったのであろう。今や齢《よわい》七十になんなんとしていた西行は、多くの親しい人々に先立たれ、いよいよ孤独のおもいを深くしたのではなかろうか。伊勢では富裕な神官たちの歓待をうけ、今までとは比較にならぬほど楽な暮しをしていたようにみえるが、西行のような人物は、大勢にちやほやされればされるほど孤独を感じたであろうことは、「西行上人談抄」のところどころで、ふと洩《も》らした片言からも窺《うかが》うことができる。

それとともに和歌への執心はいっそう強まり、山家集を編纂《へんさん》し直したのも伊勢にいた間と考えられるし、奥州へ旅立つ前には、都の歌人たちから「二見浦百首」を勧進した。俊成と定家に判詞を乞《こ》うたことで有名な「御裳濯川歌合《みもすそがわうたあわせ》」と「宮川歌合」も、

伊勢に滞在中に大体の構想は成っていたと思われる。七年に余る伊勢の生活は、西行に越しかた行末を考える暇を充分に与え、自分の魂の在りかたをしっかりと見極める余裕をもたらしたに違いない。

おほかた、歌は数奇のみなもとなり。心のすきてよむべきなり。しかも大神宮の神主は、心清くすきて和歌を好むべきなり。御神よろこばせ給ふべし。（西行上人談抄）

西行が一生かかって達したのは、「歌は数奇のみなもとなり」という信念で、神様もお喜びになると信じていた。当り前のようなことだが、老年に及んでそういう確信を得たことをけっしておろそかに思ってはなるまい。

伊勢にまかりたりけるに、大神宮にまゐりて詠《よ》みける

榊葉《さかきば》に心をかけん木綿《ゆふ》しでて
思へば神も仏なりけり

木綿をかけた榊葉に心をこめて祈っていると、神と仏の差別はなくなるというのだが、どうも現代語に訳すと、「思へば神も仏なりけり」という思いの深いところまで届かないような気がする。和歌を理解するには、詞《ことば》の意味より、その姿に重きをおくべきで、そういう風に考えると、この歌は、前述の「何事のおはしますをば知らねどもかたじけなさの涙こぼるる」とまったく同じ心を歌っていることがわかる。西行の作であるかないかは問題ではない。「榊葉に」の歌にはいくらか色がつけてあるだけで、根本にある感情に少しの変りもないのである。

高野山をすみうかれて後、伊勢国二見浦の山寺に侍《はべ》りけるに、大神宮の御山をば神路山《かみぢやま》と申す、大日如来《にょらい》の御垂跡《すゐじやく》をおもひてよみ侍りける

深く入りて神路の奥を尋ぬれば
又うへもなき峯《みね》の松風

これらの歌が神仏習合の思想のもとに詠まれているのはいうまでもないが、西行は本地垂迹説（仏が神の姿を仮りて衆生《しゅじょう》を救う）という宗教上の理念を歌に飜訳したの

ではない。神路山の奥深くわけ入って、自然の神秘にふれたことを素直に詠むことによって、その歌の中から神仏は一つのものという信仰を得たといえるであろう。神仏習合とは、いわば彼の内部で行われた一つの劇であり、その発見の悦《よろこ》びがこのような歌に結実したのである。賀茂では僧侶《そうりょ》の身を遠慮して、末社にしか詣でなかった西行が、はるかに禁忌のきびしい伊勢大神宮では、何憚《はば》かることなく堂々と参詣《さんけい》しているのは、神主たちの援助があったにしても、自分で納得しなかったらよく為《な》し得なかったと思う。

　　風の宮にて
この春は花をおしまでよそならん
心を風の宮にまかせて

　　月よみの宮にて
梢《こずゑ》見れば秋にかはらぬ名なりけり
花おもしろき月読の宮

内宮にまうでて侍りけるに、桜の宮を見てよみ侍りける

神風に心やすくぞまかせつる
さくらの宮の花のさかりを

昔のように一図に花をわがものにするのではなく、神風の吹くがままにまかせて、心安らかに眺めているのが美しい。前に私は、西行が信じていたのは、本質的には古代の自然信仰のようなものだといった覚えがあるが、西行はけっして原始的な人間ではなく、平安時代の教養人なみに仏法を学び、熊野三山に入峯《にゅうぶ》し、高野山で修行したあげく、神仏習合の世界に開眼したのである。神仏習合などという言葉もドグマティックに聞えるほどそれは自然の成行きで、最後には風のまにまに生をたのしむ無礙《むげ》の境に入る。それは太古の自然人の生きかたに似ているが、詩人に共通な原始性を失

月読宮

わなかっただけで、かれとこれとを同日に論じることはできない。
小林秀雄は岡潔との対談の中で、「人の方向というものは、大体二十代できまってしまう」といっているが、西行の場合はその極端な例で、自から自由をえらんで自由の中に方向を見失い、長い間迷ったり苦しんだりしたのだと思う。その中で彼を支えつづけたのは数奇の道であった。西行の研究家は、彼が高野山へ入ったのは、数奇を捨てて仏道に転身したようにいわれるが、西行の数奇心は、外部からの強要や勧告によって崩れ去るような惰弱なものではなかった。「雲につきてうかれのみゆく心をば山にかけてをとめんとぞ思ふ」の歌を見てもわかるように、「山」とはいっても「仏法」とはいわない。神仏を敬うことにかけては人後に落ちなかった西行だが、高野山に滞在中も、「うかれのみゆく心」を止どめることができなかったのは、度々述べたとおりである。

伊勢に斎王おはしまさで、年経にけり。斎宮、木立ばかりさかと見えて、築垣もなきやうになりたりけるを見て

いつかまた斎《いつき》の宮のいつかれて

注連《しめ》のみ内に塵《ちり》を払はん

これも二見浦に滞在中（もしくはそこへ行く途中）に詠んだと思われるが、ひきつづいて起った内乱の前後は、十六年間にわたって伊勢に斎宮が在《おわ》しまさなかったので、いつになったらまた斎宮が精進潔斎をなさって、注連縄《しめなわ》をはったみ内が清浄になるだろう、と悲しんだのである。

斎宮の御所は、近鉄「斎宮」駅の近くにあり、私も前に二、三度訪れたことがあるが、この詞書にあるとおり、田圃《たんぼ》の中に木立がそびえているだけの荒涼とした風景であった。その後発掘が行われて、いくらか景色は変ったが、西行は昔から賀茂の斎院や伊勢の斎宮の暮しを奥床しく思っていたから、特に気にかかって見に行ったのであろう。その裏には例の数奇心も働いていなかったとは言い切れない。なぜならここはかつて在原業平が、禁忌を犯して斎宮の恬子《やすこ》内親王と、一夜の契りを結んだ記念すべき場所であったからだ。「君や来し我やゆきけん思ほえず夢か現《うつつ》か寝てか醒《さ》めてか」の恬子の歌が語るように、それは夢のようにはかない逢《お》う瀬《せ》であったが、同じようにはかなく消えた昔の恋の幻を、その時西行はなつかしく思い浮べなかったであろうか。かの神宮での桜の歌のように、老いてなお艶《えん》な風情《ふぜい》を失わなかったところに、数奇に徹した西行の美しさがある。彼はせまい世界に悟りを求めるより、広い天地で自由自在に飛翔《ひしょう》することをのぞんだ稀有《けう》な天才であったと思う。

富士の煙

前にはたせなかった伊勢の取材は、私にとってかならずしも必要なことではなかった。私は今までに何度も伊勢へ行っており、郷土史家の中井利亮氏のお話を聞いただけで、おおよその見当はついていたからだ。が、次の仕事――というのは今書いているこの原稿のことだが――に取りかかってみると、どうしても伊勢へ行ってみずにはいられなくなった。この気持をどう現していいか私は知らない。しいていうなら「奥の細道」の、「道祖神のまねきにあひて取もの手につかず」といった状態で、大学生の孫が運転してくれるというのでふらふらと車に乗って家を出たのは、〆切に間近い頃のことであった。

どうせ行くならはじめての道がとりたいと思い、私たちは浜松で東名高速を降り、伊良湖からフェリーで鳥羽へ渡ることにした。ぬけるような秋晴れの日で、このドライヴは快適であったが、伊良湖岬でフェリーが出るのを待っている間、私はぼんやり前方の山を眺めていた。と、そこには鷹《たか》とおぼしき鳥が群れて飛んでいるではないか。私はバード・ウォッチングにはうといので、それが鷹だか鳶《とび》だか定かにはわからなかったが、たしか伊良湖岬の鷹渡りは、九月下旬から十月上旬へかけて行われると聞いている。とたんに、それまで忘れていた西行の歌が胸に浮んだ。

巣鷹《すだか》渡る伊良胡が崎を疑ひて
なほ木に帰る山帰りかな

この歌には、「二つありける鷹の、伊良胡渡りをすると申けるが、一つの鷹は留《とど》りて、木の末に掛りて侍ると申しけるをきゝて」という詞書《ことばがき》があり、鷹渡りにくわしい土地の人が説明するのを聞いて詠《よ》んだのであろう。「巣鷹」は若鳥、「山帰り」は成鳥のことを指すそうで、若い鷹が上昇気流に乗って勢よく飛立って行くのを、不安げに見送った親鳥は山へ帰り、風待ちをしているという意味である。それにつづいて同じような危惧《きぐ》を詠んだ歌がある。

はし鷹のすずろがさでも古るさせて

据ゑたる人のありがたの世や

　こちらの方は少々わかりにくいが、「はし鷹」は鷹狩に用いるはやぶさの類で、「すずろがさでも云々《うんぬん》」は、鷹につける鈴を縁語に、そわそわする落着きのない気持を現しており、軽卒な人間ばかり多くなって、経験を積んだ人（この場合は鷹匠）が少なったことを嘆いている。両方とも鷹になぞらえて未熟なものを危ぶんだ歌のように思われるが、これはいったい何を意味するであろうか。

　西行には伊良湖で詠んだ歌が四首あるが、そう何べんも伊勢からわざわざ見物に訪れたとは思えない。今度の旅行で私は、浜松から伊良湖へ来てみて、東海道に近いことに驚いたが（車で約一時間十五分）、伊勢から東国へ旅する人々は、昔は殆《ほと》んどこの水路を利用したのではあるまいか。のちに中井氏に会ってそのことを確かめたが、西行が鎌倉経由で陸奥《みちのく》へ行く途上、ここを通ったのは文治二年（一一八六）八月はじめのことであった。新暦では九月下旬に当るから、鷹渡りはその時実見したものにほぼ間違いはない。それにしても、二首とも不安な気持を詠んでいるのは、諸国を流浪《るろう》している義経の身の上をそれとなく案じていたのではなかろうか。西行が鎌倉で頼朝と会ったのは、東大寺の資金を輸送するための交渉にあったようだが、これから秀衡《ひでひら》のもとへおもむく彼にとっては、奥州に対する頼朝の意向を探る心づもりもなかったとはいえまい。そういうことは極力避けて通った西行であったが、和歌の上だけではなく、次第に世間的な名声を獲ち得ていた西行は、俗事に関わることも余儀なくされていたのではないかと想像される。

フェリーは、左に神島を見て、菅島《すがしま》と答志《とうし》島《じま》の間をぬけ、一時間足らずで鳥羽へ着いた。

　伊勢の答志と申《まうす》島には、小石の白の限り侍《はべる》浜にて、黒はひとつも混《まじ》らず、対《むか》ひて菅島と申すは黒の限り侍也《なり》

　菅島や答志の小石分け替へて
　黒白混《ま》ぜよ浦の浜風

この二つの島を詠んだ歌は、ほかに三首あるが、黒白をはっきり分けるのではなく、まぜてしまった方がいいといっているところにも、偏見のない西行の思想を見出《み》《いだ》すことができる。やはりこういうことは現地に行ってみないと実感できないことで、風の

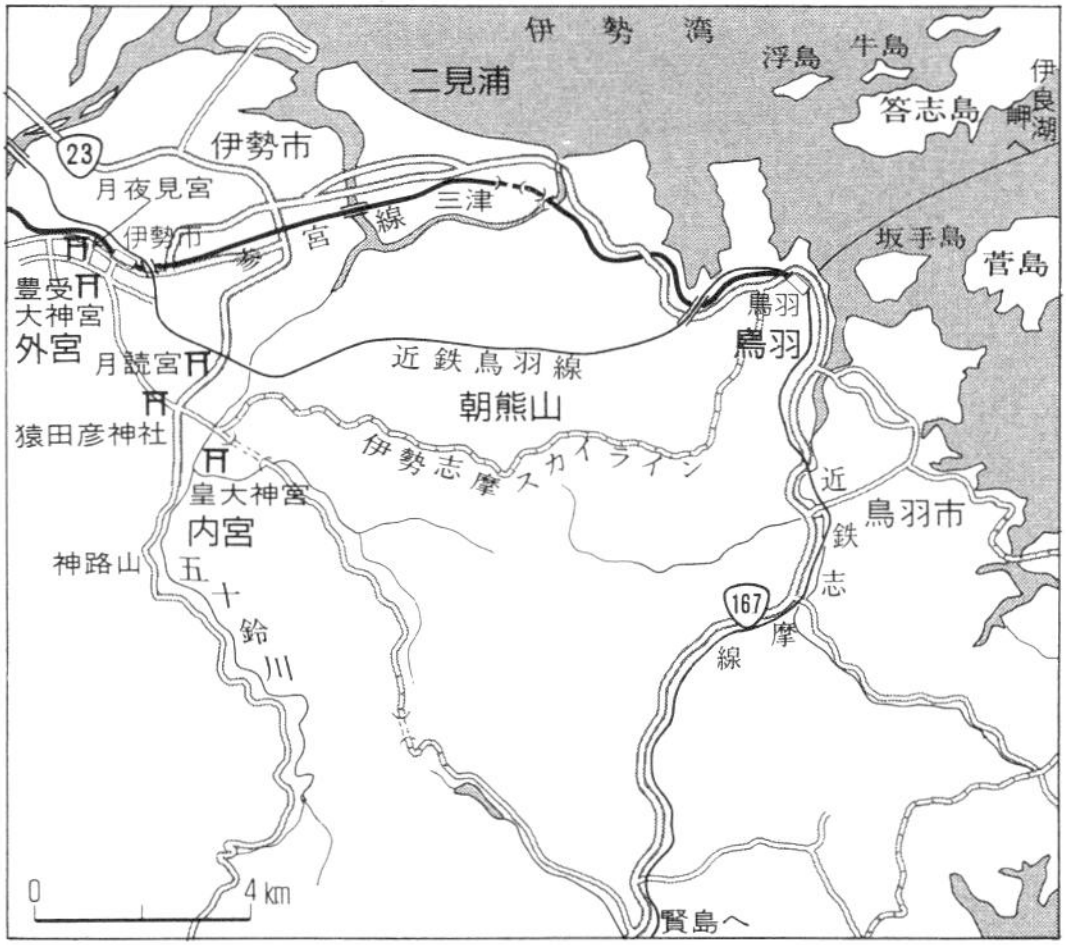

強い伊勢湾に立つ「波の花」にも、秋空に舞う鷹の姿にも、絵のような島々のたたずまいにも、西行のいぶきが感じられるのであった。

中井さんに会ったのはその翌日で、教育委員会の方とともに、西行の庵室《あんしつ》跡へ案内して下さった。

五十鈴川《いすずがわ》は内宮《ないくう》の神路山《かみじやま》から流れて来て、三津の手前で東西にわかれるが、そのほとりに神宮の御園《みその》がある。神宮に供える野菜の類を作っている農場で、そこから五峰山の方へ入って行くと次第に道がせまくなり、車は通れなくなる。しばらくすると左手に樹木の繁《しげ》った丘が見えて来るが、この丘を豆石山《まめいし》と呼び、西行の庵室跡はその中腹にある。今は夏草が生い茂って近づくことはできないが、麓《ふもと》まで芦《あし》が生えているのは入江になっていたらしく、船で出入りすることができたに違いない。

その丘の反対側には、明治年間に御巫《みかなぎ》清生が建立した「西行谷」の碑があるということだが、北側の陰湿な場所なので、日当りも眺望もよい豆石山の安養寺に住んだのではないかと中井さんは推定されている。今はこの寺も失われたが、土地ではアンニャとかアンニョジとか呼ばれており、頂上には経塚があって、最近多くの瓦や仏具が発掘されたという。

もう一つの菩提山神宮寺の庵室跡は、神宮体育館の裏手の山にあり、やはり草が深くて行ってみることはできなかった。中井氏の説によると、西行は主として安養寺に住んでここへ通って来たようで、五十鈴川のほとりに立って、神路山から朝熊山《あさまやま》へとつづく幽邃《ゆうすい》な景色を眺めていると、「深く入りて神路の奥を尋ぬれば」と歌った西行の真意がわかるような心地がする。

浪越すと二見の松の見えつるは
梢《こずゑ》にかかる霞《かすみ》なりけり

の歌で知られる「打越《うちこし》の浜」の近くには、神宮へ供える塩を調製する御塩焼所があり、神宮の神田《しんでん》では、折しも稲刈が行われているなど、ふだんは見られないところを案内して頂いたが、ここにくわしく書けないのは残念である。伊勢の旅行は短時間であったが、やはり来てみてよかったと思う。私は頭がにぶいせいか、机の上で考えているだけではつかめないことが多いのである。

西行は、ちょうど今頃、――旧暦の八月はじめに鳥羽を船出して、伊良湖へ上り、浜松から東海道の袋井、掛川を経て小夜の中山を越えたのであった。

あづまのかたへ、あひしりたる人のもとへまかりけるに、さやの中山見しことの昔に成たりける、思出られて

年たけて又越ゆべしと思ひきや
命なりけりさやの中山

詞書にある「あひしりたる人」とは、秀衡のことを指すのだろう。この時西行は六十九歳で、四十年以上も前に、はじめて小夜の中山を越えた日のことを憶《おも》い出して、

はげしく胸にせまるものがあったに違いない。その長い年月の経験が、つもりつもって「命なりけり」の絶唱に凝結したのであって、この歌の普遍的な美しさは、万人に共通するおもいを平明な詞で言い流したところにあると思う。芭蕉は延宝四年（一六七六）にここを通り、西行の歌を踏まえて「命なりわづかの笠の下涼み」と詠じ、言い得て妙とは思うものの、西行の歌の大きさと深さには比すべくもない。「又越ゆべしと思ひきや」で一旦《いったん》息を切り、あらためて「命なりけり」と嘆息するように歌いだす、その瞬間の微妙な間《ま》に、蕭々《しょうしょう》と吹きすぎる松風の声を聴くのは私だけであろうか。

小夜の中山は、古今集の東歌に、「甲斐が嶺《ね》をさやにも見しがけけれなく横ほり臥《ふ》せるさやの中山」と詠まれて以来の歌枕《うたまくら》であった。「けけれなく」は「心なく」の東国訛《なま》りで、甲斐の山（白根ともいう）をはっきり見たいものだが、小夜の中山が間に横たわって邪魔をしている意で、山にたとえた恋歌と解されている。「横ほり臥せる」の形容が示すように、両側からせまい峡谷にはさまれた難所であって、吉田東伍氏は、狭谷《さや》から出た名前ではないかといわれている。現在は東海道も東名高速も南側を通っているので、忘れられた名所になってしまったが、私の若い頃はまだ難所の趣きを多分にとどめており、特に頂上近くの急カーヴは、車で行くと肝を冷やしたものである。

そんなこともう知っている人は少くなったであろう。この度訪れてみて、まったく景色が一変したことに私は驚いた。頂上の神社は昔のままだが、周囲は開墾されてなだらかな茶畑と化し、舗装された道路には危険な個所など一つもない。わずかに残っているのは久延寺《くえんじ》という古刹《こさつ》と、そのかたわらにある茶店のみで、茶店には九十四歳になるというお婆《ばあ》さんが一人で住んでいた。昔の山道を知っているのはこの人だけで、あの九十九折《つづらおり》の急坂を、よくぞ自動車で越えて来たものだと、五十年も前の暴挙を褒《ほ》めてくれるのであった。

小夜の中山の辺り

小夜の中山は、夜啼石《よなきいし》で知られているが、それには諸説あって、いずれとも定めがたい。私がおもうに、夜啼石は、はじめは神が降臨した岩座《いわくら》であったのが、夜泣くという奇怪な伝説が付加され、盗賊に殺された妊婦がここで赤子を産み、その赤子が石の上で泣いていたのを、久延寺の坊さんが水飴《みずあめ》で育てたという逸話に発展したのであろう。今でも茶店では本物の水飴を売っており、お婆さんに聞くと、正月元旦には、名古屋や沼津方面から、初日の出を拝みに来る客で殺到するという。小夜の中山の地名を「日坂《にっさか》」といい、麓に日坂八幡社が建っているのは、太陽信仰とゆかりのある聖地だったに違いない。かつての東海道が、南側の平地を通らずに、わざわざ険阻な峠を越えたのは、そういう信仰が生きていたからではなかろうか。越えがたい難所であればこそ、西行も「命なりけり」の感を深めたので、当時の西行よりいたずらに長生きをした私にも、このひと言は身にしみるのであった。

富士山もここから望めるとお婆さんは東北の方を指さしたが、その日は曇っていて見えなかった。帰りに私たちは金谷《かなや》へ降りて大井川を渡り、旧東海道を、藤枝、岡部を経て静岡で東名に乗ったが、無性格な高速道路より、旧道の方が趣きがあって、どれほど面白いかわからない。

東《あづま》の方《かた》へ修行《すぎやう》し侍りけるに、富士の山をよめる

風になびく富士の煙《けぶり》の空に消えて
ゆくへも知らぬわが思ひかな

小夜の中山を越える西行「西行法師行状絵詞」

この歌も、先の小夜の中山の歌も、新古今集と西行法師家集に見えるだけで、山家集にはのっていない。ということは、たぶん伊勢で山家集を編纂《へんさん》した後の作で、二度目に奥州へ旅をした時の歌であることは間違いない。西行は「富士」の歌を自讃歌《じさんか》の第一にあげていたと、慈円の「拾玉集《しゅうぎょくしゅう》」は伝えている。この明澄《めいちょう》でなだらかな調べこそ、西行が一生をかけて到達せんとした境地であり、ここにおいて自然と人生は完全な調和を形づくる。万葉集の山部赤人の富士の歌と比べてみるがいい。その大きさと美しさにおいて何の遜色《そんしょく》もないばかりか、万葉集以来、脈々と生きつづけたやまと歌の魂の軌跡をそこに見る思いがする。西行が恋に悩み、桜に我を忘れ、己が心を持てあましたのも、今となっては無駄なことではなかった。数奇《すき》の世界に没入した人は、数奇によって救われることを得たといえるであろう。「これぞわが第一の自讃歌」といったそのほんとうの意味合いは、これぞわが辞世の歌と自分でも思い、人にもそう信じて貰《もら》いたかったのではあるまいか。のちにこの歌は「富士見西行」の民画となって流布されて行ったが、無意識のうちに大衆の心の中で、富士は西行を象徴する霊山として切り離すことのできぬ存在となったに違いない。

西行には富士を詠んだ歌がほかにもある。

いつとなき思ひは富士の煙にて
折臥す床や浮島が原

また、「海辺の月」という題のもとに、

清見《きよみ》潟《がた》月すむ空の浮雲は
富士の高嶺の煙なりけり

というのだが、これははじめて奥州へ旅をした時か、または歌枕（清見潟・浮島が原）によっただけのもので、若い時の作であることは明らかだ。同じように「富士の煙」を詠んでいても、これらの歌はまるで生きていない。といって、まずい歌の例にあげたわけではなく、歌の形はととのっているのだが、「心から心にものを思はせて」、迷いに迷っていた頃の西行の姿を何とよく現していることだろう。そういう迷いがあったから、――具体的にいえば、このような歌を詠んだから、最後には「富士の煙」と同化することができたので、西行の心の迷いとは、いわば彼の体内に蓄積されていた一種のエネルギーに他ならない。迷うのは誰でもやることだが、ふつうはいいかげんのところで妥協して終るのに、徹底的に迷いぬいたところに西行の特色があるといえよう。

小夜の中山の歌と、富士の歌は、私にはひとつづきのもののように思われてならない。昼なお暗い険阻な山中で、自分の経て来た長い人生を振返って、「命」の尊さと不思議さに目ざめた西行は、広い空のかなたに忽然《こつぜん》と現れた霊峰の姿に、無明《むみよう》の夢を醒《さ》まされるおもいがしたのではないか。そういう時に、この歌は、一瞬にして成った、もはや思い残すことはないと西行は感じたであろう。自讃歌の第一にあげた所以《ゆえん》である。

鎌倉まで何日かかったか知らないが、文治二年八月十五日、西行は無事到着した。当時の有様を「吾妻鏡」は次のように記している。

その日、頼朝は鶴ヶ岡八幡宮に参詣《さんけい》していたが、一人の老僧が鳥居のあたりを徘徊《はいかい》しているので、恠《あや》しんで名字を問うと、「佐藤兵衛尉義清法師、今は西行と号す」と答えたので、頼朝は参詣した後謁見《えっけん》し、和歌のことを尋ねたいと伝えた。――このたりいかにも頼朝に見つかることを予測して、わざとうろついていたようにみえるが、俗名を名のったのも、かつての勇名を関東武士に印象づけるためではなかったか。

頼朝は西行を招くために早々に館《やかた》へ帰り、夜を徹して歓談に及んだ。先《ま》ず歌道と弓馬のことについて、くわしく尋ねたいといったが、その時の西行の人を喰った応待ぶりが面白い。

弓馬に関しては、在俗の間は辛《かろう》じて家風を伝えておりましたが、保延三年（一一三七）八月（実は六年十月）遁世《とんせい》の折、秀郷《ひでさと》以来九代相伝の兵法はすべて焼失してしまいました。罪業のもととなると思いまして、以来何もかも心底に残さず、みな忘却つかまつりました。詠歌の方はといえば、ただ花や月に心が動く時に、三十一字をつらねているだけで、まったく奥儀《おうぎ》というものを知りません。したがって、何も申しあげることはないのですが、折角お召しにあずかったのですから、弓馬の道についてつぶさにお話しいたしましょうと、最初の言とは矛盾したことを平然といってのけたのである。

会見は翌朝までつづいたのであろう、十六日の昼すぎ、頼朝がしきりに留《とど》めるのを、振り切るようにして西行は退出した。その時頼朝は銀作《しろがねづくり》の猫を贈ったが、西行は門外に遊んでいた子供たちに惜しげもなく与えてしまった。――将軍からの拝領物である上、銀無垢《むく》の彫刻なら高価なものに違いなく、公《おおや》けの文書にわざわざこんなことを記したのも、鎌倉武士の度胆《どぎも》をぬいたからだろう。西行が頼朝に会ったのは、俊乗《しゅんじょう》坊重源《ぼうちょうげん》の依頼により、東大寺勧進の砂金を調達するため、奥州に赴くに当り、ついでに鶴ヶ岡に巡拝したのであって、「陸奥守《むつのかみ》秀衡入道は、上人の一族なり」と吾妻鏡は筆を止めている。

吾妻鏡の文章を眺めていると、西行は大変な役者で、鎌倉幕府の面々を煙にまいてしまったらしい。さすがの頼朝も一本参ったことを言外に伝えているが、その人間的な魅力には抗しがたかったことを、紙背に嗅《か》ぐことができるように思う。

ここで私たちは、俊乗坊重源（一一二一―一二〇六）と西行の間に交遊があったことを知るが、彼は浄土宗の僧、というより聖《ひじり》的な人物で、三度入宋《にっそう》して土木建築の技を学び、民衆の教化《きょうげ》や救済に力をつくしたという。だが一方では、奈良時代の行基を想わせるような謎《なぞ》めいた人物で、入宋三度というのも眉唾《まゆつば》物だといわれるが、東大寺再建のような大事業には、そういう一種の宣伝屋を必要としたに違いない。特に伊勢大神宮へ祈願するために、大般若経二部を書写し、東大寺の衆徒《しゅと》七百人を召し連れて参詣した時は人目を驚ろかした。その時伊勢にいた西行に、奥州行きを依嘱したというのが大方の定説になっているが、目崎氏は、重源が高野山に止住した時期が、西行と重なるので、蓮華乗院の建立《こんりゅう》に示した彼の力量を高く評価したのであろうといわれている（『西行』人物叢書《そうしょ》）。

　西行は誰とでも付き合ったから、そんなこともあったかも知れない。これも目崎氏がいわれるように、東大寺を焼討ちしたのは平重衡《しげひら》で、その罪滅ぼしのために一役買う気になったとも考えられるが、西行の気性としては、誘いがあればいつでも旅に出たかったのではなかろうか。七年以上も同じところに住んでいれば、伊勢もまた「住み憂《う》く」なったであろうことは想像に難くはない。そして、おそらくこれが最後の長旅となることを知って、一木一草にも名残を惜しんだ優しさがあのような美しい歌に結晶したのであろう。

西行がいつ秀衡と会見し、いつ陸奥《みちのく》を去ったか、不明である。だが、その年（文治二年）の十月には、砂金四百五十両が都へ到着したというから、重源との約束は果されたに違いない。帰京後はどこへ行ったか判《わか》らないが、嵯峨でしばらくすごしたことは、第二章に記した「たはぶれ歌」の詞書《ことばがき》によって知ることができる。たぶんその頃のことだろう、すべてを富士の煙とともに空に帰した西行は、和歌と訣別《けつべつ》する決心をした。このことは慈円の拾玉集にはっきりと記されている。

円位上人無動寺《むどうじ》へのぼりて、大乗院の放出《はなちで》に湖《うみ》を見やりて、

にほ照るや凪《な》ぎたる朝に見わたせば
漕《こ》ぎゆく跡の波だにもなし

帰りなんとて朝《あした》の事にてほどもありしに、今は歌と申すことは思ひ絶えたれど、結句をばこれにてこそつかうまつるべかりけれと詠《よ》みたりしかば、ただに過ぎがたくて和し侍りし

ほのぼのと近江の浦を漕ぐ舟の
跡なき方に行く心かな　　慈円

円位上人は西行のことで、無動寺は比叡山千日回峯《かいほう》の行場である。慈円は摂政関白《せっしょう》兼実《かねざね》の弟で、のちに天台座主《ざす》となったが、西行より三十七歳も年下だったから、まだこの頃は無動寺で修行中の身であったらしい。そこへ西行が訪ねて来て、大乗院のベランダから、琵琶湖の朝景色を賞讃したのである。

——「にほ照る」は、琵琶湖のことを「鳰《にほ》の海」ともいったので、その美しさの形容である。照りかがやくように凪《な》いだ湖の面を眺めていると、漕《こ》いで行く船も波一つ立てないという意味で、静かで満ち足りた気持を現しているが、この歌は万葉集にある沙弥満誓《さみまんぜい》の、「世間《よのなか》を何にたとへむ朝びらき漕ぎ去《い》にし船の跡なきがごと」を下敷きにしており、それはそのまま今の西行の心境でもあった。

その時西行は既に帰ろうとしていたが、もう歌を詠むまいと決心していたものの、最後の歌はこういうところでこそ詠みたいものだといったので、無下に帰すのはしのびがたくて、慈円は和したというのである。

老人と若者のうるわしい友情を物語っているが、琵琶湖の朝景色はその場面にひとしお情趣をそえ、西行の数奇心をさそったであろう。「今は歌と申すことは思ひ絶えたれど」といっているのは、勝手に止《よ》したわけではなく、起請文《きしょうもん》まで書いて絶ったということが、同じく拾玉集にのっているが、ほかにもいくつか詠んだ形跡はあり、数奇のためとあらば、神の誓いに背いて罪を得ることも、まったく意に介さなかったところに、西行の強さといさぎよさと、あえていうなら面白さも見ることができる。

虚空の如くなる心

西行の「聞書集」に「地獄絵を見て」の連作がある。源信の「往生要集」による十界図とか、地獄草紙の類を見て詠《よ》んだもので、平安末期から鎌倉時代へかけて、この種の絵巻物や屏風絵《びょうぶえ》が盛んに造られていたらしい。それについては多くの学者の研究があるが、私がはじめてこの連作に接したのは、小林秀雄の『西行』の一節であった。

見るも憂《う》しいかにかすべき我心
かかる報いの罪やありける

の歌をひき、「こういう歌の力を、僕等は直かに感ずる事は難かしいのであるが、地獄絵の前に佇《たたず》み身動きも出来なくなった西行の心の苦痛を、努めて想像してみるのはよい事だ」といっている。

それにつづいて小林さんは、「黒きほむらの中に、をとこをみな燃えけるところを」の詞書《ことばがき》を持つ歌を五首あげている。

なべてなき黒きほむらの苦しみは
夜の思ひの報いなるべし

わきてなほ銅《あかがね》の湯のまうけこそ
心に入りて身を洗ふらめ

塵灰《ちりはひ》にくだけ果てなばさてもあらで
よみがへらする言の葉ぞ憂き

あはれみし乳房のことも忘れけり
わが悲しみの苦のみ覚えて

たらちをの行方を我も知らぬかな

同じほのほにむせぶらめども

いずれも地獄の猛火の中で苦しんでいる男女を描いたもので、焼けて塵灰になったかと思えば蘇《よみがえ》り、蘇るとまた火の中へ連れ戻される。自分の父母も、同じ炎にむせんでいるであろうに、その行くえを今は知ることもできない、と悲しんでいるのである。

西行が「地獄」を詠んだのはこれがはじめてではなく、山家集の「六道」の中にも見られるが、地獄絵の歌の方がはるかに真に迫っており、なぜ晩年になってこのように凄惨《せいさん》な状景を詠まねばならなかったのか、それが私には不思議であった。もっとも晩年の作かどうかほんとうの所はわからないのであるが、再度みちのくへ旅をした後の歌であることは、山家集に一つも入っていないのをみても想像はつくのである。

起請文《きしょうもん》まで書いて歌を断ったのは、その後のことだろうが、保元・平治の乱から源平合戦につづいて、つい先達おとずれた平泉の藤原一族も、義経の一党も、既にこの世になかったことは感慨無量であったに違いない。また、崇徳院《すとくいん》の堕《お》ちた魔性の世界も、僧侶《そうりょ》たちの犯す破戒の罪も、「夜の思ひ」の堪えがたさも、現世における地獄の種々相を西行は見つくしていたのである。

それにしても、すべての迷いを富士の煙とともに昇華させた人にとって、なおこのような煩悶《はんもん》があるのは解《げ》せないが、この連作をくり返し味わっていると、何となく私にはわかって来るものがある。小林さんがいうように、「心の苦痛」を感じたことも事実であろうが、その苦痛を乗超えて、地獄へ堕ちた人々を救いたいという切なる願望があったのではないか。地獄絵の歌は全部で二十七首もあるが、今あげた五首のあとに、がらりと趣きの変った歌があらわれる。

こころをおこす縁たらば阿鼻の炎の中にてもと申す事を思ひいでて

阿鼻地獄　「六道絵」
鎌倉時代　聖衆来迎寺蔵

ひまもなき炎《ほむら》のなかの苦しみも
心おこせば悟りにぞなる

これは往生要集その他にある「阿鼻地獄」の教えで、一念発起するならば地獄の業火も清浄な蓮《はちす》の池に変る、すなわち悟りを開く機縁となるであろう、という歌で、次の一首も同じ趣意を詠んでいる。

光させばさめぬ鼎《かなへ》の湯なれども
はちすの池になるめるものを

また、「三河の入道、人すすむとて書かれたる所に、たとひ心にいらずとも、おして信じならふべし。この道理を思ひいでて」の詞書のもとに、左のような歌もある。

知れよ心思はれねばと思ふべき
ことはことにてあるべきものを

「三河の入道」は大江定基《さだもと》（?―一〇三四）が出家した後の呼名で、人に仏道を勧めた時の言葉に、たとえ心に納得しなくても無理にでも信ずるべきだ、と書いていたのを思い出して詠んだとある。「ことはことにて」とは、「事は異にて」の意で、信じなくてもいいから、仏門に入った方がいい、「知れよ心」と強い詞を用いているのは、自分自身に言い聞かせているような趣きがあり、老年に至ってもまだ仏道に入り切れなかった西行の本心を明かしているように思う。

おろかなる心の引くにまかせても
さてさはいかにつひの思ひは

これは西行の死後、新古今集に撰《えら》ばれた歌で、煩悩《ぼんのう》にみちた愚かな心に身を任せていて、さて死ぬ時の覚悟はいかがなものであろうかと、自問自答している。前の歌と対をなしているが、たとえ西行といえども、臨終の正念場の思いを予測することはできなかった。いや、人間というものは、生きているかぎり、最期《さいご》まで煩悩から逃れることはできぬ、人間はそんなに強いものではない、そのことを「おろかなる心」といったのである。そして、「おろかなる心」と熟知していればこそ富士の煙にすべてを任せることができたので、西行はもう若い頃のように迷ってはいず、動じてもいない。西行にとっての煩悩とは、いうまでもなく数奇《すき》の道に徹することで、事実彼はそのようにして死ぬのである。

「地獄絵を見て」の中には、長い詞書を持つものもあって、あたかも一つの物語のような観を呈している。特に怖《おそろ》しい筈《はず》の鬼が、意外と優しい心を持っており、罪人に向って、こんな所へ二度と帰って来てはいけないとさとしたのに、また舞い戻ったのはお前が悪いからなのだ、誰も怨《うら》んではいけないよと、「あらき目より涙をこぼして」地獄の門をあけながら教える場面など、西行の創作によるとしか思われない。

その扉からは燃えさかる火がおそいかかって、罪人を炎の中にひきずりこむが、地獄の扉をしめた獄卒が、「うちうなだれて帰るけしき、あらきみめには似ずあはれなり」という描写には、何ともいえぬユーモアが感じられる。そういえば、現存している地獄絵の鬼にはどこか愛すべきところがあり、一種の余裕をもって描かれているが、最後には菩薩《ぼさつ》が現れて罪人を成仏《じょうぶつ》させる。西行の詞書にある獄卒も、「ただ地獄菩薩を頼みたてまつるべきなり」、「地獄菩薩とは地蔵の御名なり」と御ていねいに説明まで加えており、その一事をもってしても、この連作が地獄に堕ちた人々の救済のために書かれたことは明白である。けっして小林さんがいうように、地獄の苦のみを歌ったのでなく、そこには救われる道もあることを示唆《しさ》している。「地獄絵を見て」の二十七首は、いわば西行が経て来た心の歴史なのだ。物語の体をなしているのはそのためで、最後はこのような歌でしめくくっている。

すさみすさみ南無ととなへしちぎりこそ
　奈落が底の苦にかはりけれ

朝日にやむすぶ氷の苦はとけむ
　むつのわをきくあか月の空

「すさみすさみ」の歌なども、うっかり読んでいた頃は、遊び半分に南無阿弥陀仏と称《とな》えていた罪によって、奈落の底に堕ちてしまったという風に解していたが、それは逆で、遊び半分にでも称えていた縁によって、奈落の底の苦から救われる因《もと》となった、というのである。

次の一首は、朝日の前に、氷りついた苦悩もとけてしまう意で、「むつのわ云々《うんぬん》」

は、錫杖《しゃくじょう》についている六個の輪の音が、暁の空にひびきわたって、無明の夢からさめるという歌である。ここにいう「朝日」を、大日如来《だいにちにょらい》と解そうと、天照大神《あまてらすおおみかみ》と思おうと、それはうけとる人の自由であるが、悟達に至った悦《よろこ》びを謳歌しており、ここにおいて神と仏、数奇と仏道は完全な一致をみる。西行が歌を詠むことを止《や》めたのは、この連作が完成した時ではないかと私は思っている。

高雄の神護寺に明恵を訪ねたのもその頃のことだろう。聞書集に、「嵯峨にすみけるに、たはぶれ歌とて人々よみけるを」の連作の中にこのような歌がある。

たかをでらあはれなりけるつとめかな
やすらひ花とつづみうつなり

「やすらひ花」というのは鎮花祭の一種で、現在は京都の今宮神社でしか行われていないようだが、当時は神護寺でも法華会《ほっけえ》に付随した行事であったと聞く。西行が文覚《もんがく》と出会ったのも法華会であったから、これはその時詠んだ歌だったかも知れない。いかにも春の夕べの物悲しい情緒が、鼓《つづみ》の音にのってゆるやかに流れてくるような調べである。

西行は文治五年（一一八九）嵯峨から河内《かわち》の弘川寺《ひろかわでら》に移り、翌建久元年に没したので、明恵と会っていたとすればその二、三年の間のことだろう。明恵はわずか十六、七歳で、大方の史家は、明恵の叔父であり、師でもあった歌人の上覚《じょうがく》と交遊があったと推定されているが、当時十六、七歳といえばもう一人前の大人で、ことに早熟な明恵は、高雄での修行にあきたらず、寺を出て山に籠《こも》りたいと思っていた程だから、西行の言葉には熱心に耳をかたむけたに違いない。

明恵上人の伝記に、西行の唯一《ゆいいつ》の歌論ともいうべきものが記されていることは、第一章に述べたが、それについて目崎徳衛氏は次のようにいわれている（『西行の思想史的研究』）。読者には申しわけないけれども、重要なことなので、もう一度くり返し書いておきたい。アルファベットを付したのは目崎氏である。

西行法師常に来《きた》りて物語りして云《い》はく、(A)我が歌を読むは、遥《はるか》に尋常に異なり、(B)華《はな》・郭公《ほとゝぎす》・月・雪都《すべ》て万物の興に向ひても、凡そ所有相《あらゆるさう》皆是《こ》れ虚妄《こまう》なること眼に遮り耳に満てり。又読み出す所の言句は皆是れ真言《しんごん》にあらずや、華を読むとも実に華と思ふことなく、月を詠ずれども実に月とも思はず、只此《ただこ》の如《ごと》くして、縁に随《したが》ひ興に随ひ読み置く処《ところ》なり。紅虹《こうこう》たなびけば虚空いろどれるに似たり。白日かゞやけば虚空明かなるに似たり。然《しか》れども虚空は本明かなるものにもあらず、又色どれるにもあらず。(C)我又此の虚空の如くなる心の上において、種々の風情《ふぜい》をいろどると雖《いへど》も更に蹤跡《しょうせき》なし。(D)此の歌即《すなは》ち是れ如来《にょらい》の真の形体なり。されば一首読み出《い》でては一体の仏像を造る思ひをなし、一句を思ひ続けては秘密の真言を唱ふるに同じ、(E)我れ此の歌によりて法を得ることあり。若《も》しこゝに至らずして、妄《みだ》りに此の道を学ばゝ邪路に入るべしと云々《うんぬん》。

(A)自分が和歌を詠むのは、「世ノ常」の歌人と遥かに異る立場である。

(B)(「世ノ常」の歌人は)「万物」の虚妄《きょもう》の相を見聞するのみで、詠む歌句はすべて「真言」でない。(以下、この点を詳細に述べている)

(C)自分も(かつては)この「虚空如ナル心」で数奇にふけっていたが、今やそれは「蹤跡」(あとかた)もなくなった。

(D)(そもそも)和歌は如来の真の形体であり、歌を詠むことは仏像を造り秘密の真言を唱えるにひとしい。

(E)自分はこの歌によって仏法の悟りを得た。(あなた方も)この例に従わねば、邪路に入るであろう。

以上が目崎氏の解釈であるが、氏は西行にくわしい学者であるから、この説は正しいに違いない。とすれば私が間違っていたことになり、前言を訂正せねばならないが、この二年間考えつづけたあげく、何としても私は違う風にしか読めないのだ。くり返しておきたいといったのはそういうわけで、少々面倒でも聞いて頂きたい。

先ず(A)と(D)と(E)は問題ないが、(B)の「世の常の歌人は」以下の説に私は疑問を持つ。というのは、万物の虚妄の相を見聞しているのは、西行自身であり、「世の常の歌人」とは異なる自分の在りかたを力説しているように受けとれるからだ。

その異なる点は、花鳥風月その他の万物に興味をもっていても、世の中のあらゆるものは架空の存在であることは耳目に満ちている。それらのものを歌に詠むということは、「皆是れ真言にあらずや」。この「非ヤ」を目崎氏は「非也」と解して、「真言ではない」意味にとっておられる。(以下、この点を詳細に述べている)件《くだ》りを訳してみると、――自分は花を詠んでも実は花と思うことなく、月を詠じても実は月とも思わず、ただ縁にしたがい興のおもむくままに歌っているにすぎない。美しい虹がたなびけば虚空は彩《いろど》られ、日光が輝けば虚空が明るくなるのと同じである。自分はこの虚空のような心をもって、種々の風情を彩っているといっても、(虚空には色も形もないのだから) あとには何も残らない。

そこで、「此の歌即ち是れ如来の真の形体なり」と自信をもって言い切っているが、広大無辺の虚空こそ如来の真の形体と呼べるのではないか。だが、目崎氏はそういう風には解釈せず、(C)西行も(かつては)この「虚空如ナル心」で数奇にふけっていたが、今やそれは「蹤跡」(あとかた)もなくなったといわれる。この文章のどこに「かつて」という詞があり、西行が過去をふり返って反省しているような気色が見えるというのだろう。

世の中のあらゆるものは架空の存在であるとは、当時の常識として誰でも知っていたことなのだ。でなければ「仮の姿」とか、「仮の宿」などという思想が通用した筈はない。自分が世の常の歌人と違うのは、すべては「空」と悟った時点において歌を詠んでいるからで、「種々の風情をいろどると雖も更に蹤跡なし」ここが大事なところであって、西行はたしかに歌を愛していたけれども、世の常の歌人たちのように、後に残そうなんて考えは毛頭なかった。別言すれば、歌を詠むことは、西行の人生そのものであり、詠んだあとは消えてなくなるべきものであった。でも歌は残ったではないか、といわれるかも知れない。それは「虚空の如くなる」無色透明な立場で詠んだから、後世の人々の心を打ったので、歌によって名声を得ようと思ってはいなかった。もし思っていたら、あんなにまずい自己告白なんかはしなかったに違いない。

もっともそういう自覚に達したのはかなり晩年のことだろう。人は自分の理想を果たした後で、果たしたことに思い当るのであって、たとえば富士の歌なども、詠んでみてはじめて自讃歌の第一に値いするものであることを悟ったと思う。名実ともに富士の歌は、虚空の如き心の表徴であり、如来の形体に比すべきものではなかったか。ここにおいて、「一首読み出でては一体の仏像を造る思ひをなし、一句を思ひ続けては秘密の真言を唱ふるに同じ」という詞が生きて来る。西行は、数奇という無償の行為に命を賭《か》けていたのである。だから歌によって法を得ることができたので、幽玄だの余情だのにかまけて歌道を学んだところで、ろくなことはないといったのである。

西行が歌合せに参加しなかったのは、生きることに全力をかたむけていたからで、技巧を競い、優劣を争う宮廷人の付合いをわずらわしく思ったために他ならない。歌合せにはさまざまの方法があったが、簡単にいうと、歌人たちが左右に分れて、一首ずつ歌を詠み、選者が勝負をきめるのがふつうのやり方であった。「古今著聞集」その他によると、西行は晩年に、自分が詠んだ歌の中から、七十二首を撰び、三十六番に番《つが》わせて、「御裳濯川歌合《みもすそがわ》」と名づけ、俊成に判詞を依頼した。また別の一巻を、「宮河歌合」と呼び、俊成の子の定家に判を乞うた。自分の歌を番わせることを、「自歌合せ」というが、西行をもって嚆矢《こうし》とするようである。彼は他人と競争するかわりに、自分自身と対決したといっても過言ではないと思う。

古今著聞集は、「諸国修行の時も、笈《おひ》に入れて身をはなたざりける」と伝えているから、みちのくへ旅をした時も肌身離さず持って歩き、よほど執着していたとみえる。このことは、「更に蹤跡なし」という詞と矛盾するように聞えるが、はじめから辻褄《つじつま》が合うような人生を送ることに西行は興味がなかった。晩年になって、自歌合を試るような心境になったのは、自分とは歌境を異にする宮廷歌人が、どのように評価するか、興味があるとともに、自分の信じている歌道を世間のハカリにかけて、後世の人々に問いたいと希《ねが》ったのではあるまいか。何といっても俊成は当代一の歌よみで、定家も既に頭角を現していたから、この二人に批評して貰《もら》うことは名誉なことであり、その点に関して西行はいささかの私心も持たなかった。御裳濯川は五十鈴川の別名で、この歌合は内宮《ないくう》に、宮河歌合は外宮《げくう》に奉納するつもりでいたから、それにふさわしい選者を必要としたのである。

俊成の判詞は文治三年（一一八七）に成ったが、当時二十六歳であった定家はなかなか筆を下すことができなかった。ここに掲げた消息は、西行が俊成にあてて、その催促を記したもので、「じゞうどの」（侍従殿）は定家のことである。西行は既に七十歳に達しており、おそらく最晩年の書であろうが、実に軽く、自由自在に書き散らしているのが美しい。

それとは別に「定家卿《きやう》にをくる文」という消息もある。自筆の原文は残っていないが、宮河歌合の判詞の草稿を定家から送って来た時、西行が大そう喜んで礼状をしたためた上、自分の意見を述べた。歌論というのではないが、そこには西行の遺言ともいうべきものが記されているので、引用しておきたい。

宮河歌合九番にこういう歌がある。

左

世の中を思へばなべて散る花の
わが身をさてもいづちかもせむ

右

花さへに世をうき草になりにけり

散るを惜しめばさそふ山水

それに対する定家の判詞は、「右歌、心ことばにあらはれて、すがたもいとをかしく見え侍《はべ》れば、山みづの花の色、心もさそはれ侍れど、左歌、世中をおもへばなべてといへるより、をはりの句のすゑまで、句ごとにおもひいれて、作者の心ふかくなやませるところ侍れば、いかにも勝ち侍らむ」というのであった。判詞にも一定の形式があり、「作者の心ふかくなやませるところ」などという詞はかつて使われたことはないので、西行はいたく感激した。そして定家に会いたいと思った。「もし命いきて候はば、かならずわざといそぎまゐり候べし」とまでいっているのは、その時西行は既に病床にあり、やっと頭をもたげて、休み休み二日がかりで読むという状態だったのである。

この草稿の原文も残っていないので、詳細を知ることはできないが、定家は右歌の「散るを惜しめば」を、「春を惜しめば」に直してはどうかと提案したらしい。それについて西行は、苦しい息の下からこう答えた。

――右の歌の「春を惜しめばさそふ山水」の「春」の文字、微妙に美しく聞えます、心もこもっており、面白く思います云々と、言葉をつくして定家の炯眼《けいがん》を賞讃した後、

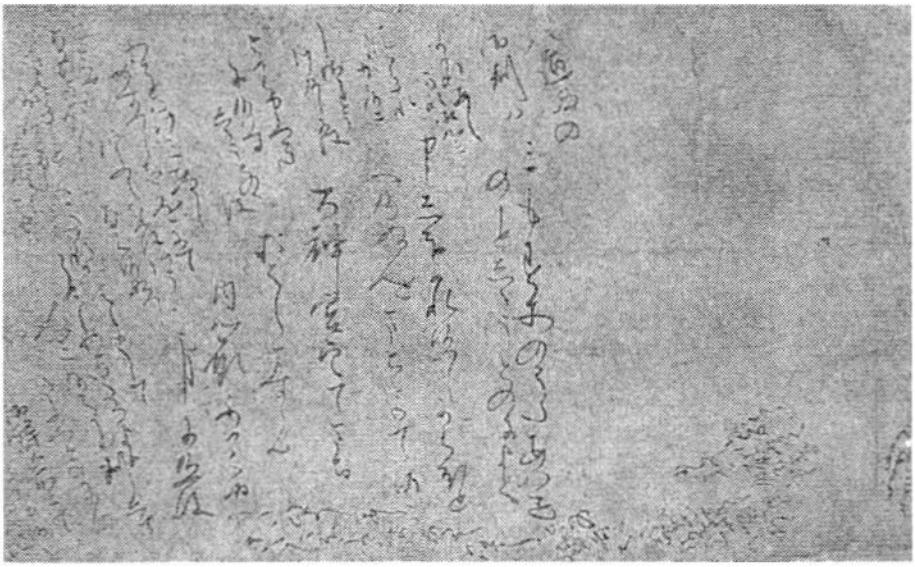

西行　仮名消息
みもすそうたあはせのこと
文治四、五年（一一八八、八九）
三の丸尚蔵館蔵　下はその釈文

みもすそのうたあはせのこと、じゞうどのに、よく申しをかれ候《さうらふ》べし。かくほどへ候ぬ。人〳〵まちいりて候。大神宮定（め）てまちおはしますらん。内心（の）願、ふかく候事に候へば、

入道殿の御判は、よかれあしかれ、御心にいれいらざれ申候にし御こと、うけ候しかば、とかく申べきに候はず。じゞうどのへは、わざとはげみおぼしめすべし。をろ〳〵にてさぶらはんは、けうなく候ぬべし。こがれおはしましてこそ、しわきたるより、人み候ばかり判してたぶべきに候。御宝前にて、よみ申候はんにも、

かみかぜなびきおはしまさんずることに候と申しおはしませ。うたのよしあしは、さたにをよばず候。たゞ御心ざしをかの宝前にはこびまいらせさせおはしまつるべき事に候と、よく申させおはしませ。願ふかく候。かた〴〵あなかしこ。

った、「かく申し置き候ひて後、又、一きは更に唯今思ふ事の候」と突然開き直る。開き直ったわけではなかろうが、そんな風に聞えるところに西行の怕《こわ》さがある。

彼はつづける、――やはり右の歌は、「春」ではなくて、「散るを惜しめば」でなくてはならない。それは全体の歌の姿の、「花さへに世をうき草に……」とつづけたあとの、「軽き趣き」が大事なのだ、と。

山本健吉氏は、「『軽み』と『重み』と」（「新潮」一九七七年一月号）の文章の中で、〈散る〉と〈春〉とは一字の違いに過ぎない。だがこの一字の違いに、歌ががらりと違ってくるのに、西行は眼を見張った」といわれたが、眼を見張ったのは実は山本さんだったであろう。発見の悦《よろこ》びとは、新しい資料を見つけることではなく、言い古された言葉の奥に秘められた思想に驚くことである。「春を惜しめば」とすることで、定家の妖艶《ようえん》な情緒は濃厚に漂ってくるが、「散るを惜しめば」と歌えばそこに動きが出てくる。軽さが感じられる。定家と西行のどうしようもない本質的な違いであり、西行がいくら口をすっぱくして説いても、しょせん定家にその真意は通じなかったであろう。さすがに定家は先輩を立てて、宮河歌合では元のままにしておいたが、ほんとうに納得したかどうかは疑問である。

それは文治五年秋のことで、翌建久元年（一一九〇）二月十六日、西行は弘川寺において七十三年の命を終った。その報に接した都の人々の間には、一大センセーションを巻き起した。

「ねがはくは花の下にて春死なむ」と歌った人が、あたかも「そのきさらぎの望月」、釈迦《しゃか》入滅の頃に死んだというので、俊成以下名のある歌人たちはみな感動して、多くの歌を残した。以来、「ねがはくは」の歌が西行の辞世の句となって今に伝わったが、地下の西行は苦笑しているのではあるまいか。花を愛するあまり、いっきに詠み下したこの歌には、それなりの魅力はあるが、何となくロマンティックに流れた嫌《きら》いがあり、人を沈黙させるような美しさに欠ける。御裳濯川歌合の俊成の判詞にも、「ねがはくはとをきて、春死なんといへる、うるはしき姿にはあらず、此ていにとりて、かみ下あひかなひ、いみじくきこゆなり」といい、

弘川寺の西行の墓

けっして理想的な姿とはいえないが、上の句と下の句が調和して、たくみに聞えるのだと評した。この批評は、めったなことでは動かされない俊成の冷徹な眼を示していると思う。

さすがに慈円は西行の至り得た境地に共鳴して、

風になびく富士の煙にたぐひにし
人の行ゑは空にしられて

と歌い、詞書に「風になびく富士の煙の空にきえて行くゑも知らぬわが思ひかなも、この二三年の程によみたり、これぞわが第一の自讃歌と申し事を思ふなるべし」と記して、富士の歌こそ西行の辞世にふさわしいものであることを示唆《しさ》した（拾玉集）。

新古今集が完成したのは、西行の死後十五年を経たのちで（元久二年—一二〇五）、西行の歌が九十四首も撰《えら》ばれたことは前に述べた。おそらく後鳥羽上皇の強い要請によったのであろう。

西行はおもしろくてしかもこころも殊《こと》にふかくあはれなる、ありがたく、出来しがたきかたもともに相兼てみゆ。生得の歌人とおぼゆ。これによりて、おぼろげの人のまねびなどすべき歌にあらず。不可説の上手なり。(後鳥羽院御口伝)

今もこの批評は生きており、西行の歌を読む度に、「生得の歌人」、「不可説の上手」であることに私たちは思いを致すのである。

そのような評価は一般世間に大きな波紋を及ぼし、西行物語や西行絵巻が次から次へ作られて行った。その殆《ほと》んどが西行を仏教の聖者の如く祀《まつ》りあげているのは、「ねがはくは」の歌によったのはいうまでもないが、当時としてはその方が通りがよかったし、今でも一般の人々はそう思っているようである。だが、西行の真価は、信じがたい程の精神力をもって、数奇を貫いたところにあり、時には虹のようにはかなく、風のように無常迅速な、人の世のさだめを歌ったことにあると私は思う。多少重複するかも知れないが、そういう歌のいくつかをここに記して終ることにしたい。

籬《ませ》に咲く花に睦《むつ》れて飛ぶ蝶の
うらやましくもはかなかりけり

ひとかたに乱るともなきわが恋や
風さだまらぬ野べの刈萱《かるかや》

ともすれば月すむ空にあくがるる
心のはてを知るよしもがな

さらぬだに世のはかなさを思ふ身に
鵺《ぬえ》なきわたるあけぼのの空

雲雀《ひばり》たつ荒野におふる姫百合の
何につくともなき心かな

後　記

西行について書くことを勧めて下さったのは、もと平凡社にいた吉浜勝利氏であった。が、何といっても西行はむつかしい人物なので、あれこれ思案している間に十年近くの歳月が経《た》ってしまった。やがて吉浜さんは平凡社を辞めたので、「芸術新潮」が肩がわりをして下さることになったが、決心がつかないうちにまた何年かすぎた。だいたい私がものを書く時は漠然としたイメージがあるだけで、こまかい構想なんか考えたためしはない。たとえ考えたとしてもそのとおりに行く筈《はず》はなく、却《かえ》って邪魔になることがあるからだ。文章も一種の生きものだから、計画したとおりに動いてはくれず、自然の成行きに任せておいた方がいい場合もある。なかなか決心がつかなかったのは、そういう「時」がおとずれるのを待っていただけで、別に構想を煉《ね》っていたわけではない。

十数年前から――正確にいえば『明恵上人《みょうえしょうにん》』を書いた頃から、私が暖めていた西行のイメージとは、これがまた実にとりとめのないもので、近頃はやりのアイデンティティなるものを、どこに求めていいか皆目見当がつかなかった。彼は空気のように自由で、無色透明な人物なのである。したがって、とらえどころがないばかりか、多くの謎《なぞ》に満ちている。おそらくそれが最大の魅力なのであって、亡《な》くなってすぐの頃から物語や絵巻物が作られ、今に至るまで西行についての論文や伝記のたぐいは枚挙にいとまもない。資料は山ほどあるのである。私は手に入るかぎりの本に目を通してみたが、西行の謎は深まるばかりであった。もちろん学者の中には綿密な考証を行った方たちがおり、少からずお世話になったことは事実だが、考証と人間の本質とは違う。結局西行という人間は、自作の歌の中にしか生きていないことを知ったのは、連載を何回かつづけた後で、そんなことも実際に書いてみなければ判《わか》らぬことであった。私は和歌もまったくの素人《しろうと》であるが、幸いなことに西行の歌は比較的わかりやすいので、そこから目をそらさずに書いて行くことにした。中にはずいぶん一人合点のことや偏見も交っているに違いない。御叱責《しっせき》は甘んじてうけるつもりである。

資料がたくさんあるわりに捨てるものは多かった。たとえば南北朝時代に「とはずがたり」を書いた後深草院《ごふかくさのいん》二条は、「女西行」と呼ばれたほどの心酔者であったが、西行の修行行脚の足跡を辿《たど》ったというだけで、西行自身からは何も貰《もら》ってはいない。その修行が辛《つら》く苦しいものであったことはわかるにしても、憧憬《どうけい》や心酔は畢竟《ひっきょう》するところ何物も生みはしないことを語っていた。

越え行くも苦しかりけり命ありと
又とはよしや小夜の中山

あきらかに西行の「さやの中山」を本歌にしているが、この歌一つをみても理解の程度がわかるというものだろう。二条は同情すべき女性であった。後深草院をはじめとする多くの貴族と関係を持ち、絶望したあげく尼となった彼女は、それだけで充分物語の主人公になれた筈で、西行を真似《まね》ることはなかったのだ。大体が真似てどうなるような人物ではないのである。

同じようなことは似雲《じうん》についてもいえる。似雲は江戸中期の歌僧であったが、歌道の中に仏法を求めた真摯《しんし》な求道者で、五十歳近くになって隠棲《いんせい》生活に入った。西行の跡を慕って諸国を放浪し、時の人に「今西行」と呼ばれたが、晩年は河内の弘川寺に住み、埋もれてわからなくなっていた西行の墓所を発見したことで知られている。

その墓は弘川寺の裏手の山の中腹にあるが、円墳のような形をした塚で、五輪塔や石碑のようなものは一つも建ってはいない。何をもって西行の墓所と定めたか不明である。が、似雲が信じていたことは確かで、遺言により西行と向い合ったところに自分の墓を建てた。今そのあたりは桜の林になっており、春になると多くの参詣人《さんけい》で賑《にぎわ》う。

司馬遼太郎氏も『街道をゆく』の中で、西行の墓については疑問を持っておられ、似雲は自分の墓を西行と同じところに造り、その発見を不動のものにしたといわれている。西行に帰依《きえ》したことのしるしをそういう形で残したかったのであろう。似雲には多くの著書があるが、私が読んだ範囲では、特に参考になるものはなかった。弘川寺は、四方を山でかこまれているが、現在の住職は全山桜の木で埋めることに専心していられる。桜の木のもとで死にたいと願った人には、それが何よりの供養《くよう》になると思う。むしろ墓の所在などわからない方が、西行のような人物にはふさわしいのではあるまいか。

西行の墓といえば、岐阜県恵那《えな》市にもあることを、連載が終った後に私は知った。友人にお願いして案内して頂いたが、恵那市大井町の長国寺の周辺に、多くの伝説や史跡が残っている。かいつまんで述べると、東国からの帰途、西行は信濃から美濃へ入り、大井の中野坂にさしかかった時、花無山の南に、阿弥陀《あみだ》三尊が光を放っているのを拝み、その地に庵室《あんしつ》を建てて住んでいた。やがて西行は入寂したので、遺言により中野坂に墓を造って葬《ほうむ》ったという。

今その墓は、大井の宿から木曾街道の急坂を登った右手の山中にある。南北朝か室町初期とおぼしき堂々とした五輪塔が建っており、現在は木が繁《しげ》って見ることはできないが、はるか北の方には御嶽山《おんたけさん》が望める筈である。その付近には、西行の遺跡が七、八ヵ所も残っていて、一種の西行信仰ともいうべきものがこの土地に伝わっていることを知った。

いつとなく思ひに燃ゆるわが身かな
浅間の煙しめる世もなく

山家集のこの歌は、業平《なりひら》の「信濃なる浅間の嶽に立つ煙をちこちびとの見やはとがめぬ」を踏えたのかも知れないが、木曾路の二首は実際に行った時の歌のように思われ、いつも私の心の隅《すみ》に残っていた。

ひときれは都を捨てて出《い》づれども
巡りてはなほきその桟橋《かけはし》

波と見ゆる雪を分けてぞ漕《こ》ぎわたる
木曾の桟橋底も見えねば

「ひときれ」は一旦《いったん》の意で、一度は都を捨てて旅に出たが、巡り巡った末に木曾の桟橋を渡ったという歌で、木曾を、都へ帰って来るの来にかけてある。二首目は雪が積って、川底も見えなくなった木曾の桟橋を、船を漕《こ》ぐようにして渡ったという意味で、その一つ前の歌と連作になっているという説もある。

さかりならぬ木もなく花の咲きにけると
思へば雪を分くる山道

花盛りでない木は一本もないと思って眺めていたら、それは花ではなく雪であった、というので、中野村にある「花無山」は、この歌から出た名前ではないかと思う。「長国寺縁起」には、西行の「花無山」の歌が二首のっているが、いずれも西行の作とは信じにくい。

そんなわけで、木曾路の取材は空振りに終ったが、西行が弘川寺で亡くなったことは、つとに俊成の「長秋詠藻《ちょうしゅうえいそう》」によって知られており、わざわざ行ってみるまでもなかったのである。だが、そんな辺鄙《へんぴ》な地方にまで西行の名が行渡っていたことに私は感銘をうけた。このほかにも、西行の遺跡や伝承は数多く残っているが、おおむね割愛したことは既に述べたとおりである。

ただ一つ付け加えておきたいことがあった。やはり連載を終った後、「白い国の詩」という東北地方のPR雑誌で読んだのであるが、西行の歌に「滝の山」というところで詠《よ》んだものがある。

またの年の三月に、出羽《いでは》の国に越えて、滝の山と申す
山寺に侍《はべ》りけるに、桜の常よりも薄紅《うすくれなゐ》の色濃き花にて、
波たてりけるを、寺の人々も見興じければ

たぐひなき思ひいではの桜かな

薄紅の花のにほひは

という歌で、東北地方へ取材に行った時、訪ねたいと思っていたが、どこだかわからないので果せなかった。その雑誌にも「現在地未詳」としてあったが、大体の見当はついたので、雑誌の編集者に案内をお願いした。彼もたしかなことは知らなかったが、西行がわざわざ平泉から出羽の国へ越えて見に行ったほどの桜なら、よほど美しいに違いない。少くともその痕跡《こんせき》ぐらいは残っているだろうと探してみたのである。

東京の桜は既に終っていたが、東北の山は今が花盛りで、私を勇気づけてくれた。その夜は山形県の上の山温泉に泊り、翌朝早く蔵王連峯《れんぽう》へ行く。山家集の注釈には、滝の山というのは蔵王の竜山《りょうぜん》（霊山とも書く）のことで、新しい地図で見ると、竜山ではなく、「滝山」と記してある。だが、実際に行ってみると、そこは千数百メートルもある高山で、荒々しい岩肌は、とても桜が自生するようなのどかな山容ではなかった。

編集者のKさんは、方々走りまわって「滝の山」の在処《ありか》をたずねて下さった。やはりこういうことは、土地の人に訊《き》いてみるに限る。やがてそれは昨夜泊った上の山温泉の北の方に位置することが判ったが、道がこみ入っているので中々はっきりしない。行きつ戻りつ何度同じところを右往左往したことか。何時間もそうして迷ったあげく、やっとそれらしいところに辿りついた。道ばたに滝の山の歌を記した西行の歌碑があり、そこで道は二つに分れて山へ入って行く。車は行かないので、暗い山道を歩いて登って行くと、一キロ半ほどで山ぶところの開けた台地へ出た。と、思いもかけず裏の山から下の谷へかけて、全山桜に埋もれているではないか。「常よりも薄紅の色濃き花にて、波たてりけるを」の形容にふさわしく、新緑にまざってもくもくと湧《わ》き上ってくるように見える。滝の山とは、花の滝の別名ではないかと思われるほどの眺めであった。

かつてはここに寺があったらしく、五輪塔のかけらや礎石がちらばっており、桜の根元に小さな祠《ほこら》が建っている。その中には平安時代の神像が二体、風化したままで祀《まつ》ってあり、水など供えてあるのは里人に信仰されているのであろう。東の方には木立ちを通して雪を頂いた蔵王の竜山が望まれ、無言のうちにこの廃寺が経てきた歴史を語るようであった。

帰宅した後、大日本地名辞書を読んでみると、竜山は修験道の霊場で、「又、桜田村に滝山寺あり、是古《これいにしへ》の山寺なりしが、後世此《この》村に引かれしといひ伝えたり」と記し、竜山が廃滅した後、現在の地に移されたように書いてある。桜田村がどこだかわからないし、「後世」がいつ頃のことだか不明だが、周囲の環境から見て、西行の「滝の山と申す山寺」は、ここ以外にはないように思われた。人里離れた山奥にあったために、訪れる人もなく、農家の人々のほか知るものもなかったので、崩れたままで残ったに違いない。それとて絶対に正しいというわけではないが、薄紅の花にかこまれた廃寺の風景は、私にとってもたぐいなき思い出として永く心に残るであろう。その美しさに比べたら、滝の山の詮索《せんさく》など、もうどうでもいいような気がして来る。

先にもいったように、私は西行の歌から終始目をそらさずに書くつもりでいた。西行が旅をした先は、おおむね私が知っているところで、取材は不必要なように思われた。取材することによって、西行の歌の興趣が薄められることを懼《おそ》れたからでもある。が、それは失敗に終った。御承知のように、西行の歌には、ともすれば「あくがるる心」とか、「空になる心」とか、「うかれ出づる心」とか、そういったような歌詞が多く、密着すればするほど外へ外へと誘い出すものがあり、根が浮かれやすいたちの私は、その誘惑に抗することはできなかった。あげくのはては、ごらんのとおりの伝記とも紀行文ともつかぬものになってしまったが、私としてはそういう形でしか西行は語れなかったと今では信じている。
それではあんまりとりとめがなくなるので、辻褄《つじつま》を合せるために後記を書いたが、結局同じことだった。総じて辻褄が合うような人間はろくなものではなく、まとまりのつかぬところに西行の真価がある。あの「富士の煙」の歌が示すように、しいていうなら宇宙の中にとけこんで、宇宙と一体となったのが彼の行きついた境地であり、彼が歩んだ人生であった。即身成仏《じょうぶつ》の思想は、そういう形で成しとげられたといっても過言ではあるまい。私のつたない文章から、そういうことを少しでも汲《く》みとって頂けたら、この上もない倖《しあわ》せに思う。

昭和六十三年　秋

西行関係略年表

年号	西暦	天皇	院政	西　行	参考事項
元永元	一一一八	鳥羽	白河	父佐藤左衛門尉康清、母源清経女のもとに義清（のちの西行）生れる。	鳥羽天皇女御徳大寺璋子、中宮となる。
二	一一一九			2歳	皇子顕仁（崇徳天皇）生れる（御母中宮璋子）。
保安四	一一二三	崇徳		6歳	
天治元	一一二四			7歳	中宮璋子、待賢門院となる。
大治二	一一二七			10歳	皇子雅仁（後白河天皇）生れる（御母待賢門院）。
四	一一二九		鳥羽	12歳	白河法皇没（77歳）。皇子本仁（覚性法親王）生れる（御母待賢門院）。
保延元	一一三五			18歳　兵衛尉に任じられる。	
六	一一四〇			23歳　出家（西行・円位・大宝坊などと称す）。	
永治元	一一四一	近衛		24歳　洛外に草庵を結ぶ。	鳥羽上皇落飾。その意により、崇徳天皇譲位させられる。
康治元	一一四二			25歳	待賢門院、仁和寺法金剛院にて出家。
天養元	一一四四			27歳　この頃、東北・陸奥に旅行。	
久安元	一一四五			28歳	待賢門院璋子没（45歳）。
五	一一四九			32歳　この頃、高野山に草庵を結び、またしばしば吉野に入る。	
久寿二	一一五五	後白河		38歳	近衛天皇没（17歳）。
保元元	一一五六			39歳　鳥羽法皇の大葬に参る。保元の乱で敗れ、仁和寺で剃髪された崇徳院のもとに参じる。	鳥羽法皇没（54歳）。保元の乱起こり、藤原頼長没（37歳）、崇徳院は讃岐に流される。
三	一一五八	二条	後白河	41歳	後白河院政始まる。

平治元	一一五九			42歳	平治の乱起こる。
永暦元	一一六〇			43歳	源頼朝、伊豆に配流。
長寛二	一一六四			47歳	崇徳院没（46歳）。
仁安二	一一六七	六条		50歳　四国行脚に出発。	平清盛、太政大臣になる。
三	一一六八	高倉		51歳	平清盛出家。
嘉応元	一一六九			52歳	後白河院出家。
二	一一七〇			53歳	この年『今鏡』成る。
承安三	一一七三			56歳	文覚、伊豆に配流。
安元元	一一七五			58歳	源空（法然上人）浄土宗を開く。
治承三	一一七九			62歳	平清盛、後白河法皇を鳥羽に幽閉。
四	一一八〇	安徳	高倉	63歳　伊勢の二見浦に草庵を結ぶ。	以仁王・源頼政挙兵、敗死。源頼朝・義仲挙兵。京都還都。
養和元	一一八一		後白河	64歳　この頃、一品経和歌懐紙成る。	高倉上皇没（21歳）、後白河院政復活。平清盛没（64歳）。
寿永二	一一八三	後鳥羽		66歳	平家西走、源義仲入京。
元暦元	一一八四			67歳	義仲敗死（31歳）。一の谷合戦。頼朝、鎌倉に公文所設置。
文治元	一一八五			68歳	平家、壇ノ浦に滅亡。
二	一一八六			69歳　東大寺料勧進のため陸奥国平泉に赴き、途中源頼朝と会見。	
三	一一八七			70歳　嵯峨に草庵を結ぶ。『御裳濯川歌合』（俊成判）成る。	源義経、陸奥に逃れる。
四	一一八八			71歳　『千載集』成る。十八首入集。	明恵出家。
五	一一八九			72歳　河内国弘川寺に草庵を結ぶ。『宮河歌合』（定家判）成る。	義経討たれる（31歳）。頼朝奥州平定、平泉藤原氏滅亡。
建久元	一一九〇			73歳　二月十六日、弘川寺に寂す。	

（参考・新潮日本古典集成『山家集』）

写真撮影・提供者一覧（数字はページ）
橋本健次（69）浅野喜市（89,105）吉越立雄（97）矢野建彦（129,133）井上隆雄（197,225,339）かつらぎ町（211）芸術新聞社（228下）坂出市役所（249）長曾我部晋（255左,261,273,277）アイニチ（255右）
上記以外の写真は新潮社写真部（野中昭夫，松藤庄平，宮寺昭男）による。

地図製作／綜合精図研究所

数奇《すき》、煩悩《ぼんのう》、即菩提《ぼだい》

福田和也

まず、その書に、感じ入る。

「西行」

という題字。

白洲正子氏の書く字は、格の顕《あき》らかな、居住まいの落ちついた姿をしている。白隠、熊谷守一《くまがいもりかず》、松田正平といった白洲氏が所蔵されている、破天荒だったり、規《き》矩準縄《くじゅんじょう》を踏み破って尚《なお》天真爛漫《らんまん》だったりする書と、その姿は著しく異なっている。

だが、筆の運びの、詰められた息の丁寧な巡らしのあわいに、立ち上ってくる物が、確かにある。

その立ち上りは、はじめ、まことに淡い、かすかな香気のようなものとして感じられるのだが、次第に確かな手応《てごた》えを帯びてきて、凝《こ》り視《み》ている間に、紛《まご》うことのない実在の如《ごと》く、ありありと認めることが出来たかと思うと、止める間もなく逃げ去ってしまう。

白洲氏の書から湧《わ》き出《い》でて、鮮やかにその輪郭を現しながら逃れて行く何ものか。それを狼疾《ろうしつ》といっていいのかどうかは分からない。だが走り出ていくものは、やはり世間のものではなく、格だの、筆法だのと呼ぶのも可笑《おか》しいような別乾坤《べつけんこん》の棲烏《せいう》に見えてくる。

相反するものが、白洲氏の書に含まれているわけではない。ただ丈高く、捌《さば》き正しく踏み出した足がいつのまにか雲を踏むように、破格を目指す事もなく格を越えている。自在という意識すらない速さで、白洲氏は、俗もなければ聖もない、天もなければ地もない世界の空を、その蒼《あお》さを味わわせる。

∴

白洲氏の文章は、何にも似ていない。

その事を『西行』は、よく示している。

御鳥羽《ごとば》院の口伝から饗庭孝男《あえばたかお》氏の近作まで、日本人は繰り返し、繰り返し、西行について語り、書き、論じてきた。

西行を語ることは、歌について語ることであり、仏教について語ることであり、旅を語ることであり、山河を語ることであり、日本人の魂と祈りを語ることであった。だが白洲正子氏の『西行』は、これらあまたの西行に係わる仕事のいずれとも異なっている。白洲氏は、西行の歌なり、経歴なり、あるいは出家の原因なり、仏法思想なりを究明しようとはしない。詮索《せんさく》し、問い、尋ねようとはしない。

白洲氏が、文章を書くと、そこに西行がいる。

それは、白洲氏が、克明に西行の風貌《ふうぼう》を描き、読者の眼前に現出させるからではない。また白洲氏が、西行の前で己を空《むな》しうして、消え去るからでもない。

わたしたちは、白洲氏の、穏やかな、しかしはっきりそれと分かる感触と匂《にお》いをもった風のような文章の中に、西行と呼ばれる男が立っていることをまざまざと見るのである。

その不思議に驚く前に、読者は西行の存在に見入り、その背中を追っていつのまにか山道に踏み込んでしまった己を見い出す。

引用しているときりがないのだが、例えば、このような文章。

そらになる心は春の霞《かすみ》にて
世にはあらじともおもひ立つかな

（略）春霞のような心が、そのまま強固な覚悟に移って行くところに、西行の特徴が見出《みいだ》せると思う。その特徴とは、花を見ても、月を見ても、自分の生きかたと密接に結びついていることで、花鳥風月を詠《よ》むことは、彼にとっては必ずしもたのしいものではなかった。

「たのしいものではなかった」というのは、解釈ではないし、判断でもない。西行という人が、花や鳥や風や月にとりまかれ、その存在を眺《なが》め感知し、あるだけの心を迸《ほとばし》らせ、森羅万象が自分の周囲でざわめいているという、濃密な息苦しさが、今、この歌を読むこの場に立ち込めているのだ。ここからさらに重苦しい官能へと、花へと、霞へと、西行という男が立ち去ろうとしている時に、彼の数奇《すき》の在り様が、即《すなわ》ち余りにも多彩な、女たちから星芒《せいぼう》に至る誘惑に、最も果敢に身を晒《さら》し続けるという覚悟は明らかではないか。

かつてなく巨大な煩悩《ぼんのう》を引き受けようとする彼の決意が、その煩悩の飽和において、「煩悩即菩提《ぼだい》」という唯識論《ゆいしき》を、唐天竺《てんじく》の高僧たちが思いもよらなかった音色で鳴り響かせている。「花鳥風月を詠むこと」が、「たのしいもの」ではないという事は、仏教が救いではない、という事と相等しい。その等しさは、限りない煩悩を求めるという地獄に身をすすんで沈める事と仏を求める事を、同じ歩みの裡《うち》に実現する男の姿、その数奇だけに支えられている。

あるいは、『明恵伝《みょうえでん》』の中の、後世の付記捏造《ねつぞう》とされる、西行と明恵の対話のエピソードについて、白洲氏はこのように書く。

かりに誰かが伝記の中に書き加えたとしても、その誰かはよほど西行を理解していた人物で、芸術と宗教の相似というか、それらの共通点について熟知していたに違いない。その上すぐれた文章家でもあった。(中略)もともと西行は伝説の多い人物で、虚実の間をすりぬけて行くところに彼の魅力がある。魅力があるから、伝説が生れたといえようが、凡《およ》そ世の中のあらゆるものを「虚妄」と観じ、虚空の如き心をもって俯瞰《ふかん》するならば、そこには虚も実も存在しない。西行に近づくには、そういう方法しかないように思われる。

『明恵伝』の記述の虚実をめぐる議論を、瞬時に世の虚妄にかかわる認識に通底させて、西行の姿を追い、見つめる読者の目を、西行が「虚空の如き心」で世界を見ていた認識と一致させてしまう文章の動きは、批評と呼ぶのすらさかしらに思われる程で、流暢《りゅうちょう》な運びのうちに視界を転換し、「虚」と「実」の間に広がる、生々しい歌の在《あ》り処《か》を照らしだす。

世を虚妄の限りと観《み》て、自らの心をその虚空の淵辺《えんぺん》まで押し広げ、虚が総《すべ》てを被った刹那《せつな》に、にもかかわらず「虚」は「虚」であるという「実」が立ち上がる。その、寄せ来ては、虚を実に、実を虚に、覆《くつがえ》しつづける目と心の行き交いの狭間《はざま》を、歌よりも早く駆け抜ける者として、西行が現れる。白洲氏の文の中に。

それは、真実の西行というのでもない、白洲正子の西行でもない。ただかつて西行と呼ばれた男がそこに立っていて、私たちを未《いま》だにひきつけて止《や》まないということである。もはや西行という名前すら、意味をなさないということである。

その佇《たたず》まい、つまり白洲氏の『西行』の中での、その男の現れ様、立ち去り様は、強《し》いて云《い》うならば、『伊勢《いせ》物語』が描きだす、在原業平《ありわらのなりひら》の濃い影にもっとも近い。「むかし、男ありけり。女のえ得まじかりけるを、年を経てよばひわたりけるを、からうじて盗みいでて、いと暗きにきけり……」

∴

目利《めき》きという言葉がある。何と曖昧《あいまい》な言葉だろう。鑑定という仕事もある。間の抜けた商売もあったものだ。

目ははたして利くものか。利くという目は一体何を見るのだろう。人は眼前のものを美しいとか、優雅だとか、優れているとか、逸品だと云ってみる。だがそんな納得にすぎない言葉は、記号にすぎない印象は、見ている目にとってどうでもいいことではないか。

鑑定と云って、何を鑑《み》て定めるのか。真贋《しんがん》とか、製作地とか、作者とかを、定めたつもりで、世の中には定め得ることなどは何もないという事だけは、しっかり鑑のがして見せる。

確かな事は、どちらの言葉も、白洲正子氏とは最も遠いという事だ。

残るべき真実は、私たちの目が常に何物かをつかまえてしまうということであり、そしてその目は、見た姿を真とも、虚とも見分ける前に、既に動き出しているということだ。

私たちは、目の動きを、制して操ることが出来ると信じている。信じ込み安心する自得の合間にも、心は私たちを取り残し、目は新たな対象を捕らえてしまう。心より速く、目よりも鮮やかに駆け抜ける者だけが、自らのものと云える心を持ち、自らの目で見ることが出来る。人に、見るべき物を見せ、震える心の生温かさを思い出させる。

白洲正子氏の文章は、常に心より疾《はや》く、目よりも遥《はる》かである。数奇即菩提、その「即」の、居合いの刀身の如き燦《きら》めきで、『西行』は溢《あふ》れ輝いている。

愛《いと》ほしやさらに心の幼《をさ》なびて
魂《たまぎ》切れらるる恋もするかな

（平成八年四月、文芸評論家）

この作品は昭和六十三年十月新潮社より刊行された。

西《さい》 行《ぎょう》

新潮文庫 し-20-2

平成 八 年 六 月 一 日 発 行
平成二十六年 六 月二十日 三十刷改版
令和 六 年 六 月二十五日 三十四刷

著 者 白《しら》洲《す》正《まさ》子《こ》

発行者 佐藤隆信

発行所 株式会社 新潮社

郵便番号 一六二―八七一一
東京都新宿区矢来町七一
電話 編集部(〇三)三二六六―五四四〇
読者係(〇三)三二六六―五一一一
https://www.shinchosha.co.jp

価格はカバーに表示してあります。

乱丁・落丁本は、ご面倒ですが小社読者係宛ご送付ください。送料小社負担にてお取替えいたします。

印刷・錦明印刷株式会社 製本・錦明印刷株式会社

ISBN978-4-10-137902-9 C0192